CW01636959

ST. LEO'S COLLEGE
CONVENT OF MERCY
CARLOW

LES HERBES DE LA SAINT-JEAN

DU MÊME AUTEUR
CHEZ LE MÊME ÉDITEUR

Le Destin des jumeaux Fabrègues
La Transbordeuse d'oranges
Les Enfants d'Elisabeth
Les Deux Vies d'Anna
Les Ombres du pays de la Mée
La Croix des outrages

Hélène Legrais

LES HERBES DE LA SAINT-JEAN

Roman

Trésors de France

PRESSES DE LA CITÉ

Production Jeannine Balland

Le Code de la propriété intellectuelle n'autorisant, aux termes de l'article L. 122-5, 2e et 3e a), d'une part, que les « copies ou reproductions strictement réservées à l'usage privé du copiste et non destinées à une utilisation collective » et, d'autre part, que les analyses et les courtes citations dans un but d'exemple et d'illustration, « toute représentation ou reproduction intégrale ou partielle faite sans le consentement de l'auteur ou de ses ayants droit ou ayants cause est illicite » (art. L. 122-4).
Cette représentation ou reproduction, par quelque procédé que ce soit, constituerait donc une contrefaçon, sanctionnée par les articles L. 335-2 et suivants du Code de la propriété intellectuelle.

© Presses de la Cité, 2006, et 2013 pour la présente édition
ISBN 978-2-258-10399-3

Presses de la Cité un département **place des éditeurs**

place des éditeurs

A Alain Taurinya, poète de la montagne

Anciennes mines de la Pinouse

Chaque fois qu'arrivant seul de Rocagelère
Et qu'au détour du vieux chemin soudain paraît
L'immense cirque ouvert où jadis s'activait
Le peuple des mineurs comme une fourmilière,

Je m'arrête et reviens soixante ans en arrière
Quand l'énorme chantier nuit et jour bourdonnait
Et que les bruits des sourdes explosions rythmaient
Les durs travaux dans un nuage de poussière...

Un temps rompu par les combats des maquisards,
Aujourd'hui le silence étreint les murs épars
Qui barrent l'horizon d'imposantes ruines,

La trémie et le plan incliné, le trou noir
De chaque galerie, œil vide et sans espoir
Qui regarda partir les ouvriers des mines...

Alain Taurinya (1914-2004)

1

Le jet de pisse brûlant dessinait un arc d'or translucide dans l'air brumeux du petit matin. D'un mouvement de hanche, bien campé sur ses talons, l'homme traçait des huit dans l'herbe fripée par les premières gelées. A ses pieds, la vallée de la Rabasse noyée d'ombre dégringolait vers le mas des Cabanats encore dans la nuit. Mais vers l'est au loin, le sommet arrondi du Puig de l'Estela blanchissait déjà, annonçant l'aube.

Faisant rouler ses épaules ankylosées sous le velours râpé de sa veste, l'homme prenait ses aises ; il tournait la tête de droite et de gauche, laissant son regard errer sur les bâtiments étagés sur le versant. Avec la pente, il dominait les toits de la boulangerie et de la forge en contrebas qu'il contemplait avec la satisfaction repue d'un propriétaire, jouissant de ces ultimes instants qui précèdent le point du jour comme s'il était seul au monde.

Mais tu vas te décider à rentrer, oui ? Qu'est-ce que tu fais dehors ? Tu ne pourrais pas utiliser les latrines comme tout le monde, espèce de porc !

Accroupie derrière un framboisier, à deux pas de l'angle du bâtiment, Félicie ne décolérait pas. C'était bien sa chance : d'habitude elle réussissait à se glisser dans le dortoir juste avant que le gros réveille-matin installé sur l'étagère au-dessus de la porte par le maître mineur ne tire les gars de leur sommeil lourd de travailleurs de force. Personne ne se doutait même qu'elle était sortie. Et ce matin, il avait fallu que ce grand benêt de Joachim Moliner soit chassé de son lit plus tôt que de coutume par une envie pressante. Fallait moins boire hier soir à la cantine, sac à vin !

C'est qu'il prenait son temps, le bougre ! Le nez levé vers les étoiles qui clignaient de l'œil entre les nuages effilochés par les crêtes et la pointe des sapins, il sifflotait. La fontaine qui glougloutait en solitaire derrière lui avec un doux murmure régulier semblait l'inspirer.

Félicie rejeta sa natte dans son dos d'une main impatiente et remonta la lanière du bissac gonflé qui lui meurtrissait l'épaule. Une truffe humide vint renifler amicalement le creux de sa paume. Sans quitter l'homme des yeux, elle accorda la caresse quémandée. Satisfait, le chien s'en retourna vers la boulangerie, sans bruit. Néro savait d'instinct quand il fallait manifester bruyamment son contentement en la voyant et quand il valait mieux se taire. C'était un chien intelligent. Jamais il ne l'avait trahie.

La position accroupie n'était guère commode et les ecchymoses de son dos la faisaient souffrir. Félicie mit un genou à terre sans souci des épines, qui ne pouvaient traverser l'épaisse toile du vieux pantalon paternel qu'elle enfilait toujours pour ses expéditions nocturnes, les jambes roulées jusqu'à mi-mollet et la taille retenue par une grosse ficelle.

D'aussi longtemps qu'elle s'en souvienne, Félicie dormait peu. A peine allongée sur sa paillasse, elle sombrait d'un coup dans un sommeil sans rêve, comme une pierre coulant à pic dans l'eau noire d'une mare, et se réveillait quatre heures plus tard, fraîche et dispose. Petite, elle s'obligeait à rester allongée dans le noir sans faire de bruit, de peur d'être punie. Elle s'efforçait de se concentrer sur le tambour assourdi de son cœur afin de tenir à distance la respiration moite du dortoir. Mais elle avait beau remonter la couverture au-dessus de sa tête et plaquer ses mains sur ses oreilles, la rumeur obsédante finissait toujours par s'insinuer sous la laine rêche et entre ses doigts. C'étaient des chuchotements et des gémissements, le grincement régulier des sommiers sous les corps qui s'agitaient. De l'eau gouttait, le plancher craquait, des hommes parlaient dans leur sommeil épuisé. Quelque part dans le fond, des rongeurs se battaient et couinaient avec une sorte de désespoir frénétique. Ça sentait la sueur aigre et les hardes crasseuses. Une odeur d'hommes seuls, loin de leur famille, loin des femmes, mère ou épouse, qui auraient pris soin d'eux.

Le bâtiment de briques à un étage était un gigantesque organisme vivant en pleine digestion et elle, Félicie, était prise au piège au creux de son ventre, tel Jonas dans celui de la baleine.

Très vite, elle n'y pouvait plus tenir. Elle manquait d'air. Le cœur au bord des lèvres, les oreilles bourdonnantes, elle s'extrayait de sous sa couverture, sans faire de bruit pour ne pas réveiller le père. Retenant sa respiration, elle se coulait entre les lits qui exhalaient une buée rance, descendait l'escalier en espadrilles ou les pieds nus, ses sabots ferrés à la main, suivant la saison. Elle ouvrait la porte en faisant bien attention à ne pas la faire gémir – la Casso avait le sommeil léger et l'ouïe fine – et débouchait enfin sur le talus herbeux où elle emplissait avec délice ses poumons de l'air nocturne pur et froid.

Sur la droite, en contrebas, des bruits étouffés montaient de la galerie de roulage, au niveau zéro, où l'équipe de nuit était au travail. Mais les ruelles qui reliaient entre eux les divers bâtiments de la cité minière étaient désertes, la forge éteinte et le câble auquel se balançaient les bennes descendant le minerai de fer vers

Rapaloum restait muet. Sans son grincement strident qui accompagnait les journées de la *Pinosa*, le silence semblait plus profond. Apaisant.

De grosses ampoules alimentées en électricité par la turbine de la centrale sur la Rabasse, tout en bas, diffusaient une lumière jaunâtre sur les rails qui reliaient le carreau de la mine à la trémie surplombant la gare de départ du funiculaire aérien. Mais Félicie se détournait de la lumière vacillante qui baignait le site assoupi où l'homme avait partout apposé son empreinte, construisant bureaux, ateliers, cantine et dortoirs, plans inclinés, trémie et voie ferrée, pour s'enfoncer résolument dans les ténèbres sur lesquelles les arbres et les rochers découpaient des silhouettes encore plus sombres. Elle passait au large des maisons où vivaient les familles du maître mineur et des chefs de poste, évitait la cabane des *Cortsavinensos* qui abritait sous son toit de tôle et entre ses murs de terre ceux de Corsavy, de Léca et de Saint-Laurent-de-Cerdans qui ne redescendaient chez eux que le samedi soir, frôlait la masse carrée de la poudrière et rejoignait en quelques enjambées la lisière des sapins. La montagne était son domaine réservé, exclusif à cette heure nocturne, et elle l'arpentait avec jubilation.

Nul besoin de lanterne. Nuit après nuit, ses yeux s'étaient accoutumés à l'obscurité mouvante et à présent elle se dirigeait dans le noir avec autant d'aisance qu'en plein jour. Quand ses yeux n'y suffisaient pas, ses oreilles sensibles au moindre frôlement, au moindre murmure d'eau ou de vent, ses narines que l'odeur la plus ténue faisait palpiter et même la plante de ses pieds, reconnaissant les cailloux roulant sous ses semelles ou le tapis glissant des aiguilles sous les pins qui avaient donné leur nom à la mine, y suppléaient sans effort.

Félicie savait toujours exactement où elle se trouvait et la course des planètes au-dessus de sa tête lui indiquait l'heure plus sûrement que le réveille-matin du maître mineur qui n'allait pas tarder à retentir dans les profondeurs du dortoir.

Ah, enfin ! Ce grand escogriffe de Joachim Moliner en avait terminé avec sa miction matinale. Aux légers soubresauts de ses épaules, Félicie comprit qu'il secouait soigneusement son engin avant de le ranger dans son pantalon raidi de poussière de minerai et de crasse. Les soubresauts se firent plus saccadés : il bataillait avec les boutons de sa braguette. Enfin, il parvint à la refermer ; creusant les reins, il s'étira avec un grognement de satisfaction qui se répercuta en écho dans la vallée. Une lampe s'alluma dans la cuisine des Casso. L'imbécile ! Il voulait vraiment que tout le monde mette le nez à la fenêtre !

Non pas qu'elle s'inquiétait de ce que les autres pourraient dire à son sujet – leurs commentaires lui étaient depuis longtemps indifférents –, mais elle aurait été fort fâchée de voir ainsi le secret de ses balades nocturnes éventé. A cause de ce grand dadais sans cervelle, en plus !

Fourrageant d'une main dans sa tignasse encore hirsute de sommeil, Moliner se décida enfin à quitter son balcon au-dessus de la vallée pour remonter au dortoir se préparer. Félicie, qui avait rejoint la porte en deux enjambées, se faufila après lui telle une ombre. Il ne sentit même pas sa présence quand, mettant ses pas dans les siens, elle gravit les marches à sa suite. Elle fut néanmoins soulagée lorsqu'elle retrouva l'abri de la vieille couverture brune étayée de deux planches en croix isolant du reste du dortoir l'alcôve improvisée qu'on leur avait dévolue, au père et à elle. A l'instant où elle se penchait pour enlever ses espadrilles avant de réintégrer son lit, le réveil déclencha son irritante sonnerie de crécelle à l'autre bout de la chambrée. Il était six heures et demie.

— Déjà levée ?

Elle sursauta en entendant la voix rauque du père s'élever de la paillasse sur laquelle il s'était effondré la veille au soir, ivre une fois de plus. Il lui avait décoché un coup de poing dans les côtes quand elle lui avait pris sa bouteille et s'était débattu violemment quand elle l'avait obligé à remonter l'escalier jusqu'au dortoir. Mais ses coups étaient moins précis lorsqu'il avait bu et elle savait y faire avec lui. La force de l'habitude. Elle avait finalement réussi à le coucher, lui avait ôté ses gros souliers ferrés et avait remonté la couverture sur son torse épais. Déjà le père ronflait avec des gargouillements écœurants, la bouche ouverte sur un filet de bave. Rien ni personne n'aurait pu le réveiller avant le matin.

— T'as encore mis ce vieux futal ? Bon Dieu, mais quand est-ce que tu t'habilleras en fille ?

Il grognait, assis sur le bord de son lit, frottant vigoureusement ses joues mangées de barbe dure pour dissiper les dernières brumes de l'alcool. Félicie en profita pour dissimuler son bissac sous son lit. Dans un instant, il aurait retrouvé toute sa lucidité.

C'était un miracle renouvelé tous les matins : qu'importait la quantité de vin qu'il avait pu ingurgiter la veille, il repartait toujours au travail le lendemain frais comme un gardon, d'aplomb sur ses deux jambes et la main aussi sûre, si ce n'est plus, que le plus sobre de ses camarades. C'était sans doute pour cela qu'il n'avait pas encore été renvoyé malgré les nombreuses bagarres qu'il avait provoquées à la cantine, quand il ne se contrôlait plus. Cela et son habileté de boiseur – les galeries qu'il étayait étaient réputées les plus sûres de la mine – et aussi ses quarante ans, qui lui permettaient de ne pas être mobilisé tandis que les plus jeunes partaient depuis août par trains entiers pour le front. Même Romeu, le chef de poste qu'il avait copieusement injurié dix jours auparavant, avait préféré fermer les yeux ou plutôt les oreilles. On avait trop besoin de lui à la Pinouse.

— *Bon Deu*, mais où sont passées ces godasses ?

Tout en se grattant le bas du dos, le père fourrageait sous son lit à tâtons. Il soufflait et pestait mais, ainsi penché, ses mots se perdaient dans la couverture qui pendait jusqu'à terre tel un drapeau en berne. De toute façon, ses paroles n'étaient destinées à personne. Au réveil, il s'en prenait ainsi à tous et à tout, histoire de remettre la machine en route.

Félicie alla récupérer la paire de vieux brodequins en cuir montants dans la caisse de bois blanc où elle les avait soigneusement rangés la veille au soir et les lui tendit sans un mot, à bout de bras. En général, le matin, il ne la frappait pas, mais il valait mieux ne pas tenter le diable. Le père lui jeta un regard méfiant comme s'il la soupçonnait de vouloir lui jouer un mauvais tour. Puis, détendant le bras avec une vivacité qu'on n'aurait pas attendue d'un homme émergeant à peine de sa soirée de beuverie, il se saisit des souliers et entreprit de les enfiler, sans un merci. Elle n'en attendait d'ailleurs pas. Déjà elle décrochait de la corde sur laquelle elle l'avait mise à sécher sa *faixa*[1] de laine d'un rouge passé, décolorée par la transpiration, qu'elle l'aida à enrouler autour de sa taille.

Derrière la mince cloison improvisée, les lampes s'étaient allumées et le dortoir entrait en effervescence. La voix tonitruante de ce grand nigaud de Joachim Moliner, que sa sortie matinale avait semble-t-il mis de fort bonne humeur, racontait une histoire drôle. Sans doute

1. Large pièce de tissu servant de ceinture.

plutôt salace, il n'en connaissait pas d'autre. Le rire haut perché d'Aziz, l'Arabe d'Algérie, lui répondit. Une remontrance indignée, en espagnol, les fit taire. Alfonso sans doute. Il n'y avait pas plus prude que lui dans toute la *Pinosa*. Pas plus bigot non plus. Il valait mieux éviter devant lui les plaisanteries douteuses sur la Vierge. C'est dire s'il avait fort à faire au milieu de ces rudes gaillards au parler non moins rude quelle que soit la langue !

Ceux de l'équipe du soir, couchés seulement depuis quatre heures, grommelaient qu'on les laissât dormir en paix. Il y avait des « Silence ! » et des jurons. Les conversations baissaient alors d'un ton pour repartir de plus belle l'instant d'après.

Des semelles ferrées raclaient le plancher. Les jeunes manœuvres se faisaient houspiller par leurs aînés. Certains dégringolaient déjà l'escalier pour se rendre aux latrines ou à la fontaine afin de se débarbouiller. D'autres, plus soigneux, prenaient le temps de plier leurs effets de nuit et leur couverture sur le mauvais lit qu'ils louaient pour cinq centimes par jour. En bas, au rez-de-chaussée, il en coûtait dix centimes, mais ici, sous les combles, c'était moins cher.

Dehors, on entendait claquer des volets et battre la porte de la cantine où les mineurs s'engouffraient les uns après les autres pour boire leur café matinal. L'équipe montante prenait la relève à huit heures, mais déjà quelques ordres brefs retentissaient. Le grondement des wagonnets pleins à ras bord roulant sur les rails leur parvint aussitôt après, suivi du grondement de tonnerre du minerai dégringolant le plancher en bois du plan incliné jusqu'à la trémie ; il fallait évacuer l'extraction de la nuit. Après quelques grincements douloureux, la scie métallique du câble aérien à double pente reprit.

Là-bas, sur l'autre versant du massif du Canigou, côté Vallespir, le premier train avait déjà quitté la station de la

Redoute, au col de Formentera, pour venir à la rencontre des bennes pleines à Rapaloum.

La Pinouse reprenait vie et les hommes au travail se réappropriaient la montagne.

Le père était à présent habillé et prêt à sortir. Pourtant il ne semblait pas encore décidé à quitter l'alcôve. Hésitant, il semblait chercher quelque chose. Ce n'était pas sa hachette : elle pendait déjà à sa ceinture, bien à l'abri dans son étui de cuir. Il en prenait un soin maniaque et n'autorisait personne à y toucher. Même pas Félicie. C'était bien la seule chose à laquelle il prêtait ainsi attention, la hachette avec laquelle il pouvait déployer tout son art et sans laquelle il se sentait démuni, nu en fait. Nul mieux que lui ne savait tailler le bois que les mulets rapportaient de la forêt de l'Estanyol, ni l'ajuster plus près, plus étroitement pour soutenir les flancs et la voûte des galeries où les piqueurs se démenaient pour arracher au ventre de rocher de la montagne le minerai, hématite ou carbonate, dont la patrie avait tant besoin pour bouter les boches au-delà du Rhin.

Balançant ses larges épaules comme un lutteur avant le combat, le père se lança soudain :

— Où tu t'en vas encore rôder aujourd'hui ?

Félicie retint un hoquet de surprise. Que lui arrivait-il ? Il y avait beau temps qu'il ne l'interrogeait plus sur la manière dont elle passait ses journées ! L'avait-il vue rentrer ce matin ? Elle était pourtant sûre qu'il dormait encore à son retour.

Le pied sur le bord du lit, elle fit mine de renouer les lanières de ses *espardenyes*, histoire de s'accorder un peu de temps pour réfléchir à ce que pouvait cacher cette question inattendue. Dans l'expectative, elle opta pour la vérité. La tête baissée, elle marmonna :

— A l'école.

— Mais qu'est-ce que tu vas y faire ? T'as fini.

Toujours penchée sur son espadrille, elle ne répondit pas. De toute façon, il ne comprendrait pas. Elle déroula d'une main experte le bas de son pantalon jusqu'à ses chevilles ; elle n'avait plus le temps de se changer en fille. Tant pis. Après tout, mademoiselle Marguerite l'avait déjà vue ainsi vêtue !

Le père sembla vouloir ajouter quelque chose mais il y renonça. Il se détourna avec un haussement d'épaules, enfonça d'un coup sec sa casquette sur ses cheveux encore plus poivre que sel et sortit de l'alcôve pour rejoindre les derniers traînards qui couraient vers la cantine.

Félicie en profita pour récupérer prestement son vieux bissac qui exhalait cette odeur de terre humide reconnaissable entre toutes. Cette nuit, elle avait cueilli des *coriolettes*[1] qu'elle comptait offrir à mademoiselle Marguerite. Dans une omelette, c'était un régal. Si elle avait trouvé des cèpes, elle les aurait gardés pour monsieur Legrand. L'ingénieur en était friand et lui donnait toujours quelques piécettes en échange des plus beaux. Pas de ces petits carrés d'aluminium qui servaient de monnaie à l'intérieur de la *Pinosa*, non ! De vrais sous.

Le parfum lourd des champignons lui rappela qu'elle avait faim. Elle avait crapahuté dans la nuit pendant des heures sans se soucier de son ventre creux, mais elle ne pouvait plus ignorer les tiraillements de son estomac. Elle dévala à son tour l'escalier.

Elle pensait trouver son père attablé devant un bol de café fumant mais se heurta à lui sitôt la porte de la cantine franchie. Faisant mine de s'intéresser aux tarifs affichés sur le mur, il tournait le dos à ses compagnons de travail qui se bourraient de tartines de pain trempées

1. Mousserons.

dans le noir breuvage que la Casso, naviguant entre les tables, la cafetière émaillée à la main, leur resservait sans lésiner, son petit Désiré de quatre ans accroché à sa jupe. Ravi, le bambin se laissait traîner dans le sillage de sa mère ; il y avait toujours des mains secourables pour le remettre d'aplomb quand il trébuchait sur le pied d'une chaise et perdait l'équilibre. Bon nombre de mineurs avaient des enfants au logis, dans leur village, et le sourire du petit bonhomme les aidait à patienter jusqu'au samedi soir, quand ils redescendraient enfin de leur perchoir accroché au flanc rocheux de la montagne pour retrouver leur famille et prendre un peu de repos. Certains s'attendrissaient, faisant des mines et des risettes sans que la Casso interrompît un instant son manège autour des bols à remplir.

Le visage plein, la poitrine opulente et les hanches larges, c'était une maîtresse femme qui faisait marcher rondement sa cantine et tous ceux qui la fréquentaient. Même lorsqu'elle souriait, ses petits yeux noirs semblaient vous mettre au défi de prendre sa bonne humeur pour de la faiblesse. Il en fallait de la poigne avec une bonne centaine de bouches à nourrir ainsi chaque jour, dont pas mal d'ivrognes, et de la poigne, elle n'en manquait pas. Son mari Abdon, qui s'occupait du ravitaillement, du petit troupeau qu'un berger menait au pâturage vers le roc de l'Ours et de l'abattage des bêtes, ne s'en mêlait pas. La cantine, c'était l'affaire de sa femme. Le domaine de « la » Casso. En fait, elle s'appelait Catherine, mais personne ne se serait risqué à utiliser son prénom, comme on le faisait pour la jeune Catherine Marfin qui l'aidait en cuisine, et moins encore un diminutif affectueux, comme pour la Catrinou Bernat à Roca Gelera[1].

1. Pierre Gelée.

Pour tous, c'était « la » Casso tout court. Et dans cet article, il y avait tout le respect, teinté d'un brin d'admiration, qu'ils avaient pour elle.

Une détonation assourdie interrompit soudain les conversations : avant de quitter la galerie, l'équipe de nuit avait fait sauter des mines pour élargir le front de taille et l'une d'elles avait dû faire long feu. Heureusement, elle avait fini par sauter d'elle-même, sinon il aurait pu y avoir des blessés, voire des morts, comme cela arrivait de temps à autre. Aujourd'hui, la chance était avec les mineurs de fond. Le temps qu'on vérifie qu'il ne restait aucune autre charge et que la relève se fasse, les gaz de l'explosion se seraient dissipés et l'équipe de jour pourrait attaquer au pic le minerai déchiqueté.

Le père, toujours abîmé dans la contemplation de l'affiche des tarifs, profita que l'attention se trouvait mobilisée ailleurs pour souffler à Félicie :

— T'as payé ?

Occupée comme tous les autres à évaluer si la déflagration s'était produite dans la galerie principale, niveau zéro, à la cote mille trois cent soixante mètres, ou plus haut, au niveau cent, cote mille quatre cent soixante, elle ne comprit pas tout de suite de quoi il parlait. Il insista, toujours sans la regarder :

— On n'a pas d'ardoise, pas de marque en retard, si ?

Elle secoua la tête. Non, leur compte était à flot à la cantine ; elle y avait veillé.

Au début, le père claquait sa quinzaine à peine touchée en bouteilles de vin qu'il stockait sous son lit ou en tournées de Byrrh citron au café Mayneris, à Valmanya. Un jour, lasse de ne plus savoir que répondre à la Casso qui réclamait son dû et surtout de ne jamais manger à sa faim – les baies, les champignons et les racines récoltés aux alentours ne suffisant pas à calmer son ventre gargouillant –, Félicie était allée trouver le comptable dans son bureau, à côté des ateliers et de la menuiserie. Calmement, elle lui avait expliqué que c'était à elle désormais qu'il devrait verser la paye du père. Eberlué, Eloi Fabre avait obtempéré sans discuter. Félicie avait sept ans.

Depuis, c'était elle qui gérait les quatre francs et dix centimes que le père gagnait chaque semaine. La Casso était satisfaite et Félicie se berçait de l'illusion que son père buvait moins. En tout cas, et cela, ce n'était pas une illusion, elle mangeait un peu plus convenablement, même si elle était toujours d'une maigreur de chat écorché. Mais bon, courir la montagne le jour et la nuit n'avait jamais disposé personne à faire du gras !

— Je veux savoir si je peux m'acheter mon *briquet*[1] de midi, quoi ! Un travailleur a besoin de prendre des forces.

A présent le père ne fixait plus le mur mais le plancher. Il voulait que personne ne le surprenne en train de quémander ainsi. Devoir en passer par sa fille pour s'acheter un casse-croûte l'humiliait. Félicie eut pitié de lui.

— Bien sûr. Tu peux prendre un hecto de pâté ou de fromage avec un *tall* de pain, répondit-elle en s'absorbant à son tour dans le boutonnage de son chandail élimé, troué aux coudes. A moins que tu ne préfères une boîte de sardines ?

Il opina, la tête toujours baissée, comme s'il appréciait la propreté du sol balayé tous les soirs avant l'extinction des feux.

— Et le vin ?

— Deux litres, la même ration que les autres.

Quelques visages commençaient à se tourner vers eux. Félicie en termina avec le dernier bouton :

1. Casse-croûte.

— Tu peux même avoir un paquet de tabac, si tu veux, conclut-elle dans un souffle. Tu feras marquer les dix centimes.

Renonçant à prendre place à la longue table près de la fenêtre où les gars lichaient les dernières gouttes de café au fond de leur bol en leur lançant des regards inquisiteurs, elle s'empara d'un quignon qui traînait et ressortit.

Les veinards qui habitaient avec leur famille les bâtiments divisés en petits appartements au-dessus de celui de la cantine et des dortoirs sortaient de chez eux en devisant, la moustache bien peignée et la chemise propre sous la veste en grosse toile bleue. On sentait qu'une main féminine avait rectifié le col, dépoussiéré le béret sur le pas de la porte.

Les ouvriers venant de la vallée arrivaient au même moment sur le terre-plein au-dessus de la trémie. Ceux de Los Masos, un hameau au-dessus de Valmanya, traversaient la rivière du Château, et coupaient par le Faig Gros jusqu'à la Descarga où les rejoignaient ceux du village arrivés par la Bassouse, et ceux de la Bastide qui remontaient la Rabasse après avoir passé le col de Palomera. C'est ensemble qu'ils gravissaient l'ultime montée vers la Pinouse.

On les entendait s'interpeller, s'engueuler, rire en escaladant les derniers mètres. Le rouge aux joues, le jeune Péric Marfin fila comme s'il avait le diable à ses trousses vers la forge où il aidait le père Armangaud, poursuivi par les lazzis de ses aînés. Les Marfin, les Mary, les Arquer, les Beaux, les Gource, les Oliver et les Garrigue représentaient plus de la moitié de la population de Valmanya et de Los Masos, et donc une part importante du personnel de la *Pinosa*. Comme ils prenaient femme dans les mêmes familles, ils étaient tous plus ou moins cousins et poursuivaient à la mine les conversations entamées au village.

Ils étaient tous vêtus de vestes de travail au tissu épais mais amolli par l'usure qu'ils enlèveraient au bout d'une heure ou deux au fond, dans l'échauffement de l'effort. Sous terre, la température variait peu : il y faisait frais en été et tiède en hiver. Aucun d'entre eux ne portait le casque en cuir ou en carton bouilli préconisé par le règlement de sécurité. C'était bon pour les ingénieurs et les frères Valentin, les propriétaires de la *Pinosa*, quand ils venaient en inspection !

Les nouveaux arrivants passèrent devant Félicie sans même paraître la voir. Tant mieux.

La brume du petit matin s'était dissipée et un rayon de soleil faisait vibrer la fourrure sombre des sapins. La journée promettait d'être belle. Il fallait qu'elle se dépêche à présent.

Mais où elle va encore cavaler, celle-là ? Une nouvelle fois attifée comme l'as de pique. Et ce pantalon d'homme ! Si c'est pas malheureux ! A son âge, tout de même, elle pourrait porter une jupe, et arrêter de rôder ainsi dans la montagne à toute heure du jour ! Elle doit avoir dans les treize ans à présent. Je crois bien qu'elle est de la même année que la petite Valverde. C'est cela : 1901. Seulement la Zoé, c'est pas la même chanson : elle est coquette et ne sortirait pas sans des rubans à ses nattes et un joli tablier blanc sur sa robe. Pas de danger qu'on la confonde avec un garçon comme cette grande ficelle de Félicie. C'est là qu'on voit qu'une fille a besoin d'une mère !

Quelle gamine bizarre, vraiment ! Je le disais l'autre jour à Abdon : une vraie sauvageonne. Elle part, elle revient quand elle veut, parfois on ne s'aperçoit même pas de sa présence et au moment où on s'avise qu'elle devait être là, elle est déjà repartie. Envolée. A croire qu'on a rêvé !

Pas causante avec ça. Juste le strict nécessaire pour qu'on ne la croie pas muette ! On ne peut pas dire qu'elle soit gracieuse, ça non !

Il faut reconnaître qu'avec cet ivrogne de Polyte, sa vie n'est pas facile. Pour ce qu'il s'occupe d'elle ! C'est sûr qu'à choisir entre la bouteille et Félicie, il n'hésiterait pas ! Et elle, pas rancunière, qui est toujours là pour le remonter dans son lit. A se demander si elle est sa fille ou sa mère !

Bah ! tout cela ne fait pas avancer le travail. Les bols traînent encore sur les tables pas nettoyées et il faut commencer à préparer le repas de midi pour l'équipe du soir. Quand ils se réveillent, ceux-là, ils sont affamés. Ah, il ne faut pas leur en promettre ! Jamais la Casso n'a laissé leur assiette vide et ça ne va pas commencer aujourd'hui. Il faut commencer à éplucher tout de suite les pommes de terre pour le ragoût. Où est-elle, cette empotée de Catherine ? Jamais là quand on a besoin d'elle !

2

La poussière giclait sous ses semelles de corde. Félicie bondissait plus qu'elle ne courait, dévalant la pente abrupte tout droit, sans se soucier des lacets que le sentier enroulait entre les arbres. Elle adorait cette sensation de toucher à peine terre. Comme si elle pouvait, d'un moment à l'autre, s'envoler.

Prenant appui sans même ralentir sur la pierre plate qu'elle connaissait bien, elle se suspendit à la branche qui surplombait les eaux tumultueuses du torrent et, d'un coup de reins, se propulsa sur l'autre rive de la Rabasse où elle reprit sa course effrénée sans même souffler. Pas question de perdre son élan au moment d'attaquer la montée vers le Faig Gros, le gros hêtre planté telle une tour à signaux sur la crête entre les deux vallées. Ensuite, elle suivrait l'épaulement jusqu'à la Bassouse, et de là il ne lui resterait plus qu'à basculer vers la rivière du Château, sous la tour en ruine, pour arriver à l'entrée de Valmanya. Un jeu d'enfant.

Souvent le soir, les mineurs qui redescendaient chez eux au village après le travail pariaient sur celui qui couvrirait la distance le plus vite, avec à la clef une tournée de Byrrh citron au café-hôtel Mayneris. Le record était de vingt-trois minutes. Qu'auraient dit les gars s'ils avaient su que Félicie en mettait moins de vingt ? Ils auraient mis sa performance en doute, bien sûr : après tout, il n'y avait aucun témoin pour l'attester. Mais elle s'en moquait. Elle ne courait pas pour épater la galerie mais pour elle-même, pour la sensation enivrante de jouer les funambules sur la pente, toujours à la limite de la rupture d'équilibre, le sang soufflant à ses oreilles et le cœur battant plus fort. C'était un plaisir qu'elle ne s'accordait que de loin en loin ; la plupart du temps, elle préférait arpenter forêts, pâturages et rochers à pas lents et mesurés comme pour en savourer chaque centimètre, l'oreille et le nez aux aguets pour guetter le moindre frémissement de feuille, le moindre froissement trahissant le passage d'un animal dans les fourrés. Mais soudain, ça la prenait, ce besoin de libérer toute l'énergie retenue en elle dans une course qui aurait pu paraître folle à n'importe qui d'autre !

Cependant, aujourd'hui, il ne s'agissait pas d'un de ces défis qu'elle se lançait à elle-même – d'ailleurs elle n'aurait pas été en mesure de le relever. Ce matin, elle courait simplement parce qu'elle était pressée.

Elle avait laissé les sapins derrière elle et se faufilait à présent entre les troncs gris des hêtres. Leur feuillage était encore bien vert mais, vue de loin, la forêt s'auréolait d'un halo mordoré, d'une rousseur diffuse qui annonçait l'automne. D'ici la fin du mois, la brume matinale céderait la place à des brouillards chargés d'humidité que le vent de la mer pousserait au travers du col de Palomera. Puis arriveraient les premières neiges, ces petites gommes de l'hiver qui effaçaient les couleurs, et jusqu'à début avril la montagne ne se dessinerait plus qu'en noir et blanc, comme les photographies que prenait monsieur Campistro, l'instituteur des garçons à Valmanya. La Pinouse, isolée comme une île au milieu de toute cette blancheur, vivrait alors repliée sur elle-même, cernée par les bourrasques qui rendaient le froid encore plus coupant, plus aigu.

Durant l'hiver 1906-1907, qui avait été particulièrement rude, la cité minière avait été entièrement coupée du reste du monde pendant plus de trois semaines. On avait dû stopper les travaux de construction de la voie du petit train minier et les *traginers*, ces muletiers qui s'occupaient encore de convoyer les sacs de minerai à raison de cent vingt kilos par bête de somme, ne passaient plus tant les congères étaient hautes et verglacées.

Félicie n'avait que six ans à l'époque mais elle gardait le souvenir d'une atmosphère étrange. Le vent chargé de neige hurlait au bas des portes et l'eau des brocs gelait dans les dortoirs qui n'étaient pas chauffés. Heureusement, madame Blanche, qui tenait la cantine avant les Casso, avait fait des réserves et on n'avait pas eu à souffrir de la faim. Néanmoins, l'inaction pesait sur les hommes qui ignoraient combien de temps ils allaient rester ainsi bloqués par la tempête loin de chez eux. Désœuvrés, ils trompaient leur ennui et leur envie de revoir leur famille en jouant aux cartes, mais l'énervement et les nombreuses bouteilles vidées faisaient souvent dégénérer les parties. La tension était palpable, épaisse et lourde comme le tissu de laine feutré des capotes de berger dont tous se revêtaient pour affronter la bise et remonter au dortoir se coucher, en espérant que le lendemain, au lever, le temps se serait éclairci et qu'ils pourraient enfin reprendre le travail et une vie normale. En serait-il de même cette année ?

Un coup de sifflet étouffé lui parvint alors qu'elle basculait sur l'autre versant, après la Bassouse : ses treize wagonnets et ses deux plates-formes remplis sous la trémie par le minerai extrait durant la nuit, le train s'apprêtait à quitter Rapaloum pour repartir vers le Vallespir. Il sifflerait ensuite en passant la tranchée de Poncy puis le col de Palomera avant de s'arrêter aux Manerots où il croiserait un deuxième convoi montant à vide. Félicie pouvait anticiper le moment où la modulation stridente assourdie par la distance lui serait renvoyée en écho par la vallée. A sa longueur et à sa plus ou moins grande vigueur, elle pouvait même deviner qui conduisait la locomotive à vapeur. Ce matin, c'était monsieur Jules qui ouvrait ainsi la voie, sa chanson favorite aux lèvres.

Tout en sautant par-dessus un rocher, Félicie porta ses deux doigts repliés à sa bouche et répondit d'un sifflement bref mais puissant. Elle savait que monsieur Jules ne pourrait pas l'entendre, surtout avec le halètement de sa machine, mais ce n'était pas grave. L'essentiel était de lui avoir rendu son salut, ainsi qu'elle le faisait chaque fois. C'était comme un rituel.

Elle l'avait pratiqué tous les matins de la semaine sept ans durant en descendant à l'école. La première année, elle avait suivi ce grand dadais de Toine Calvet qui lui criait « Suis-moi si tu le peux, la morveuse ! » en la précédant à grandes enjambées sur le sentier. Mais dès la rentrée suivante, elle avait dû se débrouiller seule, le Toine ayant enfin décroché, au grand soulagement des siens, le certificat d'études après lequel il courait depuis trois ans.

Les autres enfants de la Pinouse ne faisaient pas le trajet comme elle, matin et soir. A leur entrée à l'école, leurs parents les mettaient en pension à l'hôtel Mayneris ou dans une famille de Valmanya. Parfois, le plus simple était même de déménager, le père restant à travailler là-haut tandis que la mère s'installait au village avec les gosses. Pour Félicie, il ne pouvait être question ni de l'un ni de l'autre : cela faisait trois ans que la mère était partie et même si le père, par extraordinaire, avait pensé à la laisser à de braves gens du coin, il n'en aurait pas eu les moyens, le peu qu'il gagnait alors suffisant à peine à étancher sa soif. D'ailleurs, Félicie n'aurait pas voulu le laisser. Il n'aurait plus manqué qu'elle s'en aille à son tour !

Alors elle avait fait l'aller et retour tous les jours sauf le jeudi et le dimanche, rageant intérieurement quand la neige trop abondante l'obligeait à interrompre son va-et-vient quotidien.

Une dernière glissade, tout le poids de son corps sur les talons, l'amena à l'entrée du pont à la rambarde métallique qui enjambait la rivière à l'aplomb des ruines du *castell*[1] et marquait l'entrée de Valmanya, dont les rues s'élançaient à l'assaut du versant d'en face. Le cadran de l'horloge qui ouvrait son œil unique de cyclope sur le clocher n'indiquait pas encore huit heures. Elle aurait largement le temps de bavarder avec mademoiselle Marguerite et de lui offrir ses champignons avant que la cloche ne sonne le début de la classe. Elle savait où la trouver à cette heure.

Comme elle le pensait, l'institutrice s'affairait dans le petit jardin en triangle dévolu aux enseignants en contrebas de la cour de l'école. Elle repiquait des choux, sa jupe noire et son corsage gris perle, au col discrètement souligné de dentelle, protégés par un ample tablier de toile bleue maculé de terre.

A la voir ainsi penchée, dans cette pose familière, Félicie eut un pincement au cœur. Mademoiselle Marguerite était la seule femme pour laquelle elle éprouvait quelque chose qui ressemblât à de l'affection. Un sentiment réciproque, qui plus est. L'institutrice s'évertuait depuis près de vingt ans à faire entrer un peu de savoir dans la tête dure des petites paysannes du coin dont les rêves, quand elles en avaient, étaient rapidement dissipés par le mariage, les enfants et le dur labeur quotidien aux

1. Château.

champs et à la maison, comme leurs mères et leurs grands-mères avant elle, quand Félicie était arrivée dans sa classe. Derrière ses allures de sauvageonne à la méfiance obstinée, mademoiselle Marguerite avait très vite deviné l'élève dont elle avait toujours rêvé : curieuse de tout, insatiable même, retenant sur-le-champ ce qu'elle entendait pour la première fois et devinant ce qu'elle n'avait pas encore appris. Pendant que les autres filles peinaient, suivant leur âge, sur leurs additions ou leur composition française, Félicie, qui avait terminé ses devoirs depuis belle lurette, passait avec l'institutrice des moments délicieux à parler du mouvement des planètes, des récentes découvertes de madame Curie ou des lointains pays où vivaient les nègres et les Annamites que mademoiselle Marguerite avait eu la chance d'admirer à Paris lors de l'Exposition coloniale.

Et puis Félicie avait atteint le seuil fatidique des treize ans et ces tête-à-tête où le monde semblait s'ouvrir devant elle avaient pris fin. C'était en juillet dernier.

Elle avait refusé de passer le certificat d'études. Elle l'aurait eu haut la main, bien sûr, mais pour quoi faire ? Il était hors de question qu'elle puisse suivre de quelconques études : pour les filles, le choix était très limité, et de toute façon elle n'avait pas d'argent. Elle ne deviendrait pas une nouvelle Marie Curie.

Alors à quoi bon ? Elle n'avait besoin d'aucun diplôme pour savoir que son cerveau fonctionnait bien, sans doute mieux et plus vite que la moyenne.

Mademoiselle Marguerite avait été très déçue. Elle avait tout fait pour convaincre son élève de se rendre à Prades avec les autres. Elle avait même proposé de payer de ses maigres deniers tous les frais, de lui acheter une robe et des souliers pour se présenter devant les examinateurs. Mais Félicie s'était montrée intraitable. Elle refusait de participer à un jeu où elle n'avait rien à gagner.

Le jour de l'examen, elle l'avait donc passé à cueillir des *coscolls*[1] dans la montagne, et au retour des candidats, après la proclamation des résultats, même la réussite de Zoé Valverde, la fille d'un des chefs de poste de la *Pinosa* qui avait toujours été sa dauphine en classe, ne lui avait pas arraché un regret ! Elle ne regrettait jamais rien d'ailleurs. Ce n'était qu'une perte de temps. Elle prenait une décision et s'y tenait, sans jamais chercher à imaginer ce qui aurait pu être si son choix avait été différent.

Le panier de mademoiselle Marguerite, heurté par l'arrière de son sabot, versa, et le potiron orange vif qu'elle venait de cueillir commença à rouler le long du terrain en pente sans que l'institutrice, absorbée dans ses travaux de jardinage, n'y prît garde. Félicie intercepta prestement le légume bondissant et le tendit à sa propriétaire. Relevant la tête, mademoiselle Marguerite eut un sursaut :

— Oh, c'est toi, Félicie ? remarqua-t-elle platement. Je ne t'avais pas entendue venir.

Tout en essayant de remettre en place, du revers de la main, une mèche de cheveux qui avait échappé aux bandeaux sages soutenant son chignon, elle corrigea avec un petit rire contraint :

— De toutes les façons, on ne t'entend jamais venir. Je ne sais pas comment tu fais, tu es aussi silencieuse qu'un chat.

Félicie, occupée à reposer dans le panier le potiron que mademoiselle Marguerite ne faisait pas mine de reprendre, eut un haussement d'épaules désabusé :

— Ce n'est pas difficile ; personne ne fait attention à moi.

1. Livèche, sorte d'angélique sauvage consommée en salade.

Les joues de l'institutrice, déjà rosies par l'effort, virèrent au cramoisi.

— Il ne faut pas dire une chose pareille, voyons !

— Oh, ça ne me gêne pas, au contraire. Au moins, on me fiche la paix !

— « On me laisse en paix », corrigea machinalement mademoiselle Marguerite. Tu sais que je n'aime pas t'entendre parler ainsi.

Cette fois, Félicie s'abstint de répondre. Elle aimait beaucoup son ancienne maîtresse d'école ; elle savait tant de choses et prenait tant de plaisir à les lui transmettre ! Mais elle avait une curieuse attitude envers ce qui la mettait mal à l'aise ou qui l'entraînait vers un terrain par trop mouvant : elle refusait d'en entendre parler. Comme si, en n'étant pas nommées, les choses perdaient de leur réalité jusqu'à disparaître tout à fait ! A bien y penser, c'était décevant. Mais il y avait beau temps que Félicie avait appris à ses dépens que les êtres humains finissaient toujours par la décevoir. La différence entre eux ne se situait que dans l'importance et la fréquence de ces déceptions. Et à tout prendre, mademoiselle Marguerite faisait partie des quelques-uns – très rares – qui la décevaient le moins. Félicie pouvait bien lui accorder quelques bizarreries et faiblesses.

L'enseignante s'était déjà détournée pour empoigner l'anse d'osier de son panier plein et elle ne put voir la désapprobation qui avait fugitivement crispé la bouche de son élève préférée.

— Allons, il est temps de rentrer, sinon je n'aurai pas le temps de me nettoyer avant la classe. Heureusement, c'est monsieur Campistro qui surveille l'arrivée des élèves ce matin !

Prenant bien garde d'appuyer le ventre du panier humide de rosée et gras de terre brune sur le grand tablier bleu qui ceignait sa taille et protégeait la tenue stricte composant son « uniforme » d'institutrice, mademoiselle Marguerite entreprit de remonter l'allée étroite qui partageait le potager en deux vers le mur de pierres sèches marquant l'enceinte de l'école et soutenant la cour. Tout en la suivant, Félicie se fit la réflexion qu'elle était toute petite. Malgré le chignon lâche qui surmontait sa chevelure châtain à peine striée d'un peu de gris, elles étaient toutes les deux de la même taille. A moins que ce ne fût elle, Félicie, qui ait grandi durant l'été.

Elle jeta un coup d'œil à ses pieds. C'est vrai que le vieux pantalon de son père n'avait plus besoin que d'un seul revers aux chevilles.

Tout en continuant à bavarder, mademoiselle Marguerite poussa la porte percée au bout du mur. Elle ouvrait sur une volée de marches inégales qui permettaient d'atteindre le niveau de l'école où résonnaient déjà quelques cris et rires : les premiers élèves passaient le portail en se bousculant sous l'œil mélancolique de monsieur Campistro. L'instituteur des garçons, la mine toujours aussi sombre, marchait de long en large dans la cour, les mains croisées derrière son dos, l'index intercalé entre les pages d'un livre qu'il consultait de temps à autre comme s'il était en train de l'apprendre par cœur et vérifiait qu'il ne se trompait point en le récitant. De la poésie, aurait assuré cette dinde de Zoé Valverde qui se pâmait devant lui à chaque récréation. Avec ses yeux noirs et sa courte barbe brune et soyeuse, elle le trouvait terriblement « romantique ». S'inspirant du feuilleton quotidien du journal *L'Indépendant* qu'elle lisait en cachette de ses parents, elle avait même vanté une fois son « regard ténébreux », et ne perdait pas une occasion de traîner autour de lui en tortillant du croupion ! En fait de poésie, Félicie s'en était rendu compte en déchiffrant à l'envers les titres de certains ouvrages posés sur son bureau, l'instituteur était surtout sensible à celle des chiffres, des axiomes et des théorèmes. Il devait en ce moment se réciter avec délice une nouvelle formule mathématique qui ouvrait à son esprit des horizons bien plus tentateurs pour lui que tous les ciels et toutes les mers du monde !

Mademoiselle Marguerite se méprit sur le regard que son ancienne élève laissait errer autour d'elle.

— L'école te manque ? Tu aimerais revenir ?

L'institutrice s'était arrêtée, sans souci du lourd panier qui tirait douloureusement sur ses bras. L'excitation perçait dans sa voix.

— Tu as changé d'avis ? Tu as envie de passer le certificat à présent ? C'est pour cela que tu es venue me voir aujourd'hui ?

Deux gamins de cinq à six ans venaient de s'empoigner sous le platane qui projetait son ombre légère et mouvante sur une bonne moitié de la cour. Ils se roulaient avec entrain et délectation dans la poussière, poursuivant sans doute une querelle commencée sur le chemin de l'école. Deux petits Marfin à en juger par leur front têtu, leurs cheveux coupés ras, presque tondus, et le tablier noir hérité de leurs aînés, maintes fois raccommodé aux coudes et verdi par l'usure. Deux de plus. Il n'y avait pas besoin de les connaître pour les reconnaître. Le mugissement inarticulé poussé à leur encontre par monsieur Campistro, depuis l'autre bout de la cour, ne les émut pas outre mesure. Les horions pleuvaient sous les encouragements des autres vauriens qui faisaient désormais cercle autour d'eux. Monsieur Campistro abandonna avec regret sa promenade inspirée et s'approcha enfin pour les séparer.

— Sais-tu que ton amie Zoé va partir à Perpignan apprendre le secrétariat ? poursuivait l'institutrice, résolue à ne pas se laisser distraire du mince espoir qu'elle venait d'entrevoir. Son père est venu me parler.

— Zoé Valverde n'est pas mon amie, la coupa sèchement Félicie. Et je n'ai pas changé d'avis.

La brusquerie du ton fit pâlir mademoiselle Marguerite. Les lèvres serrées, elle reprit son panier et monta les deux marches du perron vers la porte de chêne au heurtoir de cuivre bien astiqué qui s'ouvrait au milieu de la façade de l'école, entre les hautes fenêtres des deux classes, donnant accès aux logements des enseignants, au premier étage.

Félicie se maudit à voix basse. Quelle idiote elle pouvait être parfois ! C'est vrai, elle détestait les faux-fuyants ; elle disait toujours ce qu'elle pensait sans se soucier de blesser ou de choquer celui qui l'écoutait. Cependant, quand elle s'adressait à mademoiselle Marguerite ou à monsieur Legrand, elle s'efforçait, sans les changer pour autant, d'arrondir un peu les angles de ses jugements souvent abrupts, d'y mettre « les formes » comme disait monsieur le maire quand il avait une mauvaise nouvelle à annoncer. Ils étaient habitués à un certain formalisme et elle voulait bien faire cet effort pour préserver l'amitié qui les liait et qui lui était si précieuse. Balthazar, quant à lui, se moquait bien de toutes ces « simagrées » comme il les appelait. « L'important, c'est ce que tu as là, et là ! » répétait-il en désignant sa tête et sa poitrine à l'endroit du cœur. Mais Balthazar était un sage qui voyait bien au-delà des choses. L'institutrice et l'ingénieur de la mine, eux, restaient attachés aux apparences.

Elle rattrapa mademoiselle Marguerite devant l'évier de grès rose de la cuisine où elle lavait ses mains terreuses.

— J'étais venue pour vous saluer et vous apporter ces *coriolettes*, je sais que vous les aimez.

Sur ces mots, elle renversa le contenu de son bissac sur la table et les petits champignons beige et brun cascadèrent en pluie odorante sur la nappe à carreaux rouges et blancs.

Félicie savait que ce modeste cadeau ferait plaisir à l'institutrice. Depuis qu'elle avait commencé à fréquenter l'école de Valmanya, elle lui avait souvent apporté sa cueillette. Elle restait alors après la classe ou même revenait le jeudi pour aider mademoiselle Marguerite à enfiler avec une aiguille les *coriolettes* sur un fil, toutes les deux assises à cette même table sous la lampe. Ensuite, pour les faire sécher, elles allaient accrocher les guirlandes de champignons en festons sous le toit de l'appentis où on remisait la brouette et les outils de jardin. Une semaine après, quand le vent et le soleil avaient fait leur œuvre, elles n'avaient plus qu'à décrocher les guirlandes, enlever les fils et enfermer les *coriolettes* ratatinées et durcies dans des bocaux en verre qui rejoignaient leurs semblables sur l'étagère au-dessus du fourneau. Lorsque, quelle que soit la saison, mademoiselle Marguerite voulait agrémenter un civet ou une omelette, elle n'avait qu'à en puiser une poignée, la jeter dans un bol rempli d'eau, et les champignons retrouvaient en quelques instants leur moelleux et leur onctuosité.

Comme prévu, les yeux de l'institutrice se mirent à briller en découvrant la moisson aux senteurs humides de prés et de sous-bois qui couvrait sa table. Sans même prendre le temps de sécher ses paumes mouillées au torchon blanc pendu à côté de l'évier, elle y plongea les mains avec un petit rire gourmand qui la faisait paraître vingt ans plus jeune.

Satisfaite de lui avoir ainsi rendu sa bonne humeur, Félicie s'adossa au chambranle de la porte, les bras croisés sur son vieux chandail. Elle avait réparé sa faute. Bien. Il ne lui restait plus maintenant qu'à prendre congé avant que la cloche, agitée par la petite main impatiente de l'élève de semaine, ne se mette en branle pour indiquer le début des classes. Rajustant sur son épaule le bissac désormais bien plus léger, elle esquissa un pas en arrière.

Mais mademoiselle Marguerite ne l'entendait pas de cette oreille. Délaissant les champignons dont certains avaient roulé du bord de la table sur l'assise paillée de la chaise rangée contre le mur, elle annonça triomphalement qu'elle aussi avait une surprise pour celle qui restait, quoi qu'il arrive – elle insista bien sur ces mots –, son élève préférée.

Affectant un air mystérieux, l'institutrice alla fouiller dans une boîte en fer dont le couvercle arborait la marque Lefèvre Utile sous l'image peinte d'un bambin aux boucles blondes en train de grignoter un biscuit. Félicie savait ce qu'elle renfermait : comme chaque été, mademoiselle Marguerite avait profité de ses vacances dans la maison familiale de ses parents à Arles-sur-Tech pour faire provision de rousquilles, ces délicieux gâteaux à l'enrobage meringué parfumé à l'anis et au citron, spécialités du plus fameux pâtissier de la ville. Mademoiselle Marguerite en raffolait presque autant que des *coriolettes* et ne remontait jamais à Valmanya pour la rentrée sans en rapporter. Elle en prit quatre et les enveloppa dans un mouchoir immaculé. Félicie, dont le palais était peu habitué aux douceurs, les trouvait trop sucrées pour son goût, mais elle n'en remercia pas moins l'institutrice avec effusion.

— Ce n'est pas tout ! ajouta cette dernière en agitant un index mutin au nez de Félicie.

Et d'aller pêcher dans les profondeurs du buffet de fruitier sombre un paquet quadrangulaire enveloppé de gros papier brun.

— Ouvre, ordonna-t-elle en le déposant sur la table, au milieu des champignons épars.

Félicie eut un léger mouvement de recul. Elle n'avait jamais reçu de cadeau. Un chandail usagé parfois ou une pierre de sucre dans un quignon de pain pour son goûter quand elle était petite. Mais jamais un vrai cadeau, choisi et empaqueté pour elle.

Elle avança une main hésitante mais n'osa pas le prendre. Retenant son souffle, elle déchira un coin du papier. Un livre. Les battements de son cœur s'accélérèrent. Ses doigts désormais impatients finirent d'arracher l'emballage. Les lettres dorées du titre sur la couverture rouge sombre dansaient devant ses yeux. *La Légende des siècles*. Victor Hugo.

Elle aurait voulu crier « Merci, oh merci ! » mais elle était incapable d'articuler le moindre son. La joie et la gratitude l'étouffaient.

De tous les auteurs qu'elle avait découverts dans ses livres de classe et grâce à ses conversations avec mademoiselle Marguerite qui lui en prêtait d'autres à l'occasion, monsieur Hugo avait toujours été son préféré. Dans une rédaction, elle avait expliqué ce que son style ample, son verbe puissant et visionnaire, sans mièvrerie, suscitaient en elle. Evidemment les autres filles, à commencer par cette tête creuse de Zoé, avaient ricané bêtement quand elle avait lu son essai à haute voix. Mais pas mademoiselle Marguerite.

Cependant, quand Félicie était venue lui apporter quelques jours plus tard un long poème de sa composition où elle comparait le Canigou à l'Olympe, séjour des dieux, mademoiselle Marguerite n'avait jamais voulu croire qu'une gamine de douze ans, fût-elle son élève préférée, dont elle louait tant l'intelligence, pût en être l'auteur. Durant des jours et des jours, elle avait cherché dans tous les livres d'Hugo ce texte qui avait échappé à sa sagacité. Après tout, l'œuvre du grand homme était si monumentale !

Bien sûr, elle n'avait jamais trouvé. Pour la première et seule fois à ce jour, Félicie en avait voulu à sa chère maîtresse d'école. Elle était si furieuse qu'elle n'avait pas ouvert la bouche en classe de toute une semaine. Finalement, elle s'était dit que l'obstination de mademoiselle Marguerite à voir dans son ode au Canigou la marque du grand poète était plutôt flatteuse et elle lui avait pardonné. Mais jamais plus elle ne lui avait apporté de poème.

Désormais, c'était dans la montagne, avec les arbres, les oiseaux et les renards pour tous témoins, qu'elle allait déclamer ses vers et ceux de monsieur Hugo. Des vers où les cieux se déchiraient et où roulait le tonnerre, où les flots en furie grondaient et où les rochers se fendaient sous la colère divine – pour Félicie, Dieu était toujours en colère contre les hommes, il ne pouvait en être autrement.

C'était là, dans ce théâtre naturel et grandiose où les mots s'envolaient jusqu'au ciel, amplifiés par l'écho des falaises, qu'ils prenaient tout leur relief et leur dimension, pas dans une petite salle de classe de village où la voix atone et balbutiante des élèves plus ou moins studieux les émasculait, les réduisant à une litanie monocorde ou à une comptine chantonnante qui endormait les plus petites près du poêle.

Félicie tournait les pages de son cadeau avec ravissement, imaginant déjà les mots coulant de sa bouche, éclatant sur ses lèvres.

Pendant ce temps, mademoiselle Marguerite avait ramassé les *coriolettes* dans un plat de faïence fleurie, enlevé son grand tablier bleu, rajusté son chignon et le col de son chemisier. Souriant avec indulgence devant l'émotion de son ancienne élève, elle lissait d'un geste vif les plis de sa jupe grise, lorsque le grelot métallique de la cloche mit en émoi toute la cour. Sabots et bottines martelèrent la terre durcie en courant vers les portes des classes, à gauche pour les garçons, à droite pour les filles, ainsi qu'une grosse pluie d'orage poussée par le vent. C'était l'heure.

Félicie marmonna encore un merci et glissa précipitamment le précieux livre dans son sac en bandoulière. Le lourd volume vint heurter sa hanche encore meurtrie. Elle tressaillit douloureusement.

— Qu'est-ce qui ne va pas, ma fille ? s'inquiéta aussitôt mademoiselle Marguerite. Tu t'es fait mal ?

Félicie réprima une grimace et secoua la tête.

— Ne dis pas non. Je le vois bien !

Félicie, penchée sur la sacoche qu'elle refermait, fuyait le regard de l'institutrice.

— Ton père t'a encore battue, c'est ça ?

La voix de mademoiselle Marguerite montait dans les aigus sous l'effet de la colère. Félicie se battait toujours avec la courroie de fermeture, les mâchoires serrées, le front hostile.

— Ça ne peut plus continuer ainsi ! Un jour, cette brute te blessera gravement ! La prochaine fois qu'il descendra à Valmanya pour aller voir sa famille à Perpignan, je parlerai à monsieur Legrand.

Elle posa une main consolatrice sur le bras de Félicie qui continuait à s'acharner sur la courroie.

— On t'enlèvera à lui, s'il le faut.

Félicie se dégagea violemment, les yeux pleins de larmes.

— Vous ne pouvez pas comprendre. Ce n'est pas de sa faute !

Elle répéta, farouche :

— Ce n'est pas de sa faute.

Et, tournant les talons, elle s'enfuit en courant, plantant là mademoiselle Marguerite éberluée.

La place du village était presque déserte à cette heure de la matinée. Seules quelques poules vagabondes picoraient au pied du muret qui courait devant les maisons. Les hommes étaient soit là-haut, à la mine, soit dans leur boutique ou leur atelier comme le maréchal-ferrant, les gosses à l'école et les femmes encore chez elles après avoir mené les vaches au pré.

Félicie, toujours courant, traversa la place jusqu'à la fontaine à double bassin de pierre. L'eau y coulait en permanence, limpide et fraîche. Félicie y plongea ses deux mains en coupe et, un genou sur la margelle, aspergea son visage en feu. Une fois, et une autre encore. Sa respiration haletante soulevait sa poitrine encore creuse par à-coups. Le sang grondait à ses oreilles et martelait ses tempes. Etait-elle sotte, à la fin, de se mettre à chaque fois dans des états pareils ? Que pouvaient-ils comprendre à la trahison, tous autant qu'ils étaient ? Même mademoiselle Marguerite, qui savait pourtant tant de choses, semblait tout en ignorer.

Félicie s'efforça par la seule force de sa pensée de calmer les battements désordonnés de son cœur. Peu à peu, ses muscles crispés se relâchèrent.

Elle plaqua sa bouche contre le tuyau de cuivre d'où jaillissait dans un murmure le filet d'eau glacée et but à longs traits. La fontaine était alimentée par une source à quelques centaines de mètres au-dessus du village et, à chaque gorgée, c'était comme si la montagne lui donnait un peu de sa force et de sa sérénité.

Enfin, elle se redressa. Les gouttes ruisselaient sur ses joues et son menton jusque sur son chandail dont la laine, trempée, collait à sa peau. Qu'importe, elle avait repris le contrôle.

Elle jeta un coup d'œil circulaire autour d'elle. La porte vitrée encore close du café-hôtel Canigou – c'était l'enseigne officielle peinte en lettres capitales sur la façade chaulée, entre les fenêtres du premier et du second étage, mais tout le monde disait « le café Mayneris », du nom des propriétaires – se donnait des airs de sagesse et de vertu derrière ses rideaux blancs au crochet. Sur le seuil de la maison voisine, la vieille Joséphine Cassou tricotait, un grand chien jaune sale prenant le soleil à ses pieds. Les bruyantes ablutions de Félicie ne lui avaient même pas fait lever la tête de son ouvrage. Mais il est vrai qu'elle était sourde comme un pot. Quant au corniaud alangui, il n'avait ouvert un œil paresseux que pour le refermer aussitôt.

Des éclats de voix jaillirent d'une fenêtre ouverte. La mère Sabater et sa bru se prenaient une fois de plus le bec pour une histoire de linge mal rangé ou de chandelle usée. La vie suivait son cours.

Félicie se sentit absurdement soulagée ; personne n'avait remarqué son trouble.

Elle essuya d'un revers de main l'eau qui perlait encore au coin de ses lèvres, changea son bissac d'épaule pour éviter de raviver la douleur de sa hanche tuméfiée et décida de monter jusqu'au col de Palomera pour s'essayer à lancer dans le vent les premiers vers de cette *Légende des siècles* offerte par la chère mademoiselle Marguerite. Il fallait au moins toute la plaine à ses pieds pour les entendre !

Comme elle quittait la place, pressée de retrouver la solitude protectrice de sa montagne, une forme sombre, tassée sur elle-même, vint à sa rencontre : les paupières baissées sur sa peine, les cheveux dissimulés sous un vieux foulard noir étroitement noué sous son menton, qui la faisait paraître aussi âgée que la mémé Cassou alors qu'elle n'avait pas quarante ans, la mère de François Romeu venait remplir la grosse cruche à bec qu'on appelait *cantir* à la fontaine.

Un flot de compassion submergea Félicie, lui faisant un instant oublier les instants pénibles qu'elle-même venait de vivre. Cette détresse muette l'émouvait plus qu'elle n'aurait pu l'imaginer.

Comme tout le monde ici, elle savait que François Romeu, mobilisé au 96ᵉ régiment d'infanterie qui avait quitté Perpignan début août, était porté disparu depuis le 22 du même mois. Personne ne l'avait revu depuis une violente attaque sur le front lorrain, près de Lunéville, dans laquelle son unité était engagée. Il n'était pas seul dans ce cas d'ailleurs, puisque depuis le même jour, lors de la même bataille, Pierre Maynègre, enrôlé, lui, dans le 81ᵉ, un régiment frère appartenant à la même 31ᵉ division d'infanterie, manquait aussi à l'appel.

Vincent Beaux, leur copain d'enfance qui était deuxième classe au 96ᵉ, avait écrit à sa mère comment ils avaient tous été dispersés pendant l'engagement et comment, des jours et des jours après, des camarades qu'on croyait tombés au feu rejoignaient le cantonnement après avoir été recueillis par d'autres unités.

Sa lettre était passée de main en main dans le village et chacun s'était dit persuadé qu'il en serait de même pour le François et le Pierre. *Bon Deu*, deux gaillards de vingt et un et vingt-deux ans comme eux, ça ne se laissait pas aussi facilement avoir par les boches ! Mais les semaines avaient passé sans jamais apporter la nouvelle tant espérée. La mère de François, convaincue qu'elle ne reverrait jamais son fils, avait pris le deuil. Celle de Pierre voulait y croire encore. Elle affirmait à qui voulait l'entendre que son Pierrot avait pu être ramassé par des brancardiers et emmené, inconscient, amnésique peut-être, vers un hôpital de fortune où ses officiers ne pensaient pas à le chercher. Ça s'était vu ! Dans la confusion qui régnait « là-haut » – quand on vit au sud, le nord est toujours « en haut » –, l'armée avait bien d'autres chats à fouetter qu'à recenser les soldats touchés qui avaient perdu la mémoire pour rassurer leurs parents, n'est-ce pas ? C'est que les fridolins étaient plus coriaces que prévu ! Heureusement que les Catalans étaient là pour sauver Paris et ces messieurs du gouvernement. Que serait-il arrivé si Joffre, le Rivesaltais, n'avait pas eu l'idée de réquisitionner les taxis parisiens pour arrêter les Prussiens sur la Marne ?

Et puis, s'habiller trop tôt de noir, c'était attirer le malheur et la mort ! Aussi tous les matins la mère Maynègre s'habillait-elle comme à l'accoutumée pour vaquer à ses occupations habituelles, pour conjurer le sort.

Dire qu'il y avait deux mois à peine, presque jour pour jour, Jean Pacull, le maire de Valmanya, se tenait là, au milieu de cette place où tous ses administrés étaient assemblés, pour lire la déclaration de guerre et l'ordre de mobilisation. Sa voix ne tremblait pas mais il était blême. Il avait conclu en s'écriant « Vive la France ! » et quelques jeunes gens, toujours prêts à la bagarre, avaient repris en chœur avec enthousiasme. Pour un peu, ils n'auraient pas attendu leur feuille de route ! Félicie n'arrivait pas à se souvenir si François et Pierre étaient de ceux-là.

Les autres, plus âgés, plus réfléchis, avaient secoué la tête gravement, en silence, avant de se disperser. A la campagne, la guerre, cela signifie d'abord des bras en moins, et surtout du malheur.

Félicie s'était arrêtée, indécise. Elle dédaignait d'ordinaire la conversation des villageois, mais la mère de François Romeu remuait en elle des sentiments confus et contradictoires qu'elle ne reconnaissait pas. Elle avait envie de lui prendre la main, de lui murmurer des paroles de réconfort.

Elle hésitait encore sur la conduite à tenir, quand la femme en deuil la dépassa sans la voir, le regard dans le vague, absent, ailleurs.

Félicie pressa le pas pour laisser derrière elle les dernières maisons du village. Cela ne prenait guère de temps : Valmanya était moins peuplé que la Pinouse, qui abritait soixante-dix ouvriers sur les trois cents qui y travaillaient, sans compter les quelques familles installées là-haut. Contrairement à la cité minière, il n'y avait même pas de boulanger au village. Chacune faisait son pain comme elle pouvait, comme elle savait, et les enfants attendaient avec impatience le retour des mineurs, le soir, pour mordre dans « le pain des oiseaux », ces miches dorées à point qu'ils rapportaient de la mine dans leurs sacoches. C'était aussi bon que du gâteau !

L'évocation de ce pain rappela à Félicie les rousquilles offertes par mademoiselle Marguerite au fond de son sac. Elle sortit le mouchoir blanc qui les enveloppait et l'étala délicatement sur la rambarde du pont. Les biscuits étaient en miettes ; le lourd volume de poèmes de Victor Hugo les avait écrasés. Ils faisaient peine à voir. Cependant, ils sentaient toujours aussi bon. Leur délicat parfum d'anis et de citron faisait saliver Félicie. Elle se rendit compte qu'elle avait très faim : après une nuit de vagabondage dans la montagne, elle n'avait pas déjeuné ce matin. Elle portait avidement à sa bouche une poignée de ces miettes, quand elle s'entendit interpeller :

— Hep, la fille !

Elle n'avait pas besoin de se retourner pour reconnaître la propriétaire de cette voix irascible. Il n'y avait que la Séraphine de Los Masos pour ne même pas oser l'appeler par son prénom ! Celle-là, c'était la pire. Les autres feignaient seulement d'ignorer Félicie mais elle, Séraphine Oms, ne cachait pas la peur que lui inspirait « la fille » comme elle disait. Suivant l'adage qui assurait que lorsqu'on dîne avec le diable, il faut une longue cuillère, elle ne s'approchait jamais à moins de deux mètres, non sans multiplier les signes de croix et les invocations marmonnées entre ses gencives édentées.

Feignant de s'absorber dans la contemplation de la vieille forge abandonnée en contrebas, dont la roue horizontale entravée gémissait de solitude au ras du torrent, Félicie prit le temps de savourer les miettes de rousquilles qui fondaient délicieusement sur sa langue, passa une langue appliquée sur ses lèvres pour lécher jusqu'à la moindre trace de sucre, avant de se retourner sans hâte, le dos contre le parapet de pierre.

La Séraphine s'impatientait :

— T'as ce que tu m'as promis, la fille ? T'as mes herbes ?

Elle se dandinait d'un pied sur l'autre, se tordant les doigts comme si elle égrenait un chapelet invisible. Sa nervosité faisait ressortir les vilaines plaques d'un rouge vineux qui boursouflaient son cou et une de ses joues flasques. La Séraphine souffrait d'une maladie de peau qui lui causait des démangeaisons terribles. Comme il était hors de question de faire monter le docteur De Guardia de Vinça pour si peu, elle n'avait d'autre recours que de faire appel à Félicie dont la science des herbes qui soignent était connue de tous. Comme elle n'osait pas s'adresser à « la fille » directement, elle lui avait envoyé son voisin, le jeune Arquer, qui gardait les moutons de ses parents dans la haute vallée de la Lentilla. Félicie croisait souvent ce grand échalas monté en graine qui connaissait les sentiers et les coins à cèpes ou à *coscolls* presque aussi bien qu'elle. Elle avait accepté de préparer pour la vieille bigote une teinture à base d'*herba del fetge* qu'en français on appelait « hépatique », moyennant cinq sous. Et pas en monnaie de la mine, en vrais sous, pour augmenter sa cagnotte.

— Alors, tu les as, mes herbes ? répéta la Séraphine pressée d'en finir.

— Tu les as, mes cinq sous ? répondit Félicie sur le même ton.

Une lueur de contrariété passa dans les yeux de la vieille, masquant un instant la crainte superstitieuse qu'on y lisait jusqu'ici. La Séraphine était plutôt près de ses sous qu'elle ne lâchait pas facilement.

— Alors, mes cinq sous ? insista Félicie en faisant un pas en avant.

La Séraphine battit en retraite d'autant, avec un sursaut. Elle déposa à contrecœur une belle pièce blanche sur une pierre plate au bord du chemin et s'éloigna vivement pour laisser « la fille » la prendre. Réprimant l'envie de rire qui lui montait à la gorge, Félicie empocha la pièce avec gravité et déposa à sa place, sur la pierre plate, un petit flacon renfermant la teinture souveraine contre les maladies de peau. Pour aller jusqu'au bout de cet étrange cérémonial, elle fut tentée de retourner sans un mot près du parapet pour regarder à son tour la Séraphine prendre la fiole. Mais la vieille risquait de décamper aussitôt sans demander son reste et il fallait qu'elle la prévienne :

— *Apolit*[1], tu dois t'en badigeonner le visage et le cou, surtout pas le boire !

— C'est donc du poison que tu me donnes là, diablesse ! se récria Séraphine en fixant sur le flacon un regard horrifié. C'est ma mort que tu veux, dis ?

La vieille tremblait comme si la Grande Faucheuse elle-même lui faisait face. Félicie ne put résister à la tentation. Haussant le ton de sa voix afin de la rendre plus impressionnante, elle prononça :

— Pas cette fois, *la Fine vella*[2]. Mais tu sais que si je veux…

1. « Attention ! »
2. La vieille Fine.

Elle laissa sa phrase en suspens, histoire de donner le temps à la Séraphine d'imaginer ce qui pourrait lui arriver. Quand elle vit la vieille devenir livide sous ses plaques, elle porta l'estocade :

— Alors méfie-toi. Tu n'as pas intérêt à me contrarier !

La Séraphine s'empara du flacon comme si sa vie en dépendait et s'enfuit en gémissant, l'index et l'annulaire tendus pour neutraliser les sortilèges de la sorcière.

Verge Santissima[1]*, protégez-moi ! La fille m'a jeté le mauvais œil ! Si seulement l'abbé Sol était encore ici, j'irais lui demander une prière contre les envoûtements. Il n'était pas content quand on le lui demandait mais il le faisait quand même. Mais voilà dix ans qu'il est parti et que nous n'avons plus de curé. Misère de nous. Nous sommes perdus !*

Pourtant, je suis allée mettre un cierge et prier saint Guillaume pour qu'il me débarrasse de mon mal. Mais peut-être qu'il a sa fierté et n'entend pas quand on lui parle dans une église dédiée à saint Vincent ?

De toute façon, plus aucun saint du paradis ne veut entendre parler de Valmanya, ce repaire de mécréants comme disait l'abbé Sol. Il n'y avait qu'à voir cette forte tête de Joseph Mayneris apostropher les pieuses âmes comme moi qui allaient quand même à la messe : « L'enseignement du catéchisme est le plus grand mensonge que la terre ait porté », qu'il disait ! Sans parler de tous ces rouges de la mine, là-haut. C'est tout cela que Dieu nous fait payer à présent. Nos garçons partent mourir au loin et, pour nous qui restons ici, le diable nous a envoyé la fille ! On dit qu'elle parle aux arbres et qu'elle peut même se transformer en renard !

1. Sainte Vierge.

Je vais jeter cette affreuse potion. Non ! Si la fille l'apprend, elle mettra ses menaces à exécution et me tuera !

Et puis, elle m'a coûté cinq sous, tout de même.

Je sais : en rentrant, je vais lancer du sel dans le feu pour éloigner les mauvais esprits et ce soir je ferai brûler un cierge à l'envers au pied de mon lit. Non, deux. C'est ce que Léonce Sabater a fait après cette terrible nuit où elle a entendu ses chaises bouger et ses casseroles s'entrechoquer. Depuis, elle jure que ça n'a plus jamais recommencé.

Ah, Verge Immaculada, quels temps vivons-nous !

3

— Ce n'est pas très malin, *nena*[1]. Tu la connais, elle va encore se répandre en ragots sur ton compte. Tu devrais arrêter ces enfantillages.

La voix, basse et rocailleuse, avait jailli des buissons dans le dos de Félicie. Elle sourit intérieurement : elle ne l'avait pas entendu venir mais elle savait qu'il était là depuis plusieurs minutes, présence invisible et silencieuse entre le pilier du pont et le cornouiller rougissant. Si mademoiselle Marguerite la trouvait aussi discrète qu'un chat, qu'aurait-elle dit de lui !

— Pourquoi veux-tu leur faire peur ? Tu n'as rien à y gagner, crois-moi. Que cherches-tu au juste ?

— Juste à rire un peu à leurs dépens. Ils sont trop stupides à la fin ! Je n'y peux rien, moi, s'ils voient le Malin partout et croient à toutes ces sornettes ! Avoue quand même que c'était drôle de la voir ainsi retrousser ses jupes et décamper en remuant son gros derrière comme si elle avait vu le diable !

Un frôlement, léger comme une aile d'oiseau effleurant le sommet d'un arbre, lui indiqua qu'il avait pris pied sur le chemin, à deux pas derrière elle.

— Allez, ose dire que ça ne t'a pas amusé ! reprit-elle, sans se retourner.

1. Fillette.

— D'accord, j'avoue, admit-il avec un gloussement éraillé. Cette vieille folle l'a bien mérité. N'empêche que ce n'est quand même pas très malin. Tu veux donc tous les terroriser et finir toute seule, comme moi ?

— Pourquoi pas ? Tu as une très belle vie, Balthazar.

Il ne répondit pas. C'est vrai qu'elle était belle, sa vie. Ce n'était certes pas l'avis des autres, ceux qui préféraient s'entasser à dix, parents, aïeux et enfants mêlés, dans deux pièces enfumées et s'obstinaient à agglutiner leurs maisons autour d'une église et d'un café pour « se tenir chaud » comme ils disaient, et surtout avoir moins peur. Lui n'avait pas besoin des autres. De quoi aurait-il eu peur ? On ne pouvait rien lui prendre puisqu'il ne possédait rien, on ne pouvait pas le blesser puisque seuls les gens qu'on aime ont ce pouvoir et ceux-ci étaient morts depuis bien longtemps. Le ciel en guise de toit au-dessus de sa tête, un peu de cueillette et de braconne pour nourrir sa vieille carcasse qui se contentait de fort peu et l'eau des sources pour la tenir à peu près propre et se désaltérer, voilà qui suffisait à son bonheur ! Il avait si peu l'occasion de parler que sa voix était devenue rauque, enrouée, comme rouillée par le manque de pratique. Il lui était arrivé de passer des semaines dans le plus parfait mutisme. Juste à contempler, à sentir, à écouter la nature vivre autour de lui et en lui. Il n'attendait rien : il avait le monde. Il aurait pu mourir demain sans regret… jusqu'à ce qu'il rencontre cette sacrée gamine.

Balthazar aurait bien été incapable de dire lequel des deux avait séduit l'autre. Il l'avait trouvée un jour endormie derrière un buisson de genêts, à l'abri d'un gros rocher, après un orage. Elle avait dû se réfugier là pour échapper à la pluie. Il avait écarté les tiges souples emperlées de gouttes irisées pour voir si elle était blessée. Elle avait alors ouvert les yeux, l'envisageant de ses prunelles vertes pailletées d'or sans la moindre trace de peur. Une autre fillette à sa place aurait poussé des cris perçants, terrorisée par l'apparition soudaine de ce vagabond en guenilles à la barbe grise hirsute. Pas elle. Elle s'était assise sur son séant et s'était présentée avec le plus grand sérieux : « Je m'appelle Félicie, et toi ? » Quand il lui avait répondu qu'on l'avait baptisé Balthazar, elle avait souri : « Comme le Roi mage, alors. » Et tel un idiot, il s'était surpris à acquiescer : « C'est ça, comme le Roi mage. » L'explication avait paru la satisfaire. Elle l'avait accompagné jusqu'à Sainte-Anne en nommant tout au long du chemin les plantes qu'elle connaissait. Il l'avait corrigée deux ou trois fois, lui en avait appris d'autres. Avant qu'il puisse s'en rendre compte, l'après-midi était passé. Elle était repartie en promettant de revenir. C'est alors seulement qu'il s'était rendu compte qu'il ne s'était même pas inquiété de savoir d'où elle venait ni où étaient ses parents. Elle était comme lui, elle paraissait ne pas avoir d'attaches. Et s'en satisfaire parfaitement. Trois jours après, fidèle à sa parole, elle était revenue, avec ses yeux verts et son visage pointu de renardeau. Elle n'avait pas sept ans. Depuis, la barbe de Balthazar était devenue blanche et Félicie avait appris à connaître, sous sa direction, les secrets des herbes qui soignent. Elle n'avait jamais rien dit de ses parents et avait continué à le tutoyer comme au premier jour.

Et eux que rien ne pouvait attacher s'étaient attachés l'un à l'autre.

— Alors, Balthazar, tu rêves ? Il est pourtant trop tôt pour avoir la tête dans les étoiles !

Elle l'avait rejoint et le tirait impatiemment par sa manche trouée. Il haussa les épaules, bourru.

— Et où comptais-tu aller après avoir effrayé cette pauvre folle ?

D'un geste vague de la main, elle montra la ligne de crête vers l'est :

— Je monte au col. Mademoiselle Marguerite m'a fait cadeau d'un magnifique livre de poèmes et je vais les essayer là-haut !

Elle ne précisa pas le nom de l'auteur ; c'était inutile : Balthazar n'avait jamais appris à lire. Il était né bien avant que monsieur Ferry n'envoie tous les enfants à l'école. Cela ne le gênait pas. La montagne avait été sa mademoiselle Marguerite, elle lui avait enseigné à déchiffrer les signes qui ne se trouvaient dans aucun livre. Avec elle, il continuait tous les jours à apprendre.

— Ça m'a l'air intéressant, opina-t-il en caressant de son index recourbé l'arête aiguë de son nez busqué. Tu permets que je t'accompagne ?

Le sourire épanoui qui accueillit sa demande valait tous les « oui ». Il aimait bien la voir sourire. Son visage s'illuminait d'un seul coup, la tension qui l'habitait en permanence se relâchait, et un bref, très bref instant, elle ressemblait à une enfant de son âge, insouciante et gaie.

Ils prirent ensemble le chemin en lacets qui conduisait à la Bastide par le col de Palomera. Félicie marchait devant, serrant amoureusement son vieux bissac sur son ventre au lieu de le laisser battre son flanc comme d'habitude. Elle portait ce livre comme le saint sacrement !

— Je t'assure, Balthazar : il y a des fois où j'aimerais vivre en ermite, comme toi.

Têtue, la gamine. Ils ne marchaient pas depuis cinq minutes qu'elle revenait à l'assaut. Ça n'aurait pourtant pas dû l'étonner depuis le temps : elle ne lâchait jamais prise avant d'avoir obtenu réponse à ses questions. Il soupira intérieurement : mieux valait régler ça tout de suite, sinon il en entendrait parler jusqu'au sommet.

Il inspira profondément pour se donner du courage ; les longs discours, ce n'était pas son fort ! L'air sentait la mousse humide et l'écorce pourrissante avec une pointe acide venant des aiguilles sombres des sapins, un peu plus haut.

Vivre en ermite, je vous demande un peu ! Elle n'avait que ce mot-là à la bouche.

C'était un jeu entre eux. Le territoire où il vadrouillait était vaste, de la Farga de Baillestavy à la Porteille de Valmanya, juste au pied du pic du Canigou, du Pel de Ca au-dessus de la cabane de l'Estanyol au Prat Cabrera où il menait paître les troupeaux autrefois, et même parfois jusqu'à Estoher, dans l'autre vallée, celle du Llech ; mais c'est à Sainte-Anne-des-Quatre-Termes qu'on avait le plus de chances de le trouver. Surtout le soir, à la saison froide, quand il cherchait un abri pour ses vieux os. La chapelle était abandonnée depuis de longues années. Pendant des siècles, fièrement dressée à la croisée des crêtes qui de Palomera à Glorianes surplombaient toute la plaine du Roussillon jusqu'à l'immensité bleue de la Méditerranée, elle avait servi d'amer aux marins de la côte rentrant au port. Ceux de Port-Vendres et de Collioure se cotisaient même, disait-on, pour son entretien. Régulièrement, des ouvriers venaient repeindre ses murs en blanc pour qu'elle soit mieux visible. Sainte Anne n'était-elle pas la patronne des pêcheurs ?

Un ermite s'y était installé dans le temps. Un sacré personnage, à entendre les histoires qui circulaient sur lui ! On racontait que pendant la Révolution il avait transporté sur son dos la cloche de Sainte-Anne jusqu'au Cortal d'en Noell, et de là jusqu'à une cave de Rigarda afin d'éviter qu'elle ne soit fondue pour en faire des canons. Mais aujourd'hui, les marins avaient d'autres moyens pour repérer l'entrée des ports et la bâtisse tombait doucement en ruine, coquille vide et inutile abandonnée par le reflux de l'histoire sur les rivages du Canigou.

C'est alors que Félicie, qui refusait de voir Sainte-Anne mourir, avait décrété que s'il fallait un ascète pour sauver l'âme de la chapelle des marins, Balthazar était tout indiqué. Qui peut le plus peut le moins, après tout : il était déjà Roi mage, il pouvait bien être ermite en sus !

Elle l'avait donc intronisé, avec tout le sérieux qui la caractérisait, « ermite de Sainte-Anne », titre totalement usurpé qu'il revendiquait depuis lors avec fierté, à tel point que certains habitants des alentours ne le désignaient plus autrement, comme si l'évêché et monseigneur de Carsalade du Pont lui-même avaient donné leur aval !

— On ne décide pas de se faire ermite à treize ans, fillette ! répondit-il finalement. On le devient peu à peu, au fil du temps.

A voir sa moue dubitative, Félicie n'était pas convaincue. Il aurait dû s'y attendre. Cela aurait été trop facile !

— Moi, par exemple, reprit-il patiemment, il a fallu que je gagne mon pain, comme tout le monde. Je suis devenu berger parce que je n'étais pas assez costaud pour être mineur. J'aurais pu rejoindre un camp de charbonniers dans la forêt mais finalement je préférais être seul, sans personne pour me crier dessus et me donner des ordres. J'ai gardé les moutons pendant trente ans et j'ai fini par perdre, au fil des jours, le peu de goût qui me restait pour la compagnie des humains. Je ne l'ai pas cherché, c'est venu tout seul !

Il reprit son souffle. A son âge, il pouvait encore grimper les pentes les plus escarpées, où seuls s'aventuraient les isards[1], « à bouche fermée », c'est-à-dire en respirant

1. Chamois pyrénéens.

calmement par le nez, mais prononcer plus de trois phrases de suite l'épuisait !

— Moi, je n'ai jamais eu de goût pour la compagnie des autres, insista Félicie, impitoyable. Pourquoi devrais-je encore les supporter ?

— Et la maîtresse d'école ? Et l'ingénieur ? Tu n'apprécies pas leur compagnie ?

Par pudeur, il n'ajouta pas « et moi », mais Félicie sentit le reproche sous-jacent.

— Mais vous, vous êtes différents ! protesta-t-elle en tapant du pied.

— Toi aussi, tu es différente. Et d'autres le sont sans doute également. Ceux-là, tu t'ôtes toute chance de les rencontrer si tu renonces au monde !

— Et s'ils ne viennent jamais ?

— Et s'ils viennent demain, ou la semaine prochaine ? Personne ne peut lire dans l'avenir. On ne gagne jamais à vouloir forcer le destin. Si le tien est de devenir ermite, tu le deviendras… quand il sera temps. En attendant, profite donc de ce que la vie t'offre jour après jour. Tiens, regarde cette belle pomme.

Joignant le geste à la parole, il tendit le bras pour cueillir le fruit d'un beau rouge luisant qu'un pommier semblait lui tendre du bout de sa branche, l'invitant à goûter. Félicie l'arrêta :

— Laisse donc, celles-là sont farineuses ! Si tu veux une pomme croquante et juteuse, c'est plus bas qu'il faut la cueillir.

Elle sauta par-dessus le muret de pierres sèches qui séparait le verger de Peytavi du chemin. Avec un froncement de sourcils, Balthazar remarqua qu'elle semblait plus raide que d'habitude. C'était à peine perceptible, mais il était sûr de ne pas se tromper. Il savait ce que cela signifiait.

Il savait aussi qu'elle ne lui en parlerait pas. Jamais elle n'avait évoqué devant lui les bleus et les ecchymoses qui marquaient périodiquement ses bras, ses jambes et sans doute d'autres endroits de son corps qu'on ne pouvait voir sous ses vêtements. Quant à lui, il ne l'avait jamais interrogée, sentant qu'elle ne l'aurait pas admis. Cette fois encore, il ne fit aucun commentaire.

Pendant ce temps, elle dévalait la pente en claudiquant légèrement jusqu'à un arbre noueux et tourmenté qui ne payait pas de mine, tout au bout du champ. Elle revint peu après avec une brassée de pommes, petites et ridées. Elle en tendit une à Balthazar tandis qu'elle croquait dans une autre, le jus coulant des commissures de ses lèvres jusque sur son menton. Une fois de plus, la gamine avait raison, il devait bien le reconnaître. Il y avait longtemps qu'il n'avait pas mangé de fruit aussi savoureux !

— Comment savais-tu pour le pommier ? s'enquit-il la bouche pleine. Tu as essayé tous les arbres du verger ?

— Ce n'était pas la peine ! pouffa Félicie en jetant dans le fossé le trognon de sa pomme. J'ai juste surpris le manège de Marceau Peytavi : quand il vient avec ses enfants pour la cueillette, il ne laisse personne s'approcher de cet arbre et il en met les fruits à part, sans les mélanger aux autres dans les paniers. Il les garde pour lui, ce goinfre !

Elle croqua derechef dans une seconde pomme et conclut avec satisfaction :

— Maintenant, je viens les cueillir avant lui. Si tu l'entendais jurer comme un charretier parce que « son » arbre ne produit plus autant qu'avant !

— Pour quelqu'un qui veut se faire ermite et ne plus parler à personne, tu en sais, des choses, sourit-il dans sa barbe.

— Pas besoin de parler, il suffit d'observer et d'écouter ! C'est parfois utile d'être « transparente » et de passer inaperçue.

— Tu veux toujours avoir le dernier mot, hein ? En attendant, tu ne crois pas que tu as assez mangé de pommes ? Tu vas finir par avoir la colique.

Elle rit en agitant son trognon sous le nez acéré du vieil homme :

— Pas grave ! Je connais les herbes pour me soigner !

Une légère marinade balayait le col. Ils s'assirent sur une pierre plate, le dos chauffé par un rocher que son orientation à l'est exposait au soleil toute la matinée. Balthazar décrocha de sa ceinture la gourde en peau qu'il avait remplie à l'aube à une source qu'il connaissait du côté de Rabollèdes. Il la tendit à Félicie avant de boire lui-même, sans hâte, à longs traits.

La gamine, dont les jambes juvéniles n'étaient jamais fatiguées, il fallait croire, s'était déjà relevée et, les poings aux hanches, la tête rejetée en arrière à se dévisser le cou, elle admirait le long ruban d'un vol de palombes qui rayait le ciel au-dessus d'eux pour franchir comme tous les ans au début de l'automne la passe qui portait leur nom.

Balthazar mit sa main en visière au-dessus de ses petits yeux noirs profondément enfoncés dans leur orbite.

— Elles font bien de prendre le large pendant que les hommes sont au travail. Ça leur épargne quelques coups de fusil !

— Ce n'est pas des chasseurs qu'elles doivent le plus se méfier, corrigea Félicie, la tête toujours en arrière. Il y a un aigle là-haut qui ne les perd pas de l'œil !

Elle montrait du doigt un point minuscule, droit dans le soleil, qui semblait immobile dans le firmament. Il plissa ses paupières ridées pour essayer de distinguer le rapace. Cette gamine l'étonnerait toujours !

— Ma parole, tu as le regard aussi perçant que lui !

Mais Félicie ne l'écoutait pas.

— Regarde ! Il pique.

Tombant du haut du ciel comme une pierre, l'aigle fondit sur les palombes qui se débandèrent, paniquées. Mais le rapace avait repéré sa proie. Ce fut bref et silencieux. Les serres crochetèrent le petit corps palpitant tandis que le ruban de palombes se reformait plus loin et disparaissait à tire-d'aile derrière la Coumelade.

— Quelle trajectoire et quelle extraordinaire précision !

Félicie appréciait en connaisseuse. Ses camarades de classe se seraient sans doute apitoyées sur les malheureuses palombes. Pas elle. Ce genre de sensiblerie lui était inconnue.

Félicie se pencha pour ramasser une petite plume duveteuse qui venait de tomber à ses pieds. Elle la posa sur sa paume tendue et souffla. La plume s'éleva, hésita un instant puis, soulevée par une rafale de vent marin, prit son envol. Le vieux solitaire la suivit des yeux un moment. Un peu de la palombe vivait encore.

— Tu n'as pas de poème qui parle d'aigle dans ton beau livre ?

Félicie sursauta, comme tirée brutalement d'un rêve. Sa natte, mal attachée, s'était défaite et ses cheveux sombres se déployaient et ondulaient dans la brise comme des herbes folles. Lorsqu'elle baissa la tête pour fouiller dans son sac et en extirper le volume rouge offert par mademoiselle Marguerite, le vent rabattit sur son visage une grande mèche qu'elle écarta d'une main impatiente. Se détournant pour éviter que les pages ne s'abîment, elle entreprit de feuilleter respectueusement le recueil bien calé sur son bras gauche. Elle marmonnait à part elle les titres des poèmes dont Balthazar ne put saisir que quelques bribes suivant les caprices de la marinade qui avait forci : « Le sacre de la femme », « Les lions », « Paroles de géant », « La ville disparue »...

Enfin, son visage s'éclaira :

— Voilà, « L'aigle du casque » !

Elle lut silencieusement, pour elle-même, les premiers vers et secoua la tête, déçue :

— Ah non, il y est seulement question d'un tournoi de chevalerie ! Tiens, plutôt celui-ci, qui parle de la montagne.

Elle avança de quelques pas jusqu'à l'endroit où le chemin, après une quinzaine de mètres de plat, replongeait vers la Bastide. La plaine s'offrait tout entière à ses pieds. De cette hauteur – un peu plus de mille mètres selon mademoiselle Marguerite – qui écrasait collines, coteaux et vallons, le Roussillon paraissait parfaitement plat, comme la carte accrochée au mur de la classe, et Félicie n'avait aucun mal à reconnaître et à nommer tous les points de repère qu'elle connaissait par cœur même si elle n'y avait jamais mis les pieds, n'ayant plus quitté la *Pinosa* et la vallée de la Lentilla depuis que ses parents s'y étaient installés, alors qu'elle avait trois ans. Au nord, les dernières falaises de calcaire gris, presque blanc, des Corbières qui verrouillaient la frontière de l'ancienne Catalogne, puis du côté de Salses, la pâleur bleutée de l'étang, le lit caillouteux de la Têt qui filait plein est à travers champs et vergers, doublé par le liseré noirci de la ligne de chemin de fer jusqu'à Perpignan, dont les toits de tuiles rousses miroitaient au soleil. Plus au sud, par-delà les croupes vertes des Aspres, la flaque de l'étang de Saint-Nazaire, l'embouchure du Tech, le début de la côte rocheuse jusqu'aux sombres Albères annonçant l'Espagne. Les noms de Rivesaltes, Toulouges, Elne, Thuir avaient pour elle des consonances aussi exotiques et aussi peu de réalité que ceux de New York, Pékin, Djibouti ou Bora Bora. Et l'immensité d'un bleu profond de la Méditerranée qui se fondait, là-bas, très loin, avec l'horizon lui semblait un autre continent, encore inexploré, déroulé comme une carte vierge dont les détails restaient à dessiner. Elle n'avait jamais vu la mer de plus près, jamais plongé ses chevilles dans ses eaux mouvantes. Elle n'en éprouvait aucune amertume ; au contraire, elle aimait cette sensation enivrante de dominer un monde inconnu, adossée à la masse imposante et rassurante du Canigou, vivante figure de proue d'un navire gigantesque pétrifié depuis l'aube des temps. Victor Hugo aurait aimé, elle en était sûre.

Elle emplit ses poumons du vent qui balayait le col et commença à lire, jetant les mots dans le vide pour qu'ils remontent jusqu'au ciel :

On entend l'eau qui roule et la chute éloignée
Des mélèzes qu'abat l'invisible cognée.
L'homme est de trop ; souillé, triste, il est importun
A la fleur, à l'azur, au rayon, au parfum...

Elle ralentit le rythme des vers puis s'arrêta net et se retourna d'un bloc. Ses oreilles ne l'avaient pas trompée : une charrette brinquebalante tirée par un mulet exténué en terminait avec l'ascension du col sous les jurons d'Eloi Salgas qui n'hésitait pas à payer de sa personne, poussant à l'arrière à grands ahans dans les endroits difficiles. Le menuisier de Valmanya allait sans doute livrer quelques meubles façonnés de ses mains dans un des mas qui s'étageaient dans la descente vers la Bastide.

Balthazar, toujours adossé au rocher, avait rabattu son vieux chapeau informe sur ses yeux et faisait mine de dormir, les mains croisées sur le ventre, pour éviter d'avoir à saluer l'artisan. Félicie ne se donna même pas cette peine. Droite comme un I au bord du chemin, les épaules raides et le visage inexpressif, elle attendit sans lui jeter le moindre regard que la charrette passe le col et disparaisse dans le premier lacet en contrebas pour reprendre sa lecture :

C'est dans les monts, ceux-ci glaciers, ceux-là fournaise
Qu'est le grand sanctuaire effrayant des genèses...

Elle s'interrompit une nouvelle fois avec une grimace de contrariété. Un énorme tas de bois mort et de brindilles venait d'apparaître au-dessus d'un ressaut du sentier qui partait à leur droite. La montagne de branches grandit tandis qu'une autre puis une troisième surgissaient derrière elle. Au fur et à mesure qu'elles avançaient vers eux, ils distinguèrent les silhouettes pliées en deux, minuscules et fragiles sous les fagots, des femmes revenant de la forêt à petits pas.

Exaspérée, Félicie referma son livre avec un claquement sec.

— C'est inutile. Même ici, on n'est pas tranquille !

Les lèvres pincées et la joue pâle, elle semblait très contrariée.

Balthazar, qui s'était réfugié de l'autre côté de son rocher pour éviter d'être vu des femmes, proposa :

— Montons jusqu'à Sainte-Anne.

Félicie secoua la tête. Elle avait déjà remis le recueil dans sa sacoche et resserré d'un cran la ceinture de cuir râpé qui fermait son chandail. Visiblement, même la présence silencieuse de « l'ermite » était de trop à présent, elle préférait être tout à fait seule. Il la comprenait : à certains moments, la moindre présence humaine lui était insupportable et il fuyait dans les coins les plus reculés et inaccessibles de son domaine pour être sûr de ne voir personne, même de loin.

Il se leva, humant le vent qui poussait vers eux des nuages cotonneux dont le blanc sale virait au gris. La marinade était partie pour durer jusqu'au soir et, s'il en croyait sa hanche qui commençait à le faire souffrir, un peu de pluie n'était pas à exclure. Il ferait bien de rejoindre sans trop tarder l'abri de la chapelle en ruine.

A ce moment, un coup de sifflet assourdi par le feuillage des hêtres brisa le silence revenu. Comme en écho, un autre lui répondit, plus loin sur la gauche. Félicie releva la tête, les yeux fixés vers la montagne, les oreilles aux aguets, tendue.

— Le train montant est aux Manerots, estima-t-elle. Le descendant à la tranchée de Poney. Le sifflet résonne sur le rocher. Ils vont se croiser juste au-dessus de nous. J'ai à peine le temps de grimper jusqu'à la gare.

Elle avait pris sa décision, il n'y avait plus rien à dire. Balthazar acquiesça d'un signe de tête et s'éloigna sans se retourner.

La gare de Palomera était un des trois endroits de la ligne qui desservait la mine où les trains pouvaient se croiser. Lorsque Félicie qui avait coupé à travers les taillis, sautant les ruisseaux et les raidillons malgré sa hanche ankylosée, rejoignit la voie, le convoi descendant était déjà arrivé. Le conducteur, Baptiste, un père de famille nombreuse de Corsavy, patientait en roulant une cigarette, adossé à sa machine fumante pendant que son aide vérifiait les deux wagons freins placés en tête du train. Il ne fallait pas que les treize wagons et les deux plates-formes qui transportaient au total cinquante-quatre tonnes de minerai déraillent avant de parvenir à la station de la Redoute, en fin de ligne. Quand cela arrivait, il fallait quatre à cinq heures pour remettre le convoi sur les rails. Un vrai travail de titan !

Le fer extrait à la Pinouse effectuait, il fallait l'avouer, un bien singulier périple avant de rejoindre Port-Vendres, d'où il partait en bateau vers Marseille et les hauts-fourneaux de la Loire, de l'Aveyron et du Tarn.

Félicie avait toujours eu une facilité pour les chiffres, et ceux qui régissaient la vie quotidienne de la mine étaient gravés dans sa mémoire.

A sa sortie des galeries, le minerai empruntait d'abord le funiculaire aérien à double pente de un kilomètre trois cents, unique en Europe, jusqu'à Rapaloum où il était chargé dans les wagons du train grâce à une trémie. Douze kilomètres et demi de rails à flanc de montagne plus loin, en passant par de nombreux ponceaux et tunnels creusés dans le rocher et en prenant au passage le fer extrait de la mine à ciel ouvert des Manerots, il arrivait au col de Formentera, en Vallespir, où il était à nouveau transféré dans des bennes qui le descendaient par câble aérien, sur quatre kilomètres, jusqu'à Amélie-les-Bains, dans la vallée du Tech, où il rejoignait celui de Batère. Le minerai quittait alors la gare de la Petite-Provence pour un nouveau et ultime voyage en train jusqu'à la côte.

Un itinéraire bien compliqué, qui obligeait à contourner une bonne partie du massif alors qu'il aurait sans doute été plus simple de descendre le minerai directement sur Valmanya, comme cela avait été le cas pendant des siècles, quand les forges à la catalane y ronflaient jour et nuit. Les forges étaient éteintes désormais, mais le fer aurait pu descendre la vallée de la Lentilla jusqu'à Vinça où circulaient les trains vers Perpignan et le littoral. Pourquoi passer de l'autre côté ? Si l'on en croyait la rumeur, monsieur Belavoine, l'ingénieur qui avait précédé monsieur Legrand, aurait eu une maîtresse à Amélie-les-Bains et aurait vu dans la construction de la ligne vers le Vallespir l'occasion de lui rendre visite plus souvent. Comme le répétait Marc Marfin avec un sourire salace : « *Un cabell de dona tira mes que quatre bous*[1] *!* »

1. « Un cheveu de femme tire plus que quatre bœufs ! »

Cette histoire, vraie ou fausse, laissait Félicie perplexe et heurtait son sens pratique. Ce détour et les installations qu'il avait nécessitées augmentaient considérablement le prix de revient du minerai, et même s'il était, comme l'affirmait avec force monsieur Legrand, le meilleur de France, grâce à sa haute teneur en fer et à sa pureté, qu'arriverait-il si, comme tous les Français l'espéraient, on reprenait la Lorraine aux Allemands ? Pour l'instant, la question ne se posait pas, et comme le pays en guerre réclamait tout le fer possible pour en faire des armes, les frères Valentin, propriétaires de la *Pinosa*, réalisaient de beaux bénéfices !

La cigarette au coin du bec, Baptiste était à présent en conversation animée avec le chef de gare. Les deux hommes devaient parler de chasse puisque, l'un après l'autre, ils firent mine d'épauler un fusil invisible. A moins qu'ils ne soient en train d'échanger les dernières nouvelles du front. De derrière l'arbre où elle se dissimulait, Félicie ne pouvait entendre leurs paroles, mais à vrai dire elle s'en moquait. Les yeux fixés sur l'aiguillage en aval de la gare, elle attendait le train montant.

Elle perçut la vibration de l'air avant même la trépidation des rails. Baptiste et le chef de gare étaient toujours plongés dans leur conversation mimée. Ils ne tournèrent la tête que lorsque la locomotive surgit en lâchant un coup de sifflet strident. Elle alla se garer sur la voie en face et s'arrêta dans un couinement aigu de frein en lâchant un jet de vapeur. Félicie sourit en voyant la silhouette qui sautait au bas de la machine : monsieur Jules. Les plus belles moustaches de la vallée, assurait monsieur Legrand en caressant, comm à regret, la petite brosse qui surmontait sa propre lèvre. La gent féminine était dans l'ensemble plutôt d'accord avec ce jugement, si l'on en croyait certains regards admiratifs voire gourmands qui suivaient le conducteur du locotracteur. D'un beau brun, chaud et luisant, relevées en crocs au niveau des commissures, elles étaient en effet spectaculaires, ces *bigotis*[1] ! Mais ce n'était pas pour elles que Félicie appréciait monsieur Jules. Pas autant que Balthazar, mademoiselle Marguerite ou monsieur Legrand, bien sûr, mais juste après. Elle admirait sa maîtrise souriante de sa locomotive, comme si c'était un jeu d'enfant de manier une machine à vapeur, plus petite certes que celles du réseau ferré normal puisqu'elle circulait sur une voie de seulement soixante centimètres d'écartement, mais pesant sept tonnes tout de même. Il savait exactement où il fallait accélérer et où il fallait ralentir pour garder le rythme le plus uni possible, sans à-coups, et éviter de faire tanguer son chargement de minerai. Il ne passait jamais les raidillons en force comme certains. A sa grande dextérité s'ajoutait un heureux caractère. Il sifflotait en permanence et se risquait parfois même à fredonner, faux d'ailleurs mais avec entrain, l'unique chanson qu'il semblait connaître : « L'Hortolana del Vernet[2] ». Surtout, monsieur Jules était un des rares à accepter Félicie telle qu'elle était : s'il ne cherchait pas particulièrement à lui parler, il ne manifestait aucune méfiance à l'égard de ses silences et de sa connaissance des simples, et c'était déjà beaucoup. Félicie le trouvait reposant ; elle n'avait pas besoin d'endosser sa cuirasse quand elle le croisait au gré de ses pérégrinations dans la forêt. Il la saluait d'un bref coup de sifflet, elle répondait d'un signe de la main. Parfois même, il ralentissait pour lui permettre de sauter sur le marchepied de sa locomotive et lui faire faire ainsi un bout de chemin. C'était tout à fait interdit, bien sûr, mais monsieur Jules, toujours sifflotant, faisait mine de ne pas la voir. Si

1. Moustaches.
2. « La Jardinière du Vernet. »

quelqu'un les avait surpris, Félicie était prête à parier qu'il aurait joué les étonnés, comme si elle était arrivée là par magie, tombée du ciel sur sa machine en marche !

Les deux mains en conque autour de sa bouche, elle lança un bref hululement pour attirer son attention. Monsieur Jules lui adressa un clin d'œil pour confirmer qu'il l'avait vue. Du doigt, Félicie montra la locomotive puis la voie qui s'éloignait vers Rapaloum. Tout en essuyant ses mains noircies sur sa cotte de grosse toile bleue, il hocha imperceptiblement la tête, lui indiquant du menton d'aller se poster un peu plus loin, hors de vue du chef de gare. Profitant de ce que le train descendant se mettait en branle à grand bruit, Félicie s'éloigna furtivement, le dos courbé, sous le couvert du muret qui soutenait la voie. Elle ne se redressa qu'une fois le coude le plus proche franchi. Adossée au rocher qu'il avait fallu tailler au pic et à l'explosif pour installer les rails, elle attendit.

Un instant plus tard, le halètement régulier de la locomotive lui parvint, accompagné en rythme par la voix de basse de monsieur Jules massacrant comme d'habitude sa chanson favorite :

L'hortolana del Vernet
Creia que per millor culler
Se calia alçar dell lit
Envers deu hores de nit...

Et, sans cesser de chanter les exploits nocturnes de la jardinière crédule, il réduisit la vapeur juste ce qu'il fallait pour permettre à Félicie de se hisser dans un des wagons. A la montée, pas de minerai bien sûr, mais le train ne faisait pas le trajet à vide pour autant : Félicie s'installa le plus confortablement qu'elle put sur un amoncellement de sacs de farine destinés au boulanger de la Pinouse. Il y avait là aussi diverses provisions pour la cantine de la Casso, des boisages pour les galeries dans les wagons suivants et des poutres sur les plates-formes. Rien d'assez lourd cependant pour empêcher monsieur Jules de faire atteindre au convoi la vitesse maximale autorisée de onze kilomètres à l'heure, et même de la dépasser un peu dans les lignes droites. Qui s'en apercevrait après tout ? Le train cahotait et brinquebalait bruyamment à travers les hêtres aux troncs gris, passant au-dessus des torrents qui sautaient de pierre en pierre, se frayant un chemin entre les éboulis.

A dire vrai, Félicie serait allée plus vite à pied avec tous les raccourcis qu'elle connaissait, mais elle aimait, quand c'était possible, se laisser porter par la machine : allongée sur les sacs, les bras croisés derrière la tête, elle regardait le ciel défiler au-dessus d'elle et les oiseaux lui faire un brin de conduite. Elle avait parfois l'impression qu'il lui manquait peu de chose pour pouvoir s'envoler avec eux par-dessus le Puig de l'Estela, le Barbet et même le Canigou !

Un nouveau coup de sifflet annonça que le train arrivait à la tranchée de Poncy, ainsi dénommée car les ouvriers qui avaient construit la voie n'avaient eu d'autre recours que de faire sauter la partie centrale d'un énorme rocher qui bloquait le passage. Les rails passaient par cette large entaille, entre deux murs de granit. Se redressant d'un souple mouvement de reins, Félicie tapota sur l'épaule de monsieur Jules qui s'égosillait toujours :

La granyota que cantava,
Sul cop perda el xiulet !

Contrairement à la grenouille de la chanson, il ne risquait pas de perdre le sifflet, monsieur Jules ! Mais Félicie lui pardonnait volontiers ses trémolos puisqu'il avait compris le message : elle voulait quitter le convoi avant Rapaloum. Déjà se profilait le toit de planches goudronnées qui protégeait la plate-forme où le minerai arrivait par câble aérien avant d'être déversé par une trémie dans les wagons du train. Docile, monsieur Jules ralentit, et Félicie sauta d'un bond sur le talus herbeux, qu'elle entreprit aussitôt d'escalader. Elle avait déposé sur le plat-bord, à portée de main du conducteur, deux des pommes de Marceau Peytavi en guise de remerciement ; Félicie n'aimait pas être en dette.

Le train poursuivit sa route tandis que monsieur Jules reprenait avec enthousiasme :

Les fagines i les rates
Feien un ravatge afros !

Félicie grimpait droit devant elle avec détermination, agrippant une racine, une touffe de bruyère ou une branche basse pour se hisser plus vite. Elle savait exactement où elle allait.

Elle fit un large détour en boucle dans le cas, bien improbable, où quelqu'un l'aurait suivie, puis, rassurée, prit pied sur un léger replat en terrasse au milieu duquel se dressait un vieux chêne au tronc tordu, à moitié desséché.

— Salut, Robin, murmura-t-elle en flattant affectueusement l'écorce rugueuse.

Elle l'avait tout de suite baptisé Robin à cause des chênes de la forêt de Sherwood. Félicie aimait donner des noms aux arbres et leur parler. Elle savait que cela pouvait paraître étrange, surtout de sa part, elle qui répugnait à adresser la parole aux hommes, mais elle avait besoin de temps à autre de libérer les mots prisonniers de son esprit pour mieux les entendre et les comprendre. Elle dialoguait ainsi souvent à haute voix avec elle-même lorsque quelque chose l'intriguait ou la tourmentait. Et quels meilleurs interlocuteurs pouvait-elle trouver que les noisetiers et les aliziers blancs, les hêtres et les sapins ? Ils l'écoutaient sans l'interrompre et parfois même lui répondaient, d'un murmure léger, approbateur.

Elle se retourna vers un bouleau élancé dont le feuillage commençait à virer à l'or pâle :

— Et vous, comment allez-vous, Belle Marianne ?

Un coup de vent fit se courber légèrement le tronc argenté en une gracieuse révérence. Félicie la lui rendit avec gravité. Il fallait être poli avec les arbres ; ils méritaient le respect.

Enlaçant la partie desséchée du tronc de Robin, elle insinua sa main dans une crevasse profonde creusée dans l'écorce pour en retirer un petit sac de toile de jute grossièrement cousu à grands points maladroits. Elle l'avait confectionné elle-même, en cachette, quand elle avait sept ans. Elle y avait mis tout son cœur même si elle n'était pas très habile à tirer l'aiguille.

Qu'importe, c'était depuis ce temps-là son bien le plus précieux, son trésor.

Elle vida précautionneusement le contenu du petit sac de jute sur une pierre plate et un flot de pièces s'en échappa : tous les sous et les centimes gagnés en effectuant de menus travaux, comme ramasser du bois pour le boulanger, et en vendant aux uns et aux autres les herbes cueillies dans la montagne. Au milieu scintillaient les belles et grosses pièces de cinq francs que monsieur Legrand lui donnait en échange des cèpes et des framboises qu'elle lui apportait dans des petits paniers en genêt tressé. Elle y ajouta les cinq sous de la Séraphine. Elle n'avait pas besoin de compter l'argent ainsi étalé sur la pierre pour savoir quelle somme atteignait la cagnotte accumulée patiemment depuis cinq ans : quarante-trois francs et soixante-cinq centimes. Si un jour elle ne supportait plus cette vie, elle au moins pourrait s'en aller.

Les pièces remises dans le sac et celui-ci de retour dans sa cachette, Félicie s'accorda une pause. Elle avait repéré quelques belles touffes d'absinthe et devait refaire ses provisions d'écorce de sureau, souveraine pour adoucir les brûlures, mais le soleil au zénith indiquait qu'il était midi passé : la cueillette pouvait attendre encore un peu. Elle avait chaud. L'automne à son début gardait le souvenir de l'été finissant, pas encore décidé à basculer vers les frimas.

Elle ôta son chandail sous lequel elle transpirait. Sa chemise était trouée, mais ici qui la verrait ? Assise sur un surplomb, les jambes se balançant dans le vide, elle sortit de sa poche la dernière pomme volée dans le verger de Marceau Peytavi et planta ses dents dans la chair parfumée tout en laissant errer son regard sur la ligne des crêtes qui enserraient la vallée dans un écrin de rochers poudrés par les premières neiges d'octobre, où les isards montaient une garde bondissante. C'était son château, dont elle pouvait nommer chacune des massives tours crénelées : d'abord, juste à sa droite, le Puig de l'Estela, puis le Puig Saint-Pierre, le col de la Cirère, le Pel de Ca dont le nom l'avait toujours fait rire[1] et, tout au fond, le Galinasse. A mi-versant s'ouvraient les bouches sombres des galeries. Les yeux perçants de Félicie distinguaient le carreau encombré : les mineurs étaient regroupés autour du poêle où ils faisaient réchauffer leur *briquet*, leur casse-croûte de midi. Des cheminées de la boulangerie, de la cantine et des maisons abritant les familles, des colonnes de fumée légère s'élevaient, un peu en oblique à cause du vent.

1. « La peau de chien ».

Félicie jeta le trognon devant elle et le regarda tomber entre ses pieds vers Roca Gelera. Une galerie secondaire rejoignant le même gisement de minerai de fer et communiquant avec la Pinouse y avait été creusée depuis quelques années.

Elle n'aimait pas cet endroit : non seulement il y faisait froid – son nom n'était pas usurpé, surtout l'hiver où il y gelait à pierre fendre ! –, mais de plus elle n'avait jamais compris pourquoi on avait décidé d'y construire des ateliers et des logements pour les ouvriers qui travaillaient là. Il n'y avait qu'à observer la montagne au-dessus pour constater que les bâtiments se trouvaient au bas d'un vaste entonnoir : en cas d'orage particulièrement violent, ce qui arrivait fréquemment sur un massif bourré de fer comme celui du Canigou, une coulée de boue pouvait tout dévaster ! Elle l'avait dit à monsieur Legrand, mais il lui avait répondu que ceux qui avaient construit là les ateliers savaient sans doute ce qu'ils faisaient.

Elle haussa les épaules. Espérons qu'ils n'aient jamais l'occasion de se repentir de ne pas avoir pris en compte ses mises en garde !

Se penchant un peu plus au risque de perdre elle-même l'équilibre, elle essaya de repérer où le trognon était tombé. Elle l'aperçut, coincé dans la fourche formée par deux branches de sapin, une vingtaine de mètres plus bas. En dessous encore fumait la locomotive du petit train dont les wagons avaient été roulés dans le tunnel où le minerai se déversait par la trémie. Monsieur Jules était assis dans sa machine, sa gamelle sur les genoux. Félicie ne pouvait distinguer son visage d'ici, mais elle était prête à parier qu'il était encore en train de fredonner, entre deux bouchées, sa sempiternelle « Hortolana del Vernet ».

Où peut bien être passée cette sacrée gamine ? Je sais que c'est idiot, mais je ne peux pas m'empêcher d'y penser. Elle apparaît toujours au moment où on l'attend le moins et disparaît aussi soudainement. Où est-elle, que fait-elle le reste du temps ? Mystère. A croire qu'elle est un peu fée !

Oh zut, ce rata est encore trop salé ! Ça me donne une de ces soifs ! Il faut que je boive encore un coup. Pas trop quand même ou je risque d'envoyer ma loco dans le décor tout à l'heure, en redescendant !

Peut-être est-elle déjà à m'attendre sur le bord de la voie ? Ma parole, je n'arrive pas à me l'enlever de la tête, cette petite. Plus si petite que ça, d'ailleurs. Le temps passe à une de ces vitesses ! Elle avait combien à la disparition de sa mère, quatre ans ? C'est un miracle qu'elle ait réussi à se débrouiller seule si jeune. Ah, on ne peut pas dire qu'elle ait eu la vie facile jusqu'ici ! Pourtant, c'est bizarre, je n'arrive pas à la plaindre. Elle décourage la pitié. Et puis ce regard ! Elle a l'air de savoir tant de choses pour son âge ! Ma Thérésina doit avoir un an de plus et pourtant elle paraît si naïve à côté de cette Félicie !

Allez, encore une gorgée, le sel me brûle la langue. Ça suffit, j'arrête. Tant pis pour le rata, je mangerai mieux ce soir. De toute façon, il est l'heure de retourner au boulot. Les wagons ne vont pas finir de se charger tout seuls ! Où est ma pelle ? Haut les cœurs, c'est reparti.

Demà els sous com la pluja
Dins la potxa me cauran…

4

Le couteau s'abaissa et le couinement aigu du porc se termina en un gargouillement écœurant. Le sang gicla dans la bassine en zinc posée par terre. Louisette Marfin, accroupie à côté, les manches roulées au-dessus des coudes, plongea ses avant-bras dans le liquide épais et fumant dans l'air glacé, qu'elle remuait pour l'empêcher de coaguler.

Lucien Mary, qui faisait office de tueur, tenait fermement la bête par les oreilles, par en dessous pour éviter les morsures. L'animal se débattait de toute la force de ses cent vingt kilos dans un ultime et inutile sursaut.

Vincent Garrigue se tenait à distance, la mine sombre, ses mains dont on ne voulait pas enfoncées dans ses poches. Il était toujours volontaire pour tuer le cochon, mais les uns et les autres s'arrangeaient pour confier le couteau à quelqu'un d'autre. Il faut dire que le Vincent n'était pas très habile : il taillait toujours à côté, s'y reprenait à deux fois et finissait immanquablement couvert de sang de la tête aux pieds.

Avant la guerre, on faisait appel au *mataïre*, qui montait de Joch avec tout son attirail à la lune vieille[1], parce que la viande se conservait mieux. Il restait à Valmanya toute une semaine et tuait le porc chaque matin dans une maison différente. C'était chacun son tour, toujours

1. Descendante.

dans le même ordre. Mais depuis la mobilisation, le *mataïre* était parti au front, avec les autres, égorger d'autres cochons, sans plus se soucier de la lune.

Les hommes restant au pays avaient dû prendre le couteau. Certains, à l'instar de Lucien Mary, qui était boiseur à la Pinouse comme le père et savait manier la hachette, avaient vite trouvé les gestes, mais d'autres, comme Vincent Garrigue, n'arrivaient pas à couper droit.

Félicie se carra plus confortablement sur la poutre basse de la remise où elle avait grimpé dès son arrivée. Elle avait ses habitudes. Chaque fin novembre, elle venait chez les Payré pour la *matança*. Non que quelqu'un l'y eût invitée, mais la première fois où elle s'était faufilée au milieu des voisins assemblés dans la cour, on ne l'avait pas chassée. Elle était revenue l'année suivante, et les suivantes encore. On la tolérait et on lui donnait un bout de boudin quand elle repartait ; elle n'en demandait pas plus. En ce dimanche matin, elle était donc tout naturellement redescendue, et personne n'avait fait de commentaire en la voyant.

Les muscles bandés, le cou gonflé et violacé par l'effort, quatre hommes maintenaient toujours la bête qu'agitaient encore quelques soubresauts sur le *trull*[1] renversé. Les poules que ces cris et cette agitation effrayaient s'étaient réfugiées de l'autre côté du chemin. Les enfants en revanche se bousculaient pour essayer de se faufiler au plus près de l'animal agonisant. Joseph Payré, qui tenait fermement la corde dont on avait entravé les pattes arrière du cochon et avait donc une main libre, distribua quelques calottes en aveugle, menaçant les gamins brailleurs d'une correction dont ils se souviendraient longtemps s'ils ne débarrassaient pas le

1. Grand cuvier en bois étanche en forme de pétrin.

plancher sur l'instant. Un morveux de cinq ans, plus téméraire que les autres, eut la malchance de recevoir simultanément une gifle du Joseph et un coup de sabot de son propre père, qui immobilisait une des pattes de devant. La joue rouge et les yeux pleins de larmes, il chercha refuge en boitillant dans les jupes de sa mère, qui le chassa avec impatience. Ouste, *mainada*[1] ! Comme si elle avait le temps aujourd'hui !

Déjà, les hommes se relevaient. Le porc ne bougeait plus. La plaie béante de son cou avait cessé de saigner. Louisette Marfin, les bras écarlates, saisit la bassine pleine par ses deux anses et s'engouffra dans la cuisine d'où s'échappaient des nuages de vapeur.

La neige avait fait son apparition là-haut, à la mine, dix jours auparavant. La bourrasque avait hurlé sous les portes toute la nuit, empêchant Félicie de sortir comme elle aimait à le faire. Au matin tout était blanc : les toits des bâtiments et de la cabane de ceux de Corsavy, le plancher en chêne lisse de la trémie, les wagonnets restés dehors et même le rocher noirci sur lequel les mineurs secouaient leur lampe à carbure au sortir de la galerie principale. Une chandelle de glace transparente comme du verre pendait au tuyau de la fontaine et les passerelles qui reliaient les maisons des familles au talus derrière étaient verglacées. Les hommes partant au travail, emmitouflés dans des écharpes qu'ils enlèveraient au fond où il faisait toujours tiède, les empruntaient précautionneusement en s'appuyant sur leur pic pour ne pas glisser.

Félicie aimait le silence ouaté de ces matins de neige à la Pinouse. Le grincement régulier du câble aérien semblait moins strident et le bruit des explosions sur le

1. Marmaille.

front de taille arrivait en surface encore plus assourdi. Même les éclats de voix des mineurs perdaient de leur virulence. C'était comme si l'hiver avait posé sur la montagne une couverture de laine immaculée, épaisse et moelleuse, qui étouffait tous les sons. Le monde s'enveloppait de douceur. Même le père cognait moins dur. Non qu'il fût sensible à cette magie blanche, mais le froid et les congères qui barraient les sentiers dans lesquelles il s'enfonçait parfois jusqu'à mi-mollet l'empêchaient de descendre trop souvent vider les réserves d'alcool des cafés de Valmanya. Félicie bénissait même les jours où des chutes de neige abondantes coupaient carrément la mine du reste du monde. Là, son père était bien obligé de rester sobre : la Casso n'était pas folle et elle limitait la consommation de vin de chacun pour éviter les bagarres dans sa cantine !

Félicie savourait égoïstement ce répit même si, elle le savait, la neige rendait les conditions de vie et de travail encore plus difficiles. Il était hors de question d'arrêter l'extraction du minerai. Neige ou pas, la mine devait tourner à plein rendement, surtout en ces temps sombres où la guerre vorace réclamait encore et encore des canons !

Il arrivait à Félicie d'avoir une pensée pour monsieur Jules et de guetter avec anxiété le sifflet de sa machine à Palomera ou à Poncy : deux hivers auparavant, en luttant contre les congères qui l'empêchaient d'avancer, la chaudière d'une locomotive avait explosé et le chauffeur était mort, ébouillanté.

Mais il ne servait à rien de s'inquiéter pour les autres. S'inquiétaient-ils pour elle, d'ailleurs ? A chacun de sauver sa peau ; c'était la dure loi qu'elle avait apprise de la vie et de la montagne.

Les hommes avaient soulevé le porc, retourné le *trull*, disposé au fond les chaînes et redéposé dessus l'énorme cadavre inerte. Les mains plaquées sur les reins, ils s'arc-boutaient en arrière pour détendre leurs muscles crispés. Toute la semaine à frapper et creuser au fond de la mine, et le dimanche à se battre avec cent vingt kilos de viande qui ne voulaient pas aller au saloir, *gracies*[1] ! Mais bon, si on voulait du *costello*[2] dans l'*ollada*, des boudins et des jambons à suspendre sous les poutres du plafond, ce n'était pas le moment de rechigner à la tâche !

Lucien Mary et Joseph Payré soupesaient déjà du regard ce que le porc, engraissé tout au long de l'année à grand renfort de pommes de terre et d'épluchures, allait rendre, quand deux femmes sortirent de la cuisine en tenant chacune le bout d'un bâton passé dans l'anse d'un chaudron de cuivre fumant. Les mains protégées par des torchons, elles déversèrent l'eau bouillante dans l'auge de bois étanche pour échauder l'animal exsangue. Un gros nuage de vapeur enveloppa les silhouettes penchées sur le *trull*, brouillant les visages et ternissant les couleurs des vêtements. Les hommes se saisirent des chaînes passées sous les épaules et les jambons et entreprirent de les faire coulisser d'avant en arrière pour arracher les poils.

Sous le toit de l'appentis où les uns et les autres avaient déjà oublié son existence, Félicie ferma les yeux : les grognements sourds avec lesquels les hommes marquaient la cadence et le cliquetis sinistre des maillons qui s'entrechoquaient dans la brume opaque au-dessus de l'auge ouvraient comme une porte sur l'enfer. Qu'avait donc écrit monsieur Hugo à ce sujet ? Elle connaissait désormais par cœur tout le livre que lui avait offert mademoiselle Marguerite :

1. « Merci ! »
2. Plat de côte.

Parfois un flamboiement, plus noir que la nuit triste,
Derrière une cloison de fournaise apparaît.

Elle pouvait même entendre la Mort aiguiser sa faux sur une pierre.

Elle rouvrit les yeux : Joseph Payré affûtait les vieux morceaux de lames émoussées avec lesquels, une fois l'eau un peu refroidie, on allait racler les soies qui s'accrochaient encore à la peau et qu'on récupérerait ensuite pour en faire des brosses.

A ses pieds, le sol était moucheté d'écarlate. Lorsque la Louisette avait soulevé la bassine, le sang avait éclaboussé la terre battue en une grappe de gouttes rondes comme les baies du sorbier des oiseaux.

Quand l'hiver dénudait les branches et dessinait sur la neige le paysage à l'encre de Chine, la parure pourpre du sorbier brûlait ainsi qu'une flamme au flanc de la montagne. Les animaux en quête de pitance étaient friands de ses fruits, et pas seulement les merles et les bouvreuils. Au matin, on pouvait voir les traces de leurs pattes imprimées comme sur une page blanche au pied de l'arbuste, écriture mystérieuse et pourtant si facile à déchiffrer quand on en connaissait l'alphabet comme Félicie : il y avait les empreintes, minuscules et pressées, des campagnols et des musaraignes, celles bien alignées les unes derrière les autres, comme sur le fil d'un funambule, du renard, et celles en Y du lièvre bondissant.

Et aussi les marques en croissant de lune des sabots des chevaux après le passage de la malle-poste sur la grand-route.

Ils étaient trois attelés de front et leurs battues soulevaient des gerbes de neige poudreuse plus haut que sa tête. Leurs sabots semblaient à peine toucher le sol et, dans un élan irrésistible, la voiture disparut derrière les arbres, vers l'horizon.

Elle s'était accroupie pour ramasser un fer usé, tombé dans la cavalcade, sous l'œil goguenard d'une pie en livrée noire et blanche perchée sur une barrière. La neige montait jusqu'à ses genoux et elle était là, au milieu de la route, mais elle n'avait pas peur. Elle sentait les baisers mouillés des flocons sur ses joues. C'était doux.

Félicie ne connaissait pas cet endroit mais elle savait qu'il s'agissait de Néfiach, le village où elle avait vu le jour, selon l'état civil que mademoiselle Marguerite avait soigneusement recopié sur le registre à couverture noire de la classe à son arrivée à l'école. Elle n'avait pas trois ans à ce moment-là. C'était le seul souvenir qui lui restait de sa vie d'avant la montagne. Avant que le père ne trouve du travail à la mine. Avant que la mère ne s'en aille. Qu'elle les abandonne.

C'est ce que les autres refusaient de comprendre. Même mademoiselle Marguerite. Pourquoi croyaient-ils tous que le père buvait autant ? Rester seul avec une enfant encore au maillot ou peu s'en faut, c'était dur. Il avait bu de plus en plus. Et quand il était ivre, il devenait violent. Mais ce n'était pas de sa faute, n'est-ce pas ?

— Lequel d'entre vous peut me prêter une règle ?

Lucien Mary n'avait pas pu résister à la tentation de faire la plaisanterie traditionnelle. Les gamins pouffaient de rire en se poussant du coude tandis que le plus jeune, à qui s'adressait la question, ouvrait de grands yeux effarés.

Le porc ébouillanté et rasé avait été posé sur le ventre, les pattes écartées, en travers de la *cleda*[1] de planches

1. Claie.

espacées qui recouvrait à présent le *trull.* Un vieux tablier noué autour de ses reins, le Lucien s'apprêtait à découper la bête le long de la colonne vertébrale. C'était une particularité des environs : on n'ouvrait pas le cochon par-devant mais dans le dos, afin de découper des bandes de ventrèche plus longues. Avant d'attaquer à la hache, il fallait tracer de haut en bas une ligne bien droite, et il était d'usage de solliciter pour rire le plus jeune des écoliers présents. Pendant ce temps, les hommes préparaient les claies en branches de châtaignier sur lesquelles ils allaient saler les morceaux de viande, tandis que les femmes se tenaient prêtes à recevoir les tripes pour aller les laver à la rivière avant de préparer les boudins. Contrairement à l'année précédente, où elle s'était activée avec la dernière énergie, l'épouse de Joseph Payré se tenait à l'écart, se contentant de diriger la manœuvre sans intervenir directement. Sans doute n'était-elle pas dans ses bons jours. C'était la coutume : une femme indisposée ne devait rien toucher de ce qui allait servir à faire la charcuterie.

« Encore une superstition ridicule ! » avait envie de leur crier Félicie. Elle saignait elle aussi tous les mois à présent. La première fois, personne ne l'ayant prévenue, elle avait cru qu'elle s'était blessée. Pourtant, elle ne se souvenait pas d'avoir heurté un rocher ou accroché une branche à cet endroit-là. Et puis, quelques semaines plus tard, c'était revenu. C'est alors qu'elle s'était souvenue de ce que les femmes parfois se confiaient à mi-voix. Elle n'avait entendu que quelques bribes, quelques allusions, mais assez pour faire le rapprochement. Elle en avait pris son parti. A quoi sert de combattre l'inévitable ? Certes, le linge dont elle se protégeait l'entrejambe la gênait un peu pour courir dans la montagne, mais porter le pantalon aidait à le maintenir en place et, du moment qu'elle n'avait pas eu à changer ses habitudes, elle s'en était accommodée, comme du reste.

Elle ne comprenait pas pourquoi les autres femmes parlaient d'impureté et de malédiction : le sang rouge qu'elle allait laver au torrent n'était guère différent de celui qui avait coulé de son bras lorsqu'elle se l'était ouvert sur une longue écharde acérée dépassant d'une souche mal coupée… ni d'ailleurs de celui de ce porc que l'on venait de sacrifier !

Laissant Lucien Mary couper les pieds du cochon et en arracher les ongles à la tenaille, Félicie se laissa choir de sa poutre et se faufila dans la cuisine d'où commençaient à s'échapper des odeurs fort appétissantes. En attendant le retour de celles qui étaient parties à la rivière laver les boyaux qui serviraient à confectionner les différents boudins et saucisses, deux femmes mitonnaient au coin du feu, avec les premiers bons morceaux prélevés, le repas offert à tous ceux qui étaient venus prêter main-forte pour la *matança*, tous les voisins à qui on rendrait la pareille un prochain dimanche. C'est pour ce repas que Félicie était descendue de la Pinouse en ce morne dimanche de fin novembre. Elle s'était éclipsée alors qu'il faisait nuit noire et que le dortoir et son père dormaient encore. Le dimanche était fait pour se reposer, pas vrai, et le réveil du maître mineur sonnait ce jour-là un peu plus tard. Mais l'hiver, l'obscurité n'était jamais complète : la neige luisait même sans la lune, la faible clarté des étoiles lui suffisait, et les silhouettes noires des arbres et des rochers se découpaient si nettement qu'il n'était pas difficile de se repérer, même pour quelqu'un qui n'avait pas l'habitude et les dons de Félicie. Le bas des pantalons enveloppé dans un bout de toile de jute en guise de guêtres pour éviter qu'il ne soit trop vite trempé, elle avait donc dégringolé le sentier vers la maison de Los Masos où elle savait qu'on tuait le cochon ce jour-là. La neige n'était pas encore descendue assez bas pour atteindre le village et elle avait laissé ses guêtres improvisées à sécher sur la branche d'un bouleau dont il ne restait plus que le squelette argenté à cette époque de l'année. Elle ne s'était pas trompée : les hommes et les femmes, les yeux encore bouffis de sommeil et les gestes étriqués par le froid, commençaient à se rassembler dans la cour des Payré.

Si tout continuait à se passer comme d'habitude, elle aurait donc droit à une assiette de l'*ollada* qui mijotait sous le couvercle de la marmite posée sur les braises de la cheminée, et peut-être même à une part du *fetge amb sebes*, le succulent foie aux oignons qui constituait le traditionnel point d'orgue du repas de *matança*. On lui couperait aussi un bout de boudin, du noir, pas du blanc, plus fin parce qu'il ne contenait pas de sang, en espérant qu'elle déguerpirait, satisfaite, et qu'on serait libéré de son invisible mais encombrante présence. Ce qu'elle ferait bien sûr, ayant obtenu ce qu'elle voulait. En attendant, assise sur une vieille chaise de nourrice qui perdait sa paille dans un coin sombre, elle profitait de la chaleur de l'âtre et salivait en humant les parfums qui émanaient de la marmite.

Louisette Marfin s'était nettoyé les bras et avait redescendu ses manches jusqu'au poignet comme la décence le commandait. Elle soulevait de temps à autre le couvercle qui libérait une buée engageante et touillait l'*ollada* tout en conversant à voix basse avec la mère de Joseph Payré, la mine grave. Il n'était pas difficile de deviner de quoi elles discutaient : c'était le premier cochon tué cet hiver à Los Masos, le premier depuis la déclaration de guerre et le départ des hommes du village au front. Trois d'entre eux étaient portés disparus depuis l'été et le facteur était attendu chaque jour avec angoisse. Les lettres que les familles recevaient des mobilisés n'étaient pas très précises quant à la localisation des combats, censure oblige, mais c'en était fini des *Ara, hi sem*[1] et des *Sempre en d'avant*[2] belliqueux et bravaches. Il n'y était désormais question que de tranchées, d'obus de mortier, de froid, de boue et de rats.

Si on les faisait ainsi s'enterrer, c'était plutôt mauvais signe, tout le monde s'accordait là-dessus. « On ne gagne pas la guerre en restant sur place ! » répétait à qui voulait l'entendre le grand-père Roura qui avait « fait » la Crimée en son temps. Mais on n'avait pas besoin de lui pour savoir que la fin des hostilités n'était pas pour tout de suite.

Et les épouses, les mères et les sœurs, le cœur serré, se confiaient leurs craintes de voir partir à leur tour les maris, les fils et les frères dans une semaine, un mois, un an qui sait ?

C'est dire si le rituel festif qui donnait à la famille de la viande et de la charcuterie pour toute l'année perdait cet hiver de son insouciance joyeuse. Les femmes notamment avaient une pensée pour les braves garçons à qui elles auraient tant aimé réserver une part de *carn de parol*, ces délicats morceaux de museau et de joues qu'elles allaient faire cuire tout à l'heure dans le grand chaudron en cuivre qu'on ne sortait qu'une fois l'an.

A la *Pinosa* aussi l'ambiance avait changé : plusieurs mineurs et manœuvres avaient quitté le travail pour revêtir le nouvel uniforme bleu horizon. André Puig, un jeune monsieur qui se vantait d'avoir le baccalauréat et tenait depuis le départ à la retraite du vieil Eloi Fabre, deux ans auparavant, la comptabilité de la société des frères Valentin, avait ainsi appris à ses dépens qu'à la mine seuls les ouvriers qualifiés, comme le père de Féli-

1. « Maintenant nous y sommes. »
2. « Toujours en avant. »

cie, étaient indispensables. Quant aux livres de compte, on trouvait toujours quelqu'un pour s'en occuper. Monsieur Legrand se dévouait la plupart du temps mais, tout ingénieur qu'il soit, les colonnes de chiffres à additionner, soustraire, mettre en pourcentage le lassaient vite. Quand il s'impatientait sur un calcul trop long, trop compliqué, il avait pris l'habitude de faire appel à Félicie. La manière dont elle jonglait avec les opérations et résolvait les problèmes en moins de deux l'épatait chaque jour davantage, et le soulageait d'une tâche fastidieuse dont il se serait volontiers passé. Ce qui épatait Félicie, c'était plutôt qu'il faille un bachelier pour tenir un office aussi simple ! Elle en était venue à considérer le pédant monsieur Puig comme un tire-au-flanc et n'était pas fâchée de penser que la boue des tranchées qui revêtait tous les combattants, diplômés ou pas, du même uniforme allait le ramener à une plus saine échelle de valeurs.

En voyant arriver de plus en plus nombreux les ouvriers espagnols et même polonais rapatriés des mines du Nord, actuellement en pleine zone de combat, pour remplacer leurs camarades mobilisés, ceux qui restaient mesuraient leur chance. Et s'ils affichaient la bonne humeur combative qui, selon *L'Indépendant*, devait animer ceux de l'arrière qui travaillaient pour ceux du front, ils avaient du moins renoncé à leurs paris stupides.

Fini le temps où, pour préserver sa réputation de champion des buveurs d'huile d'olive, un mineur de la Bastide avait fini, faute de mieux, par ingurgiter de l'huile de moteur et en était mort ! Même le Baptistot, l'homme qui s'était montré plus rapide que le marteau pneumatique, n'exhibait plus comme avant la pièce d'or qu'il avait pariée et gagnée à Edmond Valentin et qu'il gardait toujours sur lui, dans une petite bourse en cuir serrée dans un repli de sa *faixa*. Quant à Marc Marfin,

« grande gueule » pour certains, « sage » pour d'autres, il parlait moins, réfléchissait plus et semblait souvent soucieux.

Les murmures de la *padrina* Payré et de Louisette se turent brusquement, au beau milieu d'un chuchotement indigné : la mère de Pierre Maynègre venait de faire son entrée dans la cuisine, tenant un plat en terre plein de *bunyols*[1] qu'elle venait de faire frire. Son fils était toujours porté disparu et si elle s'obstinait à refuser de prendre le deuil, le rictus désabusé qui crispait le coin de sa bouche et son regard éteint montraient qu'au fond d'elle-même elle n'y croyait plus. Ce n'était pas quelqu'un devant qui on pouvait ressasser les dernières nouvelles arrivées de Belgique où étaient actuellement cantonnés ceux du 53e et du 96e.

Louisette, qui avait l'esprit vif, enchaîna à haute voix avec une histoire un peu leste qu'on entendait à toutes les *matances* où l'homme était complaisamment comparé au porc, morceau par morceau. Un moment interloquée, la *padrina* Payré lui répondit de son rire rouillé de vieille porte jamais huilée.

Les yeux baissés, la mère de Pierre Maynègre posa son plat sur la table déjà encombrée et resta là, les mains croisées sur le ventre, sans savoir que dire ni que faire. Un silence gêné s'installa. Louisette, qui avait épuisé sa réserve de plaisanteries, replongea son nez et sa cuillère en bois dans la marmite. La mère de Joseph Payré ouvrit les portes du buffet, l'air subitement affairée, farfouilla un moment dedans avant de se relever, un torchon propre, encore plié, à la main. La vaisselle étant sèche et prête à recevoir viande et charcuterie, elle se résolut à en couvrir le plat de beignets chauds :

1. Sorte de beignets.

— Il ne faudrait pas qu'ils prennent le goût du boudin, grommela-t-elle en tirant avec un soin exagéré sur les coins pour qu'ils pendent de façon bien symétrique.

La mère Maynègre hocha la tête sans un mot. Qu'y avait-il à répondre ?

C'est alors que Louisette aperçut Félicie toujours tapie dans son coin sombre :

— Tiens, tu es là, toi ? l'interpella-t-elle, ravie de trouver enfin un sujet de conversation. Tu veux manger ?

C'était bien la première fois que Louisette avait l'air contente de la voir ! D'ordinaire, elle avait plutôt tendance à l'ignorer et passait très vite devant elle, le dos raide, comme lorsqu'on croise un chien errant dont on se méfie parce qu'on ne sait pas ce qui peut lui passer par la tête. Mais aujourd'hui, elle déployait des trésors d'affabilité, s'occupant de Félicie comme si elle n'avait pas de meilleure amie !

— Ne reste pas dans ton coin ! Viens t'asseoir à table. Je vais te donner une assiette !

Félicie obéit sans se faire prier. Le chignon de Louisette s'agitait fébrilement devant les étagères qui servaient de vaisselier, hésitant devant chaque assiette comme si sa vie dépendait de celle qu'elle choisirait. Finalement, elle opta pour une faïence blanche un peu ébréchée, ornée d'une guirlande de petites fleurs bleues. Pourquoi celle-là ? Elle aurait été bien en peine de le dire, mais elle la posa devant Félicie avec un grand sourire, apparemment satisfaite de son choix. La mère Payré, prise dans le mouvement, s'empressa d'y ajouter une cuillère et un verre, puis toutes deux reculèrent pour mieux apprécier leur œuvre. Même la mère Maynègre tira bruyamment une chaise pour permettre à Félicie de s'asseoir. « Les ouvrières de la ruche s'activant autour de la reine des abeilles », aurait ricané Balthazar.

Félicie s'amusait beaucoup. Jusqu'où ces femmes iraient-elles pour combler le silence qui semblait tant leur peser ? Pourtant, cela n'avait rien d'effrayant, le silence, au contraire. C'était reposant même. Mais ces trois-là semblaient souffrir du manque de mots comme d'autres, épuisés, du manque d'air. Si Félicie n'avait pas été là, auraient-elles fini par s'étouffer ? Ou bien par exploser et se mettre à hurler toutes ensemble ? A cette idée des plus réjouissantes, Félicie eut bien du mal à ne pas éclater de rire. Au lieu de cela, assise bien droite sur la chaise que la mère Maynègre lui avait avancée, elle louchait ostensiblement sur son assiette vide.

— Que je suis bête, bêla la Louisette avec un rire nerveux. Donne-moi ça que je te la remplisse !

Et plongeant la louche dans la marmite fumante, elle versa dans l'assiette la soupe à l'orge perlé dans laquelle avait cuit une épaule de porc bien grasse. La bête qui se débattait encore il y a moins de deux heures tenait toutes ses promesses.

Félicie n'attendit pas que la soupe refroidisse. L'assiette à peine posée sous son nez, elle entreprit de lui faire un sort, sous l'œil béat des trois femmes. Sait-on jamais, si elles changeaient d'avis ? Joseph Payré entra sur ces entrefaites, le pied de porc frais avec lequel il était en train d'étaler le sel sur les jambons à la main ; il regarda sa mère et ses deux compagnes d'un air étonné mais sortit sans faire de commentaire. Les histoires de bonnes femmes, il valait mieux ne pas s'en mêler !

Félicie ne s'était pas interrompue, aspirant à grand bruit le jus de sa cuillère pour masquer le demi-sourire ironique qui étirait ses lèvres malgré elle. Elle avait l'impression d'être le petit Jésus dans son *pessebre*[1], les

1. Sa crèche.

trois Rois en adoration devant elle. Dommage que Balthazar, son « Roi mage » de Sainte-Anne, ne soit pas là, il aurait apprécié !

Les autres femmes revinrent de la Lentilla avec les boyaux propres. L'aînée des filles de Joseph Payré ouvrait la marche en brandissant bien haut la vessie du cochon gonflée comme un ballon. Sa sœur cadette essayait de la lui prendre, en prétendant qu'il fallait la donner aux garçons pour jouer au rugby. Leur grand-mère les mit d'accord en s'en emparant. On y mettrait la graisse qu'on avait récupérée, coupée en morceaux et mise à fondre dans une casserole à l'autre bout de l'âtre. Une fois solidifiée, elle s'y conserverait sans problème et, en découpant une fenêtre dans la paroi, on tirerait dessus au fur et à mesure, avec une cuillère, pour cuisiner.

Il fallait débarrasser la table pour y poser les plats, mais Félicie ne bougeait pas, absorbée dans la dégustation de sa soupe, le nez dans son assiette, indifférente en apparence aux allées et venues autour d'elle. Personne n'osait la déloger, cependant c'en était fini de l'attention bienveillante dont elle était le centre. Les trois femmes, prises dans le tourbillon qui s'était emparé de la cuisine, n'avaient plus besoin d'elle pour détourner le malaise ambiant. Elles contournaient sa chaise dans un frôlement de jupe agacé tandis qu'elles circulaient dans la pièce pour apporter de nouveaux plats où on entasserait les différents boudins au fur et à mesure de leur confection : d'abord le *dios*, dans le cæcum, avec les meilleurs morceaux de viande, choisis avec soin, et puis le boudin noir et celui à l'œuf dont on ne faisait qu'une petite quantité parce qu'il ne se conservait pas. A l'autre bout de la table, la Louisette, à nouveau à son affaire, étirait soigneusement un bout d'intestin, en prenant bien garde de ne pas le crever, pour faire du boudin blanc. L'épouse de Joseph Payré, toujours exclue par son indisposition, avait quitté sa propre cuisine après avoir indiqué aux autres femmes où étaient serrées les herbes et les épices qui relèveraient le goût de la charcuterie.

Félicie, aussi imperturbable qu'un rocher au milieu de cette agitation, ne se pressait pas, torchant avec application le fond de son assiette vide en espérant qu'on voudrait bien la remplir à nouveau.

Mais ses hôtesses avaient maintenant hâte de la voir vider les lieux. Des frôlements de jupe, on était passé aux chocs des sabots contre les pieds de la chaise. La mère Maynègre elle-même, que le bourdonnement des bavardages affairés avait fini par dérider un peu, lui glissa deux de ses *bunyols* afin de bien lui montrer que son repas était terminé. N'ayant aucunement l'intention de faire un esclandre, Félicie se leva, la bouche pleine. Elle ne quitta pas la pièce, à présent surchauffée, pour autant. Il lui manquait encore quelque chose.

Tout en mordant à belles dents dans un beignet, elle alla se planter ostensiblement devant le plus grand des plats posés sur la table où s'étageaient, bien rangés en arc de cercle, les premiers boudins sortis de la marmite. La mère Payré comprit le message : avec un soupir excédé, elle en saisit trois qu'elle lui fourra de force dans les mains. Félicie n'en demandait pas plus. Elle prit le temps d'envelopper les boudins dans un mouchoir douteux qu'elle alla pêcher au fond de son sac, remercia d'un signe de tête et s'en fut, digne et satisfaite. Trois, c'était plus qu'elle n'espérait : il y en aurait un pour elle, un pour le père, et il en resterait un pour Balthazar.

Il était encore tôt. Puisqu'elle avait l'estomac plein, elle avait même le temps de faire le détour par la forêt en remontant pour ramasser du bois mort. Le boulanger de la *Pinosa* lui glissait toujours la pièce lorsqu'elle lui rapportait un ou deux fagots, de quoi arrondir encore la bourse que Robin cachait dans ses entrailles. Oui, décidément, c'était une belle journée !

Enfin, la voilà partie. Ce n'est pas trop tôt ! Parole, elle me fait froid dans le dos, cette Félicie. Ce n'est pas que je croie à toutes les balivernes que racontent la Séraphine et ses pareilles, mais il faut reconnaître que cette gamine est étrange, particulière. Toujours là, silencieuse, dans son coin, à guetter chacun de vos mouvements sans en avoir l'air. Je me demande bien ce qu'elle mijote !

Cela dit, pour une fois, elle tombait à pic dans la cuisine : la mère Maynègre avec ses beignets, la pauvre, je ne sais pas ce qu'on en aurait fait, la padrina *Payré et moi ! Comme quoi, même une enfant de la lune comme Félicie peut avoir son utilité et, ma foi, une assiette de soupe et trois boudins, ce n'est pas cher payer le service qu'elle nous a rendu ! Il faut bien que chacun vive. Et cette petite ne mange pas toujours à sa faim, si on en croit le cousin Marc. Il faut dire que ce n'est pas son soiffard de père qui peut s'occuper d'elle ! La gamine ne lui ressemble pas du tout. Peut-être tient-elle de sa mère ? Pas dans son goût pour se faufiler partout en tout cas ! Je crois que le peu qu'elle a vécu à la Pinouse, je n'ai jamais vu la femme du Polyte au village. Je serais même incapable de dire à quoi elle ressemblait ! Finalement, la Félicie pourrait aussi bien ne pas avoir de parents du tout, cela ne changerait pas grand-chose !*

Mais qu'est-ce que je suis en train de radoter, moi ? Louisette, ma fille, arrête donc de rêvasser ! Les hommes en ont fini avec la carcasse et ils sont affamés. Si je ne veux pas me faire attraper par la sogra[1], *je ferais bien de mettre la table pour leur servir le repas de* matança.

1. Belle-mère.

5

Monsieur Legrand était contrarié. Elle l'avait su à la façon dont il lui avait crié d'entrer, après qu'elle eut toqué à la porte de son bureau. D'ordinaire, reconnaissant son signal – deux coups rapprochés, puis un troisième après un temps –, il l'interpellait joyeusement et venait même parfois lui ouvrir le battant. Pas cette fois. Sans être sec, son « entrez » sonnait creux, comme s'il pensait à autre chose, quelque chose qui le préoccupait. Bah, elle avait dans sa sacoche de quoi lui rendre le sourire !

Félicie entra donc hardiment dans le bureau de l'ingénieur, qui lui était devenu si familier ces trois dernières années. C'était une petite pièce, deux mètres sur trois, pas plus, encombrée jusqu'au plafond de livres, de plans et de papiers divers entassés sur des étagères suivant un ordre que leur propriétaire était le seul à connaître. Il s'y retrouvait fort bien d'ailleurs, et savait toujours l'endroit exact où se trouvait chaque dossier. Félicie ne s'effarait pas de ce que la Catherine qui travaillait à la cantine et venait de temps en temps faire la poussière appelait « le capharnaüm de monsieur Legrand ». Le classement n'avait pas à être sur les étagères, il était dans la tête de l'ingénieur et c'était beaucoup mieux. De toute façon, monsieur Legrand, comme Félicie, s'inquiétait fort peu de l'opinion des autres. Ni grand, ni petit, ni gros, ni maigre, mais les yeux pétillant d'intelligence derrière ses lunettes rondes cerclées d'or, il prenait toujours les événements, quels qu'ils fussent, avec le plus grand calme, confiant dans ses compétences qui n'avaient jusqu'ici jamais été prises en défaut.

Il était donc d'autant plus surprenant de le découvrir ce matin le front soucieux et la bouche crispée, fouillant nerveusement les tiroirs de son bureau. Il avait déjà dû explorer les profondeurs du classeur à coins métalliques qui se trouvait derrière lui, puisque la carte du front punaisée au mur au-dessus du meuble était toute de travers. Ils avaient tous les deux l'habitude d'y indiquer scrupuleusement, avec des petits drapeaux de couleur, les percées et les mouvements de troupes que l'état-major faisait annoncer dans la presse. Deux minuscules fanions sang et or figuraient la position supposée du 53e et du 96e, les deux principaux régiments où étaient enrôlés les gars du coin et donc plusieurs employés de la mine.

Actuellement, celui du 53e était piqué en Champagne. Pour le 96e, on n'avait pas de nouvelles récentes. A côté était accrochée une photo un peu floue représentant, début février, la visite du maréchal Joffre, *el nostre* Joffre, aux soldats du 53e stationnés à l'époque en Picardie. Elle avait été envoyée à monsieur Legrand par un de ses amis, un certain Jacques Ruffiandis, lieutenant à la 8e compagnie du 53e et instituteur à Canet dans le civil. Tombé malade alors qu'il combattait en Lorraine, il avait été évacué vers l'arrière en septembre. Il n'avait retrouvé son unité qu'en décembre, avec dans son paquetage un appareil photo dont il se servait pour immortaliser les grands moments, comme cette visite de l'illustre Rivesaltais en vareuse noire.

Le cliché voisinait avec un portrait compassé, réalisé sans aucun doute dans le studio d'un photographe celui-là, de l'épouse et des deux enfants de l'ingénieur.

Madame Legrand, assise sur un fauteuil aux accoudoirs sculptés, arborait deux rangs de perles et une aigrette en plumes piquée dans son chignon comme si elle s'était apprêtée pour une réception mondaine ; une fillette en robe blanche et gros nœud de la même couleur fixé dans ses anglaises et un très jeune garçon en costume marin bien repassé l'encadraient avec raideur, visiblement peu à l'aise. Les enfants et leur mère ne venaient presque jamais à la Pinouse. Madame Legrand détestait la mine et avait refusé tout net de s'y installer. Pas plus Valmanya que Vinça, pourtant desservi par la malle-poste et le chemin de fer, n'avaient trouvé grâce à ses yeux. Elle résidait donc toute l'année à Perpignan, dans un grand appartement du centre-ville qui appartenait à ses parents et où monsieur Legrand descendait lui rendre visite une fois par mois quand le travail le permettait. Ah, tout était plus facile quand on avait du bien !

L'ingénieur acceptait cette contrainte sans broncher. Après tout, disait-il, ceux du front n'avaient pas vu les leurs depuis bien plus longtemps alors qu'ils risquaient leur vie tous les jours. On sentait qu'il était un peu honteux d'être « mobilisé à l'arrière ». Il avait beau savoir que son rôle était important pour l'industrie de l'armement, il avait la désagréable impression d'être un « planqué ».

— Regardez, j'ai pensé à vous !

Félicie savait comment changer le cours des idées noires de monsieur Legrand. Faisant passer la bandoulière de son bissac par-dessus sa tête, elle le déposa, ouvert, sur le bureau :

— J'ai trouvé des morilles près du Roc del Coucout. Je sais que vous les adorez. Donnez-les à la Casso et elle en fera une garniture pour son rôti. Ces messieurs et vous allez vous régaler !

Edmond et Louis Valentin, des Alsaciens qui avaient racheté la mine en 1906, venaient en visite d'inspection aujourd'hui et il était normal que l'ingénieur se sente un peu nerveux. Mais il ne devait pas s'inquiéter : ses morilles, les meilleures de tout le massif, elle s'y engageait, les mettraient de bonne humeur à coup sûr ! La température s'était radoucie quelques jours auparavant et Félicie était allée les ramasser dans un de ses coins secrets où les têtes brunes spongieuses se dissimulaient dans l'herbe naissante, près des racines des arbres, juste au-dessus des grandes taupinières fumantes où le bois se consumait lentement jusqu'à devenir charbon. Elle était ensuite montée jusqu'à l'Estanyol cueillir l'hépatique trilobée mauve pâle et violet qui formait comme de petits bouquets de mariée : dans un verre d'eau, ces quelques fleurs donneraient un petit air printanier à ce bureau un peu sévère !

Mais monsieur Legrand, dont l'œil s'était pourtant allumé en voyant les précieux champignons encore couverts de rosée, jeta un coup d'œil sur sa montre et repoussa le sac avec lassitude.

— Tu es gentille, mais j'ai d'autres soucis.

Voyant la mine désappointée de Félicie, il grimaça néanmoins un sourire :

— Je suis sûr qu'elles sont délicieuses. Apporte ta cueillette à la cantine, je te la paierai demain.

Félicie l'interrompit d'un geste de la main :

— Ce n'est pas pour l'argent ! D'ailleurs, ces morilles, je vous les offre. C'est pour vous porter chance avec les patrons !

— De la chance, il m'en faudrait beaucoup plus ! soupira l'ingénieur avec un haussement d'épaules fataliste. Figure-toi que j'ai égaré une étude que je dois présenter tout à l'heure, un plan de forage de nouveaux travers-bancs pour augmenter encore le rendement.

— C'est impossible ! protesta Félicie, ébranlée. Vous ne perdez jamais rien.

— Tu as raison, d'ailleurs le dossier n'est pas vraiment perdu. Je l'ai cherché partout en espérant me tromper, mais maintenant j'en suis sûr : je l'ai oublié hier aux Manerots où je suis allé récupérer des échantillons de minerai.

Félicie se détendit, rassérénée :

— Alors, c'est simple : il suffit de demander à quelqu'un de là-bas de vous le rapporter.

— Pas si simple que cela : j'ai téléphoné trois fois, mais le chef d'exploitation doit être sorti et personne ne répond.

Il tira une nouvelle fois sa montre de son gousset, désespéré :

— Et les frères Valentin seront là dans une heure tout au plus !

Des voix animées résonnèrent sur le chemin qui longeait les bâtiments administratifs. Par la fenêtre, Félicie vit passer le Baptistot Marfin et Martin Gource ; ils transportaient une caisse d'explosifs vers le niveau zéro. Tous deux formaient la meilleure équipe de foreurs de la mine. C'était un travail difficile qui exigeait une entente parfaite entre les partenaires : l'un tenait la barre à mine, l'autre tapait dessus avec la massette à bout carré. Tout l'art consistait à faire tourner la barre d'un quart de tour au moment de l'impact. Gare à ceux qui n'étaient pas synchronisés : il y avait eu plusieurs bras cassés et même un crâne éclaté ! Ensuite, il ne restait plus qu'à enfoncer le bâton de dynamite dans le trou qu'on avait nettoyé avec l'*escourette*, à tirer la mèche, à bourrer derrière avec du papier et de la terre pour obtenir le maximum de puissance… et à s'éloigner très vite !

Or, voilà qu'un jour les frères Valentin arrivent de Carmaux avec un engin révolutionnaire : un marteau perforateur pneumatique.

« Maintenant, il faudra que vous travailliez avec ça, qu'ils disent, les patrons, ça ira beaucoup plus vite !

— Qu'est-ce que vous pariez, qu'il répond, le Baptistot, qu'on va plus vite que votre engin ? »

Pari tenu. Les Valentin promettent un louis d'or aux deux téméraires s'ils se montrent les plus rapides. Le travail s'arrête dans la galerie, les mineurs rappliquent de partout pour assister au match de l'homme contre la machine.

Que croyez-vous qu'il arriva ? Le Baptistot et Martin Gource, « remontés » comme jamais, l'emportèrent. Sans doute les ouvriers chargés de faire fonctionner le tout nouveau marteau perforateur ne l'avaient-ils pas encore bien en main. Qu'importe. Beaux joueurs, les Valentin avaient donné les louis promis.

— Si je vous rapporte le dossier dans moins d'une heure, vous me donnez un louis d'or ?

Monsieur Legrand se releva, intrigué. Félicie remarqua qu'il avait remplacé le cordon qu'il nouait d'ordinaire autour de son col par une cravate noire. Cette visite patronale était vraiment importante pour lui.

— Moins d'une heure, tu es sûre ? Comment comptes-tu y arriver ?

Félicie avait ouvert la fenêtre. L'air était encore vif et la neige blanchissait les sommets et les crêtes, mais partout le printemps éclatait, posant çà et là des touches vert tendre pleines de promesses. Ce n'étaient pourtant pas les premières feuilles des arbres qui intéressaient Félicie. Les yeux plissés, elle observait le va-et-vient incessant des wagonnets le long du câble aérien qui descendait vers Rapaloum.

L'ingénieur suivit son regard :

— Tu ne comptes tout de même pas utiliser le funiculaire ? s'inquiéta-t-il. Tu sais que c'est strictement interdit. Trop dangereux.

Félicie leva vers lui des yeux candides :

— Qui parle du funiculaire ? Si nous reparlions plutôt de mon louis d'or ?

Monsieur Legrand n'était pas dupe, mais le temps pressait. L'heure n'était plus à tergiverser. Cette petite n'avait jamais cessé de l'étonner ; il était sûr à présent qu'elle réussirait, quelle que soit l'idée qu'elle avait derrière la tête !

— Un louis, c'est trop ! protesta-t-il pour la forme. Je n'ai pas la bourse de monsieur Valentin, moi. Disons vingt francs ?

— Vingt-cinq, pas moins.

— Tu es dure en affaires, ma chère enfant !

— C'est vous qui marchandez, monsieur. Et je vous rappelle que les aiguilles de votre montre continuent de tourner.

Il éclata de rire, vaincu :

— Va pour vingt-cinq francs... et ma reconnaissance éternelle. Si tu réussis à rapporter le dossier dans les temps, tu me sauves la vie !

Elle était déjà sortie, laissant son sac sur le bureau dévasté. De dehors elle lui cria :

— Apportez les morilles à la Casso et ne vous inquiétez plus de rien !

Mais les derniers mots se perdirent dans la descente.

C'était le moment d'utiliser au mieux tous les raccourcis qu'elle connaissait. Elle avait eu beau fanfaronner devant l'ingénieur, une heure ne serait pas de trop ! Pour la descente, elle avait sa petite idée. Inutile de prendre des risques en utilisant le câble aérien : les bennes descendaient pleines à ras bord de minerai et même si Félicie n'était pas grosse, son poids risquait de tout faire basculer. Non, elle avait beaucoup mieux que cela !

Tout en courant, elle échafaudait son plan non sans essayer de chasser de son esprit l'image furtive qu'elle avait surprise en sortant de chez monsieur Legrand : le père, déjà mal assuré sur ses jambes, entrant à la cantine au beau milieu de la matinée. Il tournait actuellement avec l'équipe de nuit et aurait dû être en train de dormir, dans l'alcôve au bout du dortoir. Mais on était samedi et sa part de paye lui brûlait les poches ; il allait acheter quelques bouteilles à partager avec celui que tout le monde appelait Abe.

Le père s'était en effet trouvé un nouveau compagnon de beuverie, un artificier lorrain des alentours de Nancy. C'était un grand gaillard aux cheveux comme de la paille et à la parole facile. Zoé Valverde, revenue à Noël voir ses parents et se pavaner devant ses anciennes camarades de classe, en avait oublié le ténébreux monsieur Campistro. Quant au « pisseur » Joachim Moliner, qui jouait volontiers les coqs, il avait juré que le Lorrain avait bien de la chance qu'il ait reçu sa feuille de route, sinon c'est à coups de poing que cela se serait réglé ! Pauvre Moliner ! Félicie le regrettait presque, ce grand escogriffe. Il n'était peut-être pas très malin, mais au moins il n'était pas sournois comme cet Abel aux paroles mielleuses.

C'était là son vrai prénom, un comble ! En fait de victime innocente, on l'aurait plutôt vu tenir le couteau ! D'emblée, elle s'était méfiée de lui. D'instinct, même. Ce type n'était pas franc du collier. D'ailleurs que faisait-il à la Pinouse au lieu de se battre comme tous ceux de sa classe ? Paraît-il qu'il avait été réformé, raison pour laquelle on l'avait envoyé dans les mines catalanes, très loin du front. A voir les épaules puissantes du gaillard, Félicie se disait qu'il devait y avoir du piston là-dessous !

Le pire était que le père était en admiration devant le nouveau venu. Abe en profitait sans en avoir l'air et, pour accentuer son ascendant, l'invitait à boire encore et encore. Du coup, le père, qui n'avait pas besoin d'être encouragé dans cette pente, ne jurait plus que par son nouvel ami.

La colère qui bouillonnait en elle chaque fois qu'elle évoquait ce sinistre individu donnait des ailes à Félicie. Sa natte battait son dos déjà mouillé de sueur. Plus vite, encore plus vite ! Elle n'avait pas besoin de montre pour savoir qu'une vingtaine de minutes s'étaient déjà écoulées. Elle voyait déjà s'ouvrir devant elle la trouée de Palomera en équilibre au-dessus de la plaine. Se détournant du col, elle piqua droit sur la voie ferrée. Là, au pied d'un buisson de genêt touffu qui affectait la forme d'une grosse boule, elle chercha des yeux l'instrument indispensable à la réussite de son plan : le « bidule » de monsieur Jules.

C'était un engin rudimentaire : une plate-forme sur roues qu'un levier permettait de faire avancer sur les rails et qu'on utilisait lorsqu'on avait besoin de réparer la voie. Mais monsieur Jules lui avait trouvé une autre mission.

Il habitait Baillestavy, plus bas dans la vallée de la Lentilla, et il lui fallait pas moins de quatre heures pour rentrer chez lui à pied le samedi soir : deux pour aller de Formentera, terminus du train, où il finissait son service à six heures du soir, jusqu'à Palomera, et deux de plus pour rejoindre son village. Le lundi matin, il était donc obligé de partir de Baillestavy à deux heures du matin pour embaucher à Formentera à six. C'est alors qu'il avait pensé au « bidule ». Le samedi dans la journée, il l'embarquait à bord de son train et le déposait en passant au niveau du col. Il l'y récupérait le lundi matin et n'avait plus qu'à se laisser glisser jusqu'à Formentera. Il gagnait ainsi une bonne heure sur le trajet, une heure de plus à dormir au milieu des siens, cela en valait la peine.

Pourvu que le « bidule » soit déjà à sa place ! Il était là, renversé sur le côté, à moitié dissimulé sous les branches basses du genêt. Merci, monsieur Jules !

Félicie rassembla toute son énergie pour soulever l'engin, qui pesait son poids, et le poser bien d'aplomb sur les rails. Elle tendit l'oreille : pas de sifflet pour annoncer l'arrivée d'un train montant. Prenant son élan, elle s'élança dans la descente. Elle prit rapidement de la vitesse. Ce n'était pas difficile : il suffisait d'appuyer en cadence sur le levier et de faire contrepoids dans les virages pour ne pas dérailler. Couinant et grinçant à chaque tour de roues, le « bidule » faisait un boucan d'enfer. Son équipée risquait de ne pas passer inaperçue ! Tant pis, elle était en mission commandée.

La tour en pierre, renflée à la base, du four de grillage des Manerots apparaissait déjà au détour du virage. Le vent lui fouettant le visage, elle pouvait apercevoir le plan incliné le long duquel les bennes chargées de minerai s'élevaient vers la voie, entraînées par les contrepoids pleins d'eau. Il était temps d'abandonner le « bidule » de monsieur Jules.

Lâchant le levier, Félicie se pencha pour serrer le frein sur la roue arrière, et l'engin, docile, s'arrêta. Il ne fallait surtout pas le laisser sur les rails où le prochain train à venir entrerait en collision avec lui. Elle le déposa donc, non sans difficulté, derrière le tronc d'un hêtre et s'assura que, de la voie, on ne pouvait le voir. Elle reviendrait cet après-midi le remettre à sa place, sous le genêt, au-dessus du col de Palomera ; pas question de mettre monsieur Jules en retard lundi matin !

Elle trouva le chef d'exploitation des Manerots en pleine discussion avec son maître mineur près du réservoir d'eau qui servait à remplir les contrepoids. Félicie savait être éloquente quand elle le voulait et l'homme saisit aussitôt l'urgence de la situation. Il revint à grandes enjambées vers son bureau, la gamine sur ses talons. Restait à espérer que monsieur Legrand ne s'était pas trompé et que le dossier s'y trouvait bien.

Ils ne tardèrent pas à mettre la main dessus : la chemise en carton toilé noir, avec une étiquette où on reconnaissait l'écriture pointue de l'ingénieur, avait simplement été posée sur une pile d'autres, entre l'encrier et la lampe. Félicie s'en empara avec soulagement, remercia dans la foulée et jaillit du bureau au moment où un sifflet modulé annonçait l'arrivée d'un train en gare des Manerots. La chance était avec elle !

Monsieur Jules n'était pas aux commandes et c'était tant mieux : elle n'avait nulle envie de perdre un temps précieux à lui expliquer par quel mystère le « bidule » avait changé de place s'il lui venait l'idée de jeter un coup d'œil en passant au buisson de genêt ! Sans compter que monsieur Jules pourrait être fâché contre elle et refuser qu'elle monte dans son train.

Il restait moins d'une demi-heure. Le convoi se remettait en marche vers Rapaloum ; elle n'avait pas le temps de demander la permission. Profitant de ce que le conducteur était distrait par une dernière blague du chef de gare, elle sauta dans un des wagons vides.

La plate-forme d'arrivée du câble avançait son profil aigu sur la falaise comme la proue d'un navire. Les wagonnets arrivaient les uns derrière les autres, presque à plat, après avoir glissé dans le vide sur mille trois cents mètres. C'était l'unique funiculaire en Europe à présenter une double pente ; on voyait nettement la « cassure » du câble à mi-chemin. Le poids des bennes pleines entraînait la remontée des vides vers la *Pinosa ;* il n'y avait donc pas besoin de force motrice extérieure. Dire que ce chef-d'œuvre de la technique qui participait jour après jour à l'effort de guerre avait été fabriqué… à Leipzig !

Mais Félicie n'avait pas le loisir de philosopher sur cette ironie du sort. Elle avait bien réfléchi pendant le court trajet en train depuis les Manerots : si elle voulait remonter comme prévu à la mine par le câble, ce qui était la seule solution pour espérer arriver dans les temps, il lui fallait absolument détourner l'attention des ouvriers qui travaillaient à réceptionner les bennes et à vider le minerai dans la trémie. Mais avec quoi ?

Elle sut que sa bonne étoile ne l'avait pas abandonnée lorsqu'un braiment enroué retentit sur le sentier qui contournait la plate-forme : trois mulets menés par un *traginer* barbu apportaient du charbon de bois pour alimenter la chaudière du train.

Félicie sauta de son wagon en profitant de l'abri d'une branche basse. Elle n'aimait pas faire souffrir les animaux et se détestait d'avance pour ce qu'elle allait infliger à ces malheureux quadrupèdes, mais elle n'avait pas le choix. Elle glissa le dossier de monsieur Legrand sous son chandail pour avoir les mains libres, ramassa quatre cailloux bien pointus et grimpa lestement le long de la trémie, derrière le mur de soutènement en pierre, là où personne ne pouvait la voir. Arrivée au sommet, elle risqua un œil par-dessus la rambarde. Tandis que le *traginer* déchargeait le charbon en jurant à chaque geste, les mulets croquaient du bout des dents quelques brins d'herbe entre les pierres du chemin, leurs oreilles mobiles fendant l'air comme des ciseaux. Un œil fermé, elle visa brièvement puis coup sur coup, d'un preste geste du poignet, elle lança les cailloux sur les bêtes. Le concert discordant qui s'ensuivit lui prouva qu'elle avait atteint ses cibles… et son but ! Le *traginer* jurait de plus belle en essayant de calmer ses mulets qui ruaient dans tous les sens. Les ouvriers, accourus au bruit, se tenaient les côtes de rire en suivant ses efforts désordonnés autant qu'inutiles. Les bêtes étaient déchaînées.

Félicie n'attendit pas de voir qui des mulets ou de leur maître avait gain de cause. En trois enjambées elle était au câble. Déjà, elle bondissait dans une benne vide qui entamait la remontée. Allongée dans le fond, elle se sentit soulevée comme par une main géante. C'était parti !

Le double câble, un pour guider le chariot qui soutenait la benne, l'autre pour le tracter, coupait le ciel en deux au-dessus de sa tête. Dans la moitié gauche, la lune était encore visible, ronde et nacrée comme un ballon dont on aurait lâché la ficelle, une bulle floconneuse échappée d'un nuage. Le wagonnet avançait relativement vite – deux mètres cinquante à la seconde, lui avait dit monsieur Legrand – mais régulièrement, avec un léger balancement qui la berçait. Elle essayait d'imaginer le vide au-dessous d'elle. Et les arbres, les rochers tout en bas. Elle savait qu'elle ne devait pas bouger pour éviter de faire tanguer la benne. Quand elle avait six ans, un wagonnet s'était retrouvé bloqué au niveau d'un pylône par une branche que le vent avait coincée dans le chariot. Un des ouvriers, un jeune manœuvre souple comme un chat, avait grimpé en haut du pilier métallique et de là dans la benne pour dégager le chariot. Toute la cité minière, hormis les hommes du fond, était sur le sentier, la main en visière au-dessus des yeux, pour suivre chacun de ses gestes. On l'avait vu monter sur le rebord du wagonnet, s'étirer, les bras tendus au-dessus de sa tête, extirper la branche morte, la jeter loin derrière lui. La benne libérée eut un sursaut et un grand cri jaillit de dizaines de gorges sur le sentier. La petite silhouette noire battit des bras comme si elle voulait s'envoler, resta une seconde en équilibre sur un pied au bord du wagonnet puis bascula dans le vide. Un nouveau cri s'éleva tandis que le corps tombait comme une pierre, tout droit, et s'écrasait sur une nappe d'éboulis vingt mètres plus bas. Les hommes s'étaient précipités et avaient dégringolé la pente avec un brancard, mais ils savaient déjà qu'il n'y avait plus rien à faire. Ils avaient remonté un corps disloqué au visage étrangement serein. Félicie s'était demandé ce que le manœuvre avait ressenti pendant les brèves secondes où il était resté suspendu dans les airs. Quelles images avait-il emportées derrière ses paupières closes ?

La tentation était trop forte. Passant outre ses résolutions de prudence, Félicie se retourna et s'accroupit en évitant tout geste brusque. Retenant son souffle, elle risqua un œil par-dessus bord.

Très loin au-dessous d'elle, le camaïeu de verts des taillis et des buissons déroulait un tapis qui épousait les contours de la vallée. Le torrent n'était plus qu'un mince ruban brillant. Les rochers massifs qu'elle escaladait lors de ses pérégrinations quotidiennes ne paraissaient pas plus gros que les cailloux avec lesquels les enfants jouaient aux osselets dans la cour de l'école. Elle savait enfin ce que voyait du haut de son bout de ciel l'aigle qui nichait au Puig de l'Estela. L'espace était immense. La vie ne pesait plus rien. C'était grisant. Elle tendit la main pour sentir l'air couler entre ses doigts. Prendre son envol. Repousser la benne du pied et plonger dans l'azur.

Le tonnerre du minerai roulant sur le plancher de la trémie et le raclement des pelles rivetées qui chargeaient les bennes la ramenèrent à la réalité et à la pesanteur.

La passerelle d'arrivée approchait. Félicie apercevait déjà la toiture en planches qui la protégeait et l'extrémité du câble tendu par un énorme contrepoids. C'était la fin du voyage.

Evidemment, là, il n'y avait pas de mulet pour faire diversion. Elle n'en avait pas besoin, de toutes les façons : personne ne pouvait plus l'arrêter désormais. Quant à ce que les ouvriers allaient penser en la voyant surgir de cette benne comme ce pantin au nez rouge que Zoé Valverde avait reçu en cadeau pour son anniversaire, elle s'en souciait comme d'une guigne !

Un coup de trompe. Les frères Valentin terminaient leur ascension depuis les Cabanats. Monsieur Legrand sortit les attendre sur le pas de la porte de son bureau. Les mineurs commençaient à sortir de la galerie zéro pour réchauffer leurs gamelles sur le poêle installé à l'entrée. Ceux de l'équipe de nuit, réveillés, convergeaient vers la cantine.

Des exclamations retentirent du côté de l'arrivée du câble. L'ingénieur sourit en voyant Félicie surgir sur le sentier, à l'angle de la boulangerie. Elle courait, sa natte fouettant l'air derrière elle, poursuivie par Porical, le chef d'équipe de la trémie. Hors d'haleine, elle stoppa devant monsieur Legrand et ouvrit son vieux chandail mité :

— Voici votre dossier, haleta-t-elle. A temps.

Il saisit la chemise cartonnée un peu éraflée qu'elle lui tendait et fouilla dans sa poche.

— Tes vingt-cinq francs.

Elle fixait les pièces dans la paume ouverte devant elle, n'osant s'en saisir.

— Vas-y, prends-les. Je les avais préparés.

— Vous saviez que je réussirais ?

Il prit sa main et y déposa les pièces.

— Sens-tu la bonne odeur qui sort de la cuisine de la Casso ?

Et, sans attendre sa réponse, il s'avança sur le sentier à la rencontre de ses patrons, son précieux dossier sous le bras. Félicie empocha ses vingt-cinq francs. L'air embaumait la fricassée de morilles.

Elle pénétra dans le bureau pour récupérer sa sacoche. Sur la table, ses petits bouquets de mariée s'épanouissaient dans un verre d'eau.

Cette petite est une bénédiction du ciel ! Il n'y avait qu'elle pour réussir un tel tour de force. Elle est aussi débrouillarde qu'intelligente. Quel contraste avec ma petite Martha dans sa pension de bonnes sœurs ! Si un jour elle devait se retrouver seule comme Félicie, qu'adviendrait-il d'elle ? Je préfère ne pas y penser. Ma fille est encore dans le monde de l'enfance, qu'elle en profite après tout ! Les tendres années passent si vite. Je ne crois pas que Félicie ait jamais été une enfant. Quand on la voit faire avec son père, on dirait que c'est plutôt elle la mère. Et elle ne s'en plaint jamais. C'est extraordinaire cette façon qu'elle a de tout assumer, tout affronter. Extraordinaire et un peu inquiétant aussi. Si un jour elle ne peut plus y arriver, ce sera terrible pour elle.

Quand la guerre sera finie et que j'aurai un peu plus de temps, il faudra que je réfléchisse à un moyen de la sortir de là, peut-être de la placer à Perpignan. Et pourquoi ne pas exploiter son don exceptionnel pour les chiffres ? Il lui suffit de regarder deux secondes une opération, même la plus longue et la plus compliquée, pour donner immédiatement le résultat. Même chose pour les problèmes les plus ardus. Mais quand je lui demande comment elle parvient à la solution, elle semble ne pas comprendre. « Je ne sais pas pourquoi le ciel est bleu, me répond-elle, mais je le vois. Là c'est pareil : je vois le résultat dans ma tête, même si je ne sais pas comment il y est arrivé ! » Et le pire, c'est qu'elle tombe toujours juste. Elle ferait le bonheur d'un comptable ou d'un architecte qui n'aurait plus à se soucier de l'exactitude de ses calculs. Il faudra que j'en parle à mon oncle Auguste. Mais pourra-t-elle s'adapter à la ville, cette sauvageonne ? Je n'arrive pas à l'imaginer enfermée !

Allons, j'y penserai plus tard. Pour l'instant j'ai besoin d'elle ici !

6

La blonde Anja tournoyait entre les bras de son cavalier, un grand dadais monté en graine qui la dévorait des yeux tout en lui écrasant consciencieusement les pieds à chaque renversement de pas. Adossé avec une feinte nonchalance au muret près de la fontaine, un râblé tout en muscles venu spécialement de la Bastide attendait son tour en triturant sa moustache ; son pied battait les temps de la polka, prêt à bondir dès que la musique s'arrêterait. Les autres filles de Valmanya, Zoé Valverde en tête, faisaient grise mine dans leurs plus belles robes : déjà que la plupart des jeunes gens étaient au front, il fallait que les Polonaises accaparent ceux qui restaient ! C'est qu'elles avaient du succès, les « reines des neiges », comme les avait surnommées monsieur Legrand dans un accès de lyrisme. Tous les garçons du coin, jusqu'à Vernet, dans la vallée du Cadi, en avaient la tête complètement tournée et bénissaient en secret les frères Valentin qui avaient eu la bonne idée de faire venir du nord de la France les mineurs polonais au chômage pour remplacer les ouvriers mobilisés. Ils n'étaient pas les seuls : les patrons de toutes les mines de fer qui ceignaient le Canigou comme une couronne, d'Escaro-Aytua tout à l'ouest du massif jusqu'à Batère et Las Indis en Vallespir, en avaient fait autant. On les avait d'abord regardés avec méfiance, ces têtes rondes aux noms imprononçables, mais quand leurs familles, et surtout leurs filles, avaient suivi, la gent masculine oubliant toute réserve s'était disputé l'honneur de porter leurs maigres bagages enveloppés dans des chiffons noués. Il fallait comprendre ces messieurs : leurs cheveux blonds, leurs yeux bleus et leur teint pâle, presque transparent, qui rosissait si délicieusement sous le coup de l'effort ou de l'émotion les changeaient de fort agréable façon des brunettes aux prunelles noires comme des éclats de minerai de fer, qui s'épanouissaient ordinairement sur les pentes du Canigou. Zoé Valverde et les autres perruches de Valmanya auraient dû se rendre à l'évidence plutôt que d'enrager sous leur coiffe en dénigrant leurs rivales comme elles étaient en train de le faire. Félicie, elle, n'éprouvait aucune rancœur : d'abord elle n'avait pas besoin du regard des autres pour savoir qu'elle n'était pas jolie avec ses jambes interminables, sa chevelure indisciplinée dont les nattes ne parvenaient pas à venir à bout, son menton pointu, ses yeux écartés et sa bouche trop grande ; et puis les garçons ne l'intéressaient pas, pas plus d'ailleurs qu'elle ne les intéressait. Oh, il y en avait bien eu pour la frôler, histoire d'évaluer à l'aveuglette ses formes naissantes sous son vieux chandail ou son pantalon informe ! Mais elle avait eu tôt fait de décourager leur curiosité d'un coup de coude ou de genou bien placé. Le visage crispé de douleur et les attributs en berne, ils avaient battu en retraite sous les quolibets de leurs collègues. « Qui s'y frotte, s'y pique ! » avait commenté placidement la Casso en essuyant ses verres. Ils se l'étaient tous tenu pour dit, tous... sauf Abe. Le maudit Lorrain gardait ses réflexes malgré l'alcool qu'il ingurgitait et il avait réussi à éviter les ruades vengeresses de Félicie. Il faut dire qu'elle n'osait pas les lui décocher de façon trop ouverte : le père, de plus en plus sous l'influence de ce nouvel ami qui savait le caresser dans le sens du poil et de la bouteille, l'avait battue comme plâtre un soir où elle avait répondu à son compagnon de beuverie un peu trop vivement. Etait-ce une façon de parler à un si bon camarade qui savait si bien écouter les autres et les réconforter ? Tiens, voici pour toi, fille ingrate ! Et voilà aussi pour ton éducation ! L'artificier avait regardé le père se déchaîner avec un sourire mauvais et son regard impassible posé sur la gamine qui tentait désespérément d'esquiver les coups, sans guère de succès, était plus éloquent qu'une longue diatribe : si elle ne voulait pas de nouvelles danses de ce genre, elle avait intérêt à se conformer aux vœux de son père en étant « gentille » avec ce bon vieux Abe ! Depuis, Félicie l'évitait comme la peste. Une fois, elle avait même sauté par la fenêtre du dortoir pour ne pas le croiser au milieu des lits vides. Heureusement, la neige qui comblait le fossé au pied du talus avait amorti sa chute et elle en avait été quitte pour de nouveaux commentaires sur son esprit dérangé. *Paraula*, cette gamine devenait folle ! Se prenait-elle pour un oiseau ? L'histoire était arrivée, amplifiée et déformée comme il se devait, jusqu'à Valmanya où les vieilles avaient hoché la tête d'un air entendu. On vous avait bien dit que la « fille » pouvait se changer en animal !

Mais même lorsqu'elle parvenait à garder ses distances au prix de nombreux détours, Félicie sentait peser sur elle le regard concupiscent et lourd de menace du mauvais génie de son père.

Par chance, monsieur Legrand faisait de plus en plus appel à elle pour l'aider dans ses calculs ou ses mesures. Il lui confiait aussi de temps à autre la distribution du carbure pour les lampes à l'entrée des équipes dans les galeries. Quand il n'avait pas besoin d'elle, elle se joignait aux autres femmes pour trier et récupérer le minerai mélangé au rocher et à la terre qu'on extrayait sur les bords du filon. Remplir son panier, à genoux sur les pierres, en subissant les bavardages des mères, des épouses et des filles n'était pas ce qu'elle préférait, mais un sou était un sou. En plus, quand Abe se risquait à venir traîner autour de leurs jupes, il était aussitôt assailli de tant d'œillades et de roucoulements qu'il ne songeait plus à l'importuner, du moins pour un moment.

Anja sautillait toujours, ses nattes allumant un soleil autour de sa tête, sous le regard béat de son cavalier maladroit. Assis sur les chaises qu'on avait sorties pour eux du café, les musiciens de l'orchestre improvisé marquaient la cadence de hochements de tête vigoureux, sous leurs chapeaux noirs à large rebord. Seuls ceux qui les connaissaient bien et avaient l'habitude de les entendre jouer à chaque fête du village pouvaient sentir la retenue de leurs trilles et la tristesse qui voilait leur regard. A la Saint-Jean précédente, c'était encore Vincent Mayneris qui battait la mesure pour leur donner le rythme. Le fils unique des propriétaires du café-hôtel du Canigou avait étudié la musique à Prades où il fréquentait l'Ecole supérieure. Il jouait de l'accordéon et du violon et avait poussé son père à transformer l'arrière-salle du café en salle de bal, avec un piano mécanique et même un phonographe à rouleau. Mais Vincent, mobilisé comme tous ceux de sa classe, était tombé au champ d'honneur en décembre, quelque part en Belgique. Brancardier au 96e d'infanterie, il avait été fauché par un obus alors qu'il ramenait un blessé vers l'arrière. Il avait vingt-trois ans. Ses parents ne parvenaient pas à se remettre de cette perte cruelle et s'étaient déjà retirés derrière les volets fermés de leur appartement, incapables de participer à la fête. D'autres familles pleuraient un fils, un frère, un mari ce soir : depuis le début des combats, pas moins de sept jeunes gens de Valmanya, sept enfants du village, étaient morts ou portés disparus. Après François Romeu et Pierre Maynègre, cela avait été le tour de Jean Mary, puis de Laurent Pagès, Vincent

Mayneris donc, et depuis le début de cette année 1915 Vincent Beaux et Joseph Oliver. Des garçons que tous avaient vus grandir, quitter l'école et prendre du poil au menton. Chacun avait l'impression d'avoir perdu un des siens. D'ailleurs, tout le monde ici n'était-il pas plus ou moins cousin ? Aussi, malgré le dur labeur qu'on avait parfois envie d'oublier, nul n'avait guère le cœur aux réjouissances en ce mois de juin. A part bien sûr Anja et ses sœurs !

La Saint-Jean avait toujours été la fête préférée de Félicie. Elle aimait la danse des flammes dévorant le bûcher auquel on mettait le feu pour célébrer la lumière en cette nuit du solstice d'été, la plus courte de l'année. Elle savait que partout sur les flancs du Canigou et dans la plaine les mêmes brasiers sacrés s'allumaient, hérités des temps anciens où Dieu ne résidait pas dans les églises, comme autant d'étoiles venues s'unir aux hommes l'espace de quelques heures. L'année précédente, elle était montée jusqu'à Sainte-Anne admirer avec Balthazar ce tapis obscur constellé de fragments de lumière qui déroulait ses fastes précieux tant au-dessus de leurs têtes qu'à leurs pieds. N'eût été la pâle phosphorescence de la mer dans le lointain, on n'aurait su dire où étaient le haut et le bas, le ciel et la terre. Les yeux perdus dans ce grand tout qui l'entourait, Félicie avait senti l'univers palpiter autour d'elle au rythme de ces flammes vacillantes qui semblaient suivre les battements précipités de son cœur. Ce bref instant de plénitude intense pendant qu'elle regardait, émerveillée, flamber l'âme catalane était resté gravé en elle et elle l'évoquait chaque fois que l'absurdité et la cruauté de la vie quotidienne réussissaient à entamer la cuirasse qu'elle s'était forgée pour ne pas en mourir. Une fois l'an, en cette nuit des feux, le ciel et les hommes étaient en harmonie. Du moins, ils auraient dû l'être. Mais l'ombre de la guerre qui grondait au loin s'interposait entre eux, à coup de larmes, de prières et de voiles de deuil.

Demain ils seraient sans doute plus nombreux que d'habitude à prendre, tôt le matin, petites silhouettes noires dans l'aube rose, le chemin de Baillestavy où le vieux Louis Paret, le curé de Rigarda qui desservait à présent toute la vallée, célébrerait l'office de la Saint-Jean.

En attendant, c'est avec gravité qu'ils s'apprêtaient à jeter leurs *ramellets* dans le feu que le maire Jean Pacull, guidant la main d'une petite Marfin que l'émotion faisait trembler, venait d'allumer au milieu de la place.

C'était la deuxième raison qui faisait de la Saint-Jean une fête chère au cœur de Félicie : la tradition voulait qu'on profite de cette nuit magique entre toutes pour aller cueillir certaines plantes porte-bonheur. Réunies en un bouquet, le *ramellet*, confectionné suivant un rituel immuable, ces herbes étaient ensuite accrochées au-dessus de la porte de chaque maison afin d'assurer santé et bonheur pour toute l'année à ceux qui y habitaient. A la Saint-Jean suivante, on décrochait le *ramellet* séché pour le lancer dans les flammes du feu de joie et on le remplaçait par un nouveau bouquet frais cueilli durant la nuit.

C'était là qu'intervenait Félicie. Normalement, chacun devait aller cueillir ses plantes et façonner son propre bouquet de la bonne aventure, mais qui connaissait mieux les herbes de longue vie que la « fille » ? Ses *ramellets* étaient réputés les plus efficaces et il y avait beau temps que les gens des environs n'en voulaient point d'autres. Ils payaient donc sans rechigner les deux sous que Félicie leur réclamait pour une tâche qu'ils auraient aussi bien pu accomplir eux-mêmes. La protection de leur maisonnée était à ce prix.

Or de cette protection magique ils avaient plus besoin que jamais, eux qui guettaient tous les jours le facteur en tremblant qu'il ne leur apporte la lettre officielle avec le tampon de l'armée leur annonçant la mort d'un fils parti au front ou la mobilisation d'un autre. Félicie aurait fort à faire pour satisfaire toutes les demandes cette année.

Allons, l'heure tournait et il était grand temps de s'y mettre ! Les danseurs tourbillonnaient autour du feu, au son d'une valse cette fois, en attendant que les flammes s'amenuisent suffisamment pour pouvoir sauter par-dessus, deux par deux, main dans la main. Félicie se laissa tomber de la ridelle de la charrette des Gource sur laquelle elle s'était perchée, les jambes ballantes sous la jupe qu'elle ne mettait que deux fois l'an, à Noël et à la Saint-Jean. Qu'on n'aille pas imaginer qu'elle voulait se « faire belle » comme s'était moqué le père en poussant du coude ce sournois d'Abe qui la couvait d'un œil torve ! D'ailleurs la jupe, qui avait déjà plusieurs années, était à présent trop courte et laissait voir plus qu'à moitié ses mollets. En la croisant à son arrivée au village en fin d'après-midi, la Séraphine, toujours prompte à s'offusquer, avait grommelé quelque chose au sujet des filles sans vergogne qui en montraient plus qu'elles ne devraient. Du moins c'est ce que Félicie avait compris, la vieille marmonnant dans sa barbe de peur de s'attirer les foudres de la « fille ».

Ce commentaire acerbe ne surprenait pas Félicie : les gens se trompaient toujours du tout au tout à son sujet. Que pouvait-elle y faire ? Leur expliquer qu'elle ignorait tout de la coquetterie et se moquait comme d'une guigne d'aguicher les garçons ? Que si elle portait cette jupe, même si ce n'était pas la tenue la plus pratique pour marcher de nuit dans la montagne, c'était pour donner à sa cueillette plus de solennité ? Mademoiselle Marguerite n'avait-elle pas dit d'elle un jour en classe qu'elle était la « vestale » du Canigou ? Une grande prêtresse en quelque sorte, la gardienne du feu sacré chargée de célébrer la nature et le Dieu de fer qui les dominait de ses cimes blanches. Or cette cérémonie nécessitait un certain décorum. Elle se serait bien vue vêtue de blanc, coupant les tiges avec une petite faucille en or comme ces druides gaulois dessinés dans son livre d'histoire. Mais où trouver de tels accessoires ? Elle avait dû se contenter de son couteau et de sa jupe, vêtement qu'elle mettait si rarement qu'il soulignait néanmoins le caractère exceptionnel du rite. Du moins, c'est ainsi qu'elle le voyait.

Mais qui d'autre aurait compris, à part bien sûr l'institutrice qui l'avait elle-même intronisée vestale, et Balthazar qui comprenait toujours tout ? Même monsieur Legrand qui se vantait d'avoir l'esprit cartésien aurait levé les yeux au ciel en demandant où elle pouvait bien aller chercher tout ça ! Alors la Séraphine, pensez donc.

Félicie s'en fut d'abord derrière la grange des Pacull chercher la vieille couverture dont elle avait enveloppé les branchettes de noyer qu'elle était allée couper plus tôt dans la journée. Le *noguer*, disposé en croix, servait seulement de support aux plantes magiques ; il n'était pas nécessaire de le cueillir à un moment précis. Il suffisait que les feuilles soient bien brillantes et vertes, c'était plus joli. Il n'en allait pas de même pour l'herbe de la Saint-Jean par excellence, le jaune millepertuis, ni pour l'orpin, l'herbe de vie et de mort, pas plus que pour la camomille blanche et l'immortelle qu'on appelait aussi herbe de saint Pierre, les plantes qui constituaient le cœur du *ramellet*. Celles-là, pour qu'elles fassent effet, il fallait absolument les ramasser durant la nuit précédant le jour de la Saint-Jean. Félicie, qui prenait très au sérieux son rôle de vestale, n'aurait pour rien au monde dérogé à la règle, même pour prendre de l'avance.

Son baluchon de noyer jeté en travers de l'épaule, elle laissa donc derrière elle les échos du bal et les murmures animés des conversations pour s'enfoncer dans les taillis.

Avant de quitter la place, elle était allée jeter un coup d'œil dans les différentes salles de café pour vérifier que le père et Abe, son âme damnée, étaient trop occupés à se saouler pour la suivre. Elle les avait trouvés chez Cicéron, déjà passablement éméchés, en train de descendre de conserve une bouteille de Byrrh, qui ne devait d'ailleurs pas être la première. Rassurée, elle avait refermé la porte sur la pièce enfumée.

A présent, il fallait qu'elle se dépêche ! Heureusement, elle avait pris la précaution de repérer les rocailles et les bordures de haies où poussaient les plus belles fleurs ; elle n'aurait pas à chercher.

Elle avait enlevé ses espadrilles pour mieux sentir les aspérités des rochers et le velouté de l'herbe douce sous ses pieds nus. Reconnaissant son chemin du bout des orteils, elle progressait d'un pas sûr malgré sa jupe dont l'ourlet s'accrochait aux ronces. Elle se dégagea en réfrénant son impatience et renonça même à sauter comme elle en avait l'habitude un muret de pierres sèches qui lui barrait la route. Le rôle de vestale exigeait de la dignité.

L'air frais faisait voleter les petites mèches de ses cheveux autour de son visage. Les parfums de la nuit assaillaient ses narines. Le seigle serait bientôt mûr ; on trouverait les premières framboises au creux des sentiers et autour de la Pinouse. Un grillon solitaire flûtait dans un buisson. L'été était déjà là, elle le sentait par la plante de ses pieds nus, dans cette sourde vibration qui montait de la terre et grondait sous l'écorce des arbres.

— *Truqui !*

— *Très i jogues !*

L'ambiance était montée d'un cran chez Cicéron quand Félicie y pénétra à nouveau, les poches alourdies du fruit de la vente de ses *ramellets*. Il était temps de convaincre le père de remonter à la mine tant qu'il tenait encore sur ses deux jambes ; elle n'aurait pas la force de le traîner jusque là-haut.

Elle faillit heurter Joseph Payré qui sortait en titubant, soutenu par Lucien Mary :

— Oh, oh, s'exclama-t-il d'une voix avinée en passant la porte. Il fait bien sombre ce soir. On ne voit même pas les étoiles !

Le Lucien, qui était sans doute un peu moins ivre que son compère, gloussa en le poussant dehors :

— Tu es saoul comme un cochon, camarade ! Tu ne vois même pas les lumières derrière chaque fenêtre. Quant au ciel, ce soir c'est un vrai feu d'artifice !

Félicie referma le battant derrière eux. Normalement, les femmes n'entraient pas au café, mais ici comme ailleurs nul ne faisait attention à elle. Elle put donc se faufiler sans soulever de protestation.

Une partie de « truc[1] », cette sorte de manille jouée de la Catalogne au Maroc, semblait être le centre d'attraction de tout le café. Les buveurs, leur verre à la main, encourageaient bruyamment les joueurs, saluant chaque pli de commentaires appréciateurs. Jouant des coudes, Félicie fendit les rangs pour se rapprocher de la table. A entendre les annonces, ils étaient quatre à jouer ou plutôt trois contre un, le cas de figure le plus difficile. Il fallait être sacrément costaud pour s'en sortir seul, même avec un bon jeu. Qui donc avait été assez téméraire ?

Elle eut un coup au cœur en reconnaissant la voix grasseyante qui venait de proclamer : « Deux de *copas* »

1. Prononcer « trouc ».

en abattant maladroitement sa carte sur la table : le père, les yeux rougis par l'alcool, faisait face à trois de ses collègues de la mine. Félicie reconnut le Bigot qu'on appelait ainsi non parce qu'il était dévot, mais à cause de sa maladresse à la barre à mine, qui lui faisait percer des trous en forme de « barrette de curé », Fabre, un artificier qui avait perdu deux doigts dans une explosion, et Roca, le menuisier de la *Pinosa*. Les trois compères s'entendaient visiblement comme larrons en foire et, à voir le tas de pièces qui ne cessait de grandir devant eux, ils gagnaient gros.

Félicie soupira : le père s'était encore laissé embarquer dans une partie perdue d'avance dans l'état où il était et il était en train d'y laisser toute sa paye. Elle chercha Abe du regard. On aurait pu croire qu'il se serait arrangé pour être le seul bénéficiaire des largesses du Polyte et qu'il l'aurait aidé à boire tout le contenu de ses poches. Pourquoi avait-il laissé le père seul ? Il ne devait pourtant pas être loin, ce malfaisant !

Elle le découvrit accoudé au bar de chêne ciré, regardant la scène de loin comme un simple curieux, l'air faussement indifférent. Apparemment, il avait encore toute sa lucidité, cet hypocrite. S'il avait vraiment été son ami comme il le prétendait, il n'aurait jamais laissé le père tomber dans un tel traquenard ! Maintenant, il était trop tard.

Félicie, toujours au premier rang des spectateurs, suivit un moment la succession des plis. Le « truc » était un jeu d'esbroufe, d'*engany*[1] comme on disait ici, où le but était de tromper l'adversaire pour lui faire croire qu'on avait du jeu quand on n'en avait pas et vice versa. Les couleurs traditionnelles étaient remplacées par les *bastons*,

1. De bluff.

les *ores*, les *espases* et les *copes*, c'est-à-dire en français les gourdins, les médailles, les épées et les coupes. Les trois qui formaient équipe n'avaient pas le droit de se parler mais pouvaient communiquer par des signes pour faire part aux autres des cartes qu'ils tenaient entre les mains. Un bout de langue tiré pour la *sota*, le dix d'*ores* qui était la carte la plus forte, un clin d'œil pour un trois qui venait juste après, une épaule levée pour un as, les lascars gigotaient tellement qu'ils paraissaient atteints de la danse de saint Guy... pour le plus grand plaisir des spectateurs. Seule Félicie ne partageait pas l'enthousiasme général. Résignée, elle attendait que la partie se termine en espérant que cela ne serait plus très long. Allez, qu'on en finisse à présent !

Les paupières lourdes et la lippe baveuse, le père retournait carte sur carte avec l'entêtement propre aux ivrognes.

Les plis défilaient, les points aussi. On en était déjà à dix-sept contre deux, en faveur du trio qui n'était plus qu'à quatre points de la victoire finale. Fabre venait de faire mine d'envoyer un baiser pour indiquer à ses comparses qu'il avait un deux, la troisième carte la plus forte, quand Félicie remarqua que quelque chose n'allait pas.

— Cela vous amuse de plumer un ivrogne qui n'arrive même plus à reconnaître ses cartes ?

Elle abattit son poing sur la table, faisant sursauter joueurs et curieux. Personne ne l'avait vue s'approcher de son père et se pencher par-dessus son épaule, les mâchoires crispées.

Le Bigot, qui avait aussi bu sa dose, voulut la prendre de haut :

— Personne ne l'a forcé, ton père ! C'est lui qui a voulu jouer.

— Après tout, intervint Roca, conciliant, il a bien le droit de s'amuser un peu, le Polyte !

— Nous, du moment qu'on trouve un quatrième pour commencer la partie.

Le Bigot prenait les spectateurs à témoin, la main sur le cœur.

C'est qu'on leur aurait donné le bon Dieu sans confession, à ces tartuffes ! Pour un peu, c'était eux que le père avait forcés à s'asseoir à la table ! Mais le problème n'était pas là.

— Dans ce cas, vous ne verrez pas d'inconvénient à ce que je le remplace !

Là, c'était à son tour de les piéger. Après ce qu'ils venaient de dire, ils ne pouvaient plus se récuser. Roca ne paraissait pourtant pas très enthousiaste :

— Tu nous prépares peut-être une diablerie à ta façon, la fille. Je n'ai pas confiance !

Félicie ne perdit pas de temps à protester. Elle roula les manches de sa chemise au-dessus du coude et lui présenta ses paumes ouvertes au bout de ses avant-bras nus :

— Rien dans les mains, tu vois. Ni amulette ni herbes magiques. Je ne ferai aucun geste en dehors de poser les cartes et je ne prononcerai aucun mot hormis ceux requis par le jeu. Cela te convient ?

Roca haussa les épaules, embarrassé, hésitant encore.

— Et avec ça ?

Sans le quitter des yeux, elle plongea la main dans sa poche et en sortit une poignée de pièces qu'elle fit cascader sur la table, une à une. Les conversations s'éteignirent d'un coup.

Le Bigot et Fabre, les yeux brillants de convoitise, la main déjà avancée pour s'emparer du pactole, balayèrent les hésitations de leur collègue :

— Si tu tiens à perdre tout ce que tu as, nous sommes prêts !

Ecartant de l'épaule son père, hébété, qui ne paraissait pas comprendre ce qui se passait, Félicie attira une chaise à elle et s'assit en face des trois comparses. Sans leur laisser le temps de reprendre leurs esprits, elle ramassa les cartes écornées et graisseuses à force d'être passées entre tant de mains, les mélangea rapidement et les tendit à Fabre pour qu'il coupe. Il s'exécuta de ses trois doigts valides et lui rendit le paquet. Félicie distribua trois cartes à chacun, les yeux de Roca rivés sur ses mains, épiant chacun de ses gestes. Pour emporter la levée, il fallait faire au moins deux plis sur les trois. Elle regarda rapidement son jeu : trois d'épées, as de coupes et dix de *bastons*. Tout le monde retenait son souffle.

— *Truqui !*

Elle prenait le jeu à son compte d'entrée, annonçant qu'elle allait faire le pli. Les trois autres s'entreregardèrent, le Bigot et Fabre goguenards et un rien condescendants, Roca perplexe, encore méfiant. Félicie remporta le pli. Et le suivant. Elle marquait deux points et remontait à dix-sept contre quatre.

— La chance des débutants, grommela le Bigot en distribuant les cartes pour la deuxième levée. Ça ne va pas durer.

Mais la chance ne semblait pas vouloir abandonner Félicie. Les trois hommes avaient beau multiplier les signes, leur mine s'allongeait tandis que les points s'accumulaient pour la fille du Polyte. Roca se mordait les lèvres, le visage tellement dévoré de tics qu'on ne savait plus s'il s'agissait d'indications pour ses coéquipiers ou de crispations dues à la nervosité. Les épaules du Bigot s'affaissaient de plus en plus. Quant à Fabre, sa main blessée battait un tambour exaspéré sur le bois de la table. Seul le père semblait curieusement absent de cette partie si mal engagée que sa fille était en train de retourner en sa faveur. Le score était à dix-sept contre dix-huit à présent. Félicie avait pris la tête.

Le bruit s'était répandu dans les autres cafés et la porte de chez Cicéron ne cessait de s'ouvrir pour laisser entrer de nouveaux curieux. La fumée des cigarettes empuantissait l'air et le rendait opaque. Il faisait très chaud dans la salle, même pour un mois de juin. Chaud et moite. Irrespirable presque.

Le Bigot annonça, la voix chevrotante :

— *Truqui.*

Félicie ne le laissa pas finir :

— *Très i jogues !*

Un « oh » courut dans le public. Félicie contrait. Si elle remportait la levée, elle marquait trois points et gagnait la partie. Les trois acolytes, livides, ruisselaient de transpiration. Félicie avait posé ses trois cartes à l'envers sur la table et regardait fixement devant elle. Les yeux fermés, affalé contre le dossier de sa chaise, le père semblait dormir.

Fabre fit le premier pli. Le soupir que laissa échapper Roca siffla dans le silence comme la lanière d'un fouet. Le Bigot déplia nerveusement ses jambes ankylosées sous la table. Félicie gardait un visage impénétrable.

Elle retourna un deux de *copes* et égalisa. Un pli partout. Tout allait se jouer sur le dernier.

Roca s'épongeait la nuque. Le Bigot réclama à boire d'un geste de la main ; il avait le gosier trop sec pour parler. Le patron lui apporta un verre de vin, qu'il lampa d'une seule gorgée.

Félicie, le front toujours de marbre, glissa sa dernière carte au milieu du cercle, toujours à l'envers. On aurait entendu voler une mouche s'il y en avait eu, mais c'était trop tôt dans la saison.

L'assistance, comme hypnotisée, ne lâchait pas la carte solitaire des yeux.

Félicie prit tout son temps. Puis d'une chiquenaude, du bout de l'ongle, elle retourna son ultime atout.

— La *sota* !

Un seul cri jaillit de toutes les poitrines. Une clameur. Les trois regardaient, hébétés, les dix médailles imprimées sur la carte qui consommait leur défaite.

Mais Félicie n'en avait pas encore terminé avec eux.

Ayant raflé la mise, sans oublier une seule piécette, elle se leva et les interpella à voix haute, distinctement pour que tout le café l'entende :

— Vous avez vraiment cru que personne ne remarquerait que vous vous étiez entendus pour changer les signes ? La langue pour le trois, le clin d'œil pour le deux, le baiser pour l'as… Tous décalés d'un rang. Ce n'est pas de l'*engany*, ça, c'est de la triche !

La clameur enthousiaste qui avait salué la victoire de Félicie se mua en grondement désapprobateur. Le « truc » élevait la tromperie au rang d'art jubilatoire, mais toucher aux signes tenait du sacrilège.

Tandis que le brouhaha devenait général et que les premières insultes fusaient, Félicie prit son père sous le bras pour l'obliger à quitter la table et le café. Abe, toujours au comptoir, se replongea dans son verre. Visiblement, il n'avait aucune intention de les suivre.

Ils passaient la porte quand un poing cueillit le Bigot au menton. Ce fut le signal d'une mêlée confuse. Ce soir, il y aurait encore des lèvres fendues et des arcades sourcilières éclatées à Valmanya. Rares étaient les samedis soir et les jours de fête qui ne se terminaient pas par une bagarre.

Elle les a tous matés ! Cette fille est incroyable ! Indomptable. C'est justement ce que j'aime : dompter les indomptables. Avec les filles faciles, où est le plaisir ? Mais les orgueilleuses, c'est excitant ! Plus elle me fuit, plus je la veux, et je l'aurai !

7

Elle aurait dû l'entendre. Dans la neige, les pas crissaient. Et elle montait presque à mi-mollet ce soir. Pourquoi n'avait-elle rien entendu ? Son souffle rauque embuait l'air glacé au-dessus d'elle. Il avait dû sortir plus tôt pour l'attendre. Suffisamment tôt pour que les flocons recouvrent la trace de ses pas.

En y réfléchissant, elle ne l'avait pas vu dans la cantine quand elle l'avait quittée, écœurée par les rires gras et les libations à répétition. Les Polonais avaient bien tenté d'entonner quelques cantiques mais ils y avaient vite renoncé ; la Nativité comme les autres fêtes n'était qu'un prétexte à beuverie et la Casso, toujours aussi énergique, avait déjà mis à la porte deux ou trois ivrognes qui faisaient trop de tapage. Elle aurait dû se rendre compte que ce damné bâtard n'était plus là.

Elle luttait en silence. A quoi cela aurait-il servi de crier ? A cette distance, qui aurait pu l'entendre ? Elle avait dépassé la cabane des *Cortsavinensos*, vide en ce soir de Noël, et même celle qui avait été montée pour abriter les Chinois et qui semblait tout aussi morte. D'ailleurs, qui aurait répondu à son appel ? Qui serait venu à son secours, à elle, la « fille », celle qu'on regardait de travers, qu'on évitait même ? Monsieur Legrand était descendu à Perpignan pour passer les fêtes en famille, et en son absence qui se souciait d'elle ?

Il l'avait saisie aux épaules et la plaquait contre le rocher. Elle se débattait avec fureur, mordant et griffant la moindre parcelle de peau qui passait à sa portée, mais il l'écrasait de tout son poids.

Il s'était jeté sur elle par surprise, ombre noire se détachant du roc noir coiffé de neige. D'un revers de main, il avait fait voler au loin le bâton qu'elle ne quittait pas en hiver, de peur des loups. Cela faisait bien cinquante ans qu'ils ne hantaient plus les bois et les vallons de ce versant du Canigou, mais avec le froid ils pouvaient être tentés de se rapprocher des hommes pour trouver de la nourriture. Elle avait même pensé à entortiller un vieux bout de chiffon à l'une de ses extrémités pour pouvoir y mettre le feu avec son briquet à amadou. Les flammes faisaient fuir les loups – du moins ceux à quatre pattes. Tant de précautions pour se garder d'eux alors que le seul qu'elle avait à redouter tenait debout sur ses deux jambes !

Elle était furieuse après elle-même : n'avait-elle pas été présomptueuse de croire qu'elle pourrait le tenir à distance, comme les autres ! Grâce à son père, elle savait y faire avec les ivrognes et, naïvement, pensait contrôler la situation. D'ailleurs, n'avait-il pas renoncé à la frôler dans les coins ces derniers temps ? Même son regard avait perdu de son insistance ; il semblait à peine la voir. Ah, mon gaillard, s'était-elle dit, tu as enfin compris que cela ne te mènerait à rien. Tu parles ! Comme il avait dû rire du succès de ses manigances ! Elle n'avait rien vu venir.

La neige brûlait ses jambes nues sous sa jupe. Les doigts qui crochetaient le tissu usé étaient glacés sur ses cuisses. Il respirait fort, haletant comme un soufflet de forge dans son cou. Ses cheveux sentaient le chien mouillé contre ses narines. Elle étouffait. Le rocher meurtrissait ses épaules à travers son chandail. Il n'avait toujours pas dit un mot ; il grognait avec un râle de gorge menaçant. La jupe se déchira avec un bruit sec et il glissa son genou entre ses jambes pour la forcer à les ouvrir.

Elle n'avait pas peur ; seul l'inconnu effraie et elle savait ce qui allait se passer.

Elle est presque calme. L'homme appuie son avant-bras sur sa gorge pour l'immobiliser en gardant une main libre. Elle suffoque. Des taches rouges dansent devant ses yeux. Rouges sur la neige blanche comme les baies du sorbier des oiseaux. L'homme s'agite confusément au-dessus d'elle. Il agrippe ses fesses, laboure son ventre de ses doigts avides. Il va la prendre. Tant pis pour toi, pauvre idiote. Il ne fallait pas baisser ta garde. La vie ne pardonne pas la moindre défaillance, tu le sais depuis toujours. Il faut payer maintenant.

L'homme s'agite toujours par soubresauts, tel un sanglier fouissant la terre meuble au pied d'un chêne. Lourd. Massif. Elle manque d'air. Elle est ailleurs. Elle se regarde comme s'il s'agissait de quelqu'un d'autre. Une grosse veine violette bat sur le cou de l'homme. Il gémit. Elle l'entend mais ne sent plus rien. Elle n'est pas là. Sa vue se brouille.

La douleur, acide, aiguë comme une coupure de rasoir, la ramène à la réalité. Le membre dur de l'homme l'a transpercée comme un épieu. Il recule pour prendre son élan, s'enfoncer plus profond, et relâche la pression de son avant-bras. Elle se laisse glisser sur le côté. Ses doigts tâtonnent, rencontrent l'arête d'une pierre. Sa main se referme.

Elle frappe de toutes ses forces, les yeux fermés. Le sang jaillit et éclabousse son visage. Le poids bascule en arrière. Elle peut à nouveau respirer. Elle boit l'air coupant de la nuit, la bouche grande ouverte. C'est comme une source d'eau pure.

L'homme gémissait, mais plus de la même façon. Elle ouvrit les yeux. Ecroulé dans la neige, il pressait ses mains ensanglantées sur son crâne, au-dessus de l'oreille. Le pantalon en accordéon sur ses chevilles, il appuyait son front sur ses gros genoux poilus.

Elle entortilla comme elle put les morceaux de sa jupe autour de ses hanches et s'enfuit, serrant toujours la pierre tachée de sang dans son poing fermé. Derrière elle, Abe hululait à présent, d'une voix lancinante et monotone, en se balançant d'avant en arrière.

Trébuchant à chaque pas dans la neige fraîche, Félicie se traîna jusqu'au torrent. La fontaine derrière le dortoir était plus proche, mais la seule idée de croiser un nouvel ivrogne sortant de chez la Casso lui donnait la nausée. Elle s'enfonça dans la nuit, dégringolant en aveugle vers la Rabasse qu'elle entendait bruire en contrebas. Il fallait qu'elle lave ce qui coulait de son entrejambe et poissait l'intérieur de ses cuisses. Qu'elle nettoie les traces de ces doigts qu'elle sentait encore marquer sa peau.

Elle se laissa tomber près de l'eau qui murmurait comme si rien ne s'était passé entre les galets pris par la glace. Chaque fibre de son corps lui faisait mal. Elle était épuisée comme si elle avait couru des heures en montagne sans jamais reprendre son souffle. Elle plongea le pan déchiré de sa jupe dans le torrent.

Pendant de longues minutes, elle frotta et frotta encore jusqu'à ce que sa peau rougisse, à vif. Le sang et la semence mêlés étaient partis au fil de l'eau, elle frottait toujours.

Le froid et la culpabilité pesaient sur ses épaules ainsi qu'un manteau mouillé. Elle grelottait. La fièvre battait à ses tempes et chauffait ses joues. Ses bas de laine durcis par le gel enserraient ses chevilles dans un étau glacé. Elle se déchaussa pour les ôter. Ils étaient à tordre. Elle les jeta au loin et remit ses brodequins neufs. C'était un cadeau de monsieur Legrand. « Pour te récompenser des services que tu me rends », avait-il expliqué en les lui tendant à son retour de Port-Vendres où il était allé chercher un contingent d'ouvriers qui arrivaient de Chine par bateau.

Il avait en effet fallu se rendre à l'évidence : la guerre s'éternisait et les hommes n'étaient pas près de revenir du front, s'ils en revenaient un jour ! Il fallait donc les remplacer afin de maintenir la production au-dessus des trente mille tonnes indispensables par an. Après les Espagnols et les Arabes, on avait donc fait appel aux Polonais des mines du Nord, et même aux Tchèques, malgré leur réputation de sauvages mangeurs de chiens. Mais ce n'était pas encore suffisant. Monsieur Legrand avait alors écrit à un sien cousin missionnaire en Orient.

Les Chinois arrivant pieds nus ou chaussés de minces sandales de raphia, il avait fallu leur fournir des souliers, et l'ingénieur en avait commandé une paire supplémentaire pour sa protégée.

« J'ai pensé qu'ainsi tu aurais le pied plus léger et plus sûr qu'une chèvre pour courir la montagne ! avait-il plaisanté. Ils ne sont ni très élégants ni très féminins, mais ils sont solides. C'est sûr, sa maman aurait choisi des bottines plus fines pour notre petite Martha... »

Le lacet du soulier cassa net. La bouffée de colère qui montait en elle la prit au dépourvu. Elle tremblait comme un arbre secoué par la tempête. Renversant la tête en arrière, elle cria vers le ciel brouillé de neige :

— C'est ta faute ! Si tu ne m'avais pas laissée seule au milieu de toutes ces brutes, cela ne serait jamais arrivé !

Un gros sanglot lui déchira la gorge. Que lui arrivait-il ? Elle ne pleurait jamais. Le jour de ses cinq ans, elle s'était juré de ne plus verser la moindre larme ; elle ne voulait plus lire la pitié dans le regard des autres quand ils la voyaient passer en trottinant derrière un panier plus gros et plus lourd qu'elle. Ce regard lui faisait mal. Elle avait même repoussé sans ménagement les avances maternelles de la femme du boulanger, qui n'aurait vu aucun inconvénient à l'adjoindre à sa marmaille déjà nombreuse. Elle préférait souffrir seule, c'était plus facile.

Et voilà que l'eau débordait de ses paupières sans qu'elle y puisse rien. Elle l'essuya d'un revers de main rageur, mais l'eau coulait toujours.

— Quel nom donner à une mère qui laisse son enfant derrière elle sans se soucier de ce qu'il va devenir ? Mademoiselle Marguerite dit qu'on fusille un soldat qui déserte, et pourtant ses camarades sont armés et peuvent très bien s'en sortir sans lui ! Mais qu'est-ce qu'une gamine de trois ans possède comme arme, dis-moi ?

Sa voix se brisa dans un spasme qui la plia en deux. La rage et la souffrance grondaient en elle comme un vent furieux. Elle resta prostrée de longues minutes. Les baisers froids de la neige mettaient du baume sur ses blessures. La température avait dû encore baisser de quelques degrés. Une douce torpeur engourdissait son corps et sa douleur. Ses yeux fatigués par les larmes se fermaient tout seuls. Le sommeil la gagnait. Elle avait tant envie d'y céder, de trouver enfin un peu de repos... mais elle le savait mortel. Une voix ténue, dernier sursaut de sa conscience, lui disait de se lever, de se mettre à l'abri, de ne pas rester dehors ainsi.

Au prix d'un énorme effort, elle s'obligea à se mettre à genoux, puis debout. Elle avait besoin de ses herbes pour calmer la brûlure qui dévorait son ventre et éviter toute conséquence funeste, mais elle n'avait pas le courage de revenir au dortoir ; après avoir repris ses esprits, Abe avait dû revenir s'écrouler dans son lit. Elle irait chercher son sac le lendemain matin, quand il serait à la cantine. En attendant, il lui fallait trouver où passer le reste de la nuit sans mourir de froid.

Elle resserra contre elle les lambeaux de sa jupe qui lui battaient les jambes et remonta le col de son chandail dans son cou. En vain. Ses dents s'entrechoquaient avec un bruit sec sans qu'elle puisse démêler la part du linceul glacé que la nuit de décembre posait sur elle et celle de la réaction aux événements qui venaient de se produire.

Elle se mit néanmoins en marche, trébuchant à chaque pas. Elle tomba à plusieurs reprises, dut à chaque fois se faire violence pour s'extirper de cette couche moelleuse si accueillante. Les lumières diffuses de la trémie se balançaient au-dessus de sa tête. Si proches et pourtant encore hors d'atteinte. Elle pourrait peut-être trouver refuge dans la cabane de ceux de Corsavy ; la porte n'était jamais fermée à clef. Cependant, la perspective de tomber nez à nez avec un buveur jeté dehors par sa femme et qui aurait lui aussi choisi de finir de cuver son vin chez les *Cortsavinensos* la retenait. Ce soir plus que jamais, elle n'avait envie de voir personne. Dieu, qu'elle se sentait misérable !

Un souffle humide et tiède dans la paume de sa main gercée par l'eau du torrent. Une langue râpeuse sur ses doigts gourds. Jamais elle n'aurait cru que la truffe amicale d'un chien pouvait lui procurer autant de réconfort. Comme d'habitude, Néro avait deviné sa présence, et comme d'habitude il était venu à elle, ombre silencieuse et attentive. Simplement là.

Félicie sentit les yeux lui piquer à nouveau. Voilà qu'elle devenait pleurnicharde à présent ! Seulement cette fois, c'étaient des larmes de soulagement qui sourdaient sous ses paupières. Elle s'agenouilla près du chien et enfouit son visage dans son cou. Ses longs poils d'une couleur incertaine étaient rêches comme du chaume desséché et collés par plaques ; le bâtard adorait se rouler dans la graisse noire qui coulait des essieux des wagonnets et sur les charognes qu'il dénichait sous les planchers. Qu'importe. Félicie n'avait jamais senti caresse plus douce sur sa joue.

— Dire que j'ai cru que j'étais seule ! Pardon, mon beau, mon fidèle !

La queue de Néro fouettait la neige avec entrain. La température glaciale ne semblait pas le gêner. Il se mit à gambader autour d'elle dans un grand jaillissement de poussière blanche. Saisissant délicatement du bout des dents le bord effiloché de sa manche, il tira.

— Tu veux que je te suive ? Ça va, ça va, j'ai compris ! Mais doucement, hein, j'ai mal partout et je suis à moitié morte de froid.

Ils remontèrent la pente, le chien tirant, Félicie titubant derrière lui. Néro semblait savoir où il allait.

Les ruelles de la cité minière étaient désertes. Une lampe brillait encore derrière les fenêtres de la cantine ; les autres bâtiments étaient plongés dans le noir.

Le chien courut droit vers l'arrière de la boulangerie où était entassé le bois pour alimenter le four. Il farfouilla un instant puis disparut derrière les fagots. Félicie n'hésita pas longtemps : elle s'accroupit et le suivit.

Une brèche dans le mur permettait d'atteindre un étroit espace vide derrière le mur bombé du four. Néro y avait traîné un vieux bout de couverture et quelques os à moitié rongés.

— C'est donc là ta maison, vieux brigand ? chuchota Félicie. Tu es très malin : quand ton maître fait cuire son pain, il doit faire drôlement bon ici !

Le chien s'était couché sur la couverture. Il la regardait, les oreilles dressées et la langue pendante. Félicie s'allongea contre lui, les genoux remontés jusqu'au menton. Par la brèche, elle pouvait apercevoir un bout de sentier, puis les rails qui filaient vers le plan incliné et la trémie du câble aérien. Dans la lumière jaune des ampoules électriques, la neige pleurait des larmes d'ambre.

Houla, je ne tiens plus debout, moi ! Je tiens encore une biture pas piquée des vers ! Elle est où, cette satanée gamine ? Jamais là quand on a besoin d'elle ! Et la Casso qui me regarde d'un sale œil ! Faut que je débarrasse le plancher ou je vais tâter de son balai, sûr ! Et Abe, mon ami Abe, où il est passé, lui aussi ? Qui va m'aider à monter l'escalier jusqu'au dortoir ? Ah, pauvre de moi, je peux crever, tiens, tout le monde s'en fout !

Mais la Félicie ne perd rien pour attendre. Je vais lui faire voir, moi, si c'est comme ça qu'on s'occupe de son père !

8

Elle sortit sur le pas de la porte en entendant les cris. Un concert de voix dissonantes exprimant pêle-mêle la surprise, la douleur mais aussi l'appel au calme et même la raillerie. Un attroupement s'était formé sur le carreau de la mine. Les hommes qui battaient la semelle en attendant que le contenu de leurs gamelles se réchauffe sur le poêle à bois installé là tout exprès s'étaient tournés vers la bouche béante de la galerie zéro. Ils s'interpellaient, se bousculaient, se hissaient sur la pointe des pieds pour mieux voir ce qui en sortait. Félicie dut attendre que le rideau de dos s'écarte enfin, répondant à l'injonction d'une voix de basse pressante, pour découvrir ce qui les passionnait tant : Alzina, le visage livide, se frayait un chemin à grands coups d'épaule tout en soutenant le Nelle, son compère, qui protestait que ce n'était qu'une égratignure et qu'il n'y avait pas de quoi en faire un plat. A voir la traînée de sang qui tachait la neige derrière lui, gouttant de sa main hâtivement enveloppée dans une écharpe, la blessure du Nelle était plus grave qu'il ne voulait bien l'admettre. Il s'obstinait néanmoins à plaisanter, assurant qu'il n'y avait rien de mieux pour la santé qu'une bonne petite saignée, tandis qu'Alzina, dont on aurait pu se demander, à voir ses traits crispés, si ce n'était pas lui le blessé, le tirait résolument vers le bureau. Mineurs expérimentés, ces deux-là travaillaient toujours côte à côte sur le front de taille, exigeant de faire partie de la même équipe afin d'embaucher et de débaucher à la même heure. Pourtant, quand ils se croisaient dans les rues de Valmanya, ils ne se saluaient pas : leurs femmes, qui étaient sœurs, se détestaient et ne manquaient pas une occasion de dire du mal l'une de l'autre, ce qui était aisé puisqu'elles habitaient porte à porte et s'épiaient mutuellement toute la journée. Les deux beaux-frères, qui s'entendaient comme larrons en foire, n'avaient pas trouvé d'autre moyen pour avoir la paix à la maison : s'ignorer le temps où ils étaient au village pour mieux se manifester leur amitié dès lors qu'ils étaient hors de vue de leurs épouses et de leurs voisines. Leurs camarades de travail se moquaient de leur côté « Jean qui pleure et Jean qui rit » tout en admirant leur sagesse. Plus d'un regrettait de ne pas avoir eu la même présence d'esprit pour éviter criailleries et récriminations au logis !

Quand ils entrèrent dans le bureau, Félicie avait déjà sorti de l'armoire la grosse boîte en bois verni qui servait de pharmacie à la Pinouse. Elle s'ouvrait par le milieu sur une quantité de petites cases contenant diverses fioles soigneusement étiquetées : collodion, acide phénique, tartre stibié, onguent de la mère... Il y avait aussi un tiroir avec de la gaze, des épingles, une paire de ciseaux et même une seringue. Elle en connaissait le contenu par cœur, monsieur Legrand lui en faisant régulièrement faire l'inventaire pour s'assurer que rien ne manquait.

Elle débarrassa la table du registre qu'elle était en train de remplir et invita du geste le Nelle à y poser sa main qui saignait toujours en abondance.

— Il faut bien désinfecter, gamine, s'aventura Alzina, qui ne lui adressait d'ordinaire jamais la parole, preuve qu'il était inquiet. Les morsures de rat, ça peut s'infecter Ces sales bêtes sont pleines de maladies !

— Tu exagères toujours, s'agita son compère. Ce n'est pas une souris qui va avoir raison de moi !

— Une souris ? Non mais, tu as vu la taille de ce *ratagasse* ? Il était presque aussi gros qu'un renard !

— *Una guilla ?* Et pourquoi pas un chien de berger tant que tu y es !

Tandis que Félicie ôtait l'écharpe qui avait servi de bandage improvisé et lavait la plaie, les deux hommes continuaient à se disputer comme seuls deux frères peuvent le faire. Elle comprit qu'un rat surgissant à l'improviste d'une descenderie s'était emparé du casse-croûte de midi du Nelle qui avait choisi de rester manger avec son compère au fond, sur le sentier d'abattage où il faisait toujours tiède, plutôt que de remonter à la surface, au froid.

A considérer la marque des dents aiguës qui avaient déchiré la main du Nelle, s'il n'était pas aussi gros qu'un renard, le rat voleur était néanmoins de belle taille !

Elle badigeonna la blessure de teinture d'iode et l'enveloppa de gaze avant de bander bien serré.

— Il vaudrait mieux porter un gant pour éviter que la plaie ne s'infecte, prévint-elle en refermant la boîte à pharmacie.

Alzina, rassuré, répondit d'un simple grognement tout en tirant à lui le battant de la porte. Le Nelle hésita puis se retourna :

— Merci, Félicie.

Tiens, il savait son prénom ! Et lui, c'était comment déjà ?

Elle rassembla les linges tachés de sang, songeuse. Ah oui, Emmanuel. Nelle, quoi !

Elle était restée terrée cinq jours dans la cachette de Néro. Le matin de Noël, encore tout endolorie, elle s'était faufilée dans le dortoir vide. L'oreille aux aguets, elle s'était débarrassée avec dégoût de sa jupe déchirée, avait remis son pantalon et enfilé les uns sur les autres les quelques vêtements chauds qu'elle possédait. Puis elle avait raflé son bissac garni des herbes dont elle savait avoir besoin, une vieille chemise de son père, une couverture, un quignon de pain qui traînait sur le rebord du *fenestrou* et une vieille gamelle en fer. Dévalant l'escalier malgré ses jambes raides, elle était ressortie. La neige continuait à tomber dru et tout le monde restait calfeutré à l'intérieur, ce qui l'arrangeait bien. Passer par la brèche derrière les fagots ne lui avait pris qu'un instant et elle avait retrouvé avec soulagement le ventre protecteur de l'arrière-boulangerie. Elle savait ce qu'elle avait à faire.

Même séchées, les tiges de *ruda* exhalaient leur odeur forte caractéristique. Ces grandes herbes aux fleurs jaune verdâtre qui poussaient en abondance dans les rocailles et au pied des murs de pierre possédaient de multiples vertus thérapeutiques. Elles soignaient aussi bien les coliques que les vertiges, les palpitations, les rhumatismes ou les maladies de peau suivant qu'on les utilisait en infusion, en décoction ou qu'on en extrayait l'huile. Mais cette fois, c'était à leurs propriétés abortives que Félicie entendait faire appel. En avait-elle vu pleurer, des imprudentes qui la suppliaient de les débarrasser du souvenir encombrant d'une nuit de fièvre et d'abandon ! Mais jamais elle n'aurait cru être un jour obligée d'utiliser ses talents sur elle-même.

Et ça n'allait pas être agréable, elle était bien placée pour le savoir.

Allons, il n'était pas temps de fléchir. Elle avait mis la gamelle pleine de neige à chauffer sur une pierre du four pendant la cuisson de la fournée du boulanger. Puis elle y avait fait infuser les feuilles de rue. Et elle avait tout bu, sans même attendre que l'eau refroidisse.

C'était comme si on lui avait fouaillé le bas-ventre avec un fer rouge. Néro gémissait à l'unisson des plaintes rauques qu'elle tentait d'étouffer de son poing pressé sur sa bouche. La fièvre était venue. Puis le sang. Elle l'essuyait avec le tissu de la chemise, doux et pelucheux à force d'être usé. Elle se sentait faible, nauséeuse. Tantôt elle brûlait, dégoulinant d'une sueur malsaine, tantôt elle grelottait, recroquevillée sous la couverture. Et c'était pire tôt le matin, quand le boulanger faisait cuire son pain. Pourtant, même à ce moment-là il lui arrivait de frissonner sans pouvoir s'arrêter, comme si elle était encore couchée dans la neige à côté du torrent. Elle sombrait par instants dans un sommeil agité, peuplé de cauchemars angoissants qu'elle ne comprenait pas. Elle perdait la notion du temps, se croyait à midi alors que la nuit était tombée depuis longtemps. De toute façon la tempête faisait rage et, par la brèche, on n'y voyait pas à deux pas. Le travail avait même été arrêté. Aucun wagonnet ne passait sur les rails et on n'entendait plus le grincement familier du câble aérien.

Dès qu'elle retrouvait un peu de lucidité, elle lavait la vieille chemise souillée de sang avec de la neige et continuait à boire de la rue en infusion. Elle voulait être sûre qu'il ne resterait plus rien.

Et puis, au quatrième matin, la fièvre était tombée. Elle saignait encore un peu mais la douleur s'était estompée. Elle se sentait vide et légère, l'esprit encore un peu embrumé mais à nouveau maîtresse de ses pensées. Et elle mourait de faim.

Elle attendit néanmoins d'être sûre de se sentir à peu près d'aplomb sur ses jambes pour sortir de sa cachette ; les bourrasques étaient encore violentes et elles risquaient de la renverser.

Elle ne se demanda pas quelle réaction susciterait son retour parmi les hommes. Elle était bien sûre que si on s'était rendu compte de son absence, personne ne s'en était inquiété. Elle connaissait la montagne mieux que quiconque et, pour ceux qui s'étaient posé la question, elle était sûrement descendue à Valmanya. Si quelqu'un se l'était posée.

Quand elle poussa la porte de la cantine, les genoux encore flageolants, peu de regards se détournèrent des parties de cartes. Seule la Casso qui sortait de sa cuisine, un pichet à la main, haussa un sourcil interrogateur :

« Tiens, te voilà, toi ? »

Et sans attendre une quelconque réponse, elle alla servir Fabre qui s'impatientait. Ce fut tout... si on excepte la raclée que lui avait infligée le père, bien sûr. Et encore, ses coups étaient moins violents que d'habitude, comme si le cœur n'y était pas.

Le cœur, c'était façon de parler ! Il ne fallait pas y voir une quelconque volonté de la ménager ; chez le Polyte c'était l'alcool qui dictait sa loi et l'intensité des colères. Or la Casso avait ses instructions : le vin, nourriture indispensable au travailleur, devait être rationné quand le travailleur en question était désœuvré, sinon l'énergie qui n'était pas employée à manier la massette et la barre à mine, le pic et la pelle pour remplir les bennes explosait en vaines querelles et échanges de horions. Quand en plus la tempête cantonnait tout le monde à la cantine, sans permettre à quiconque ne serait-ce que de se dégourdir les jambes au-dehors, la moindre prise de bec pouvait dégénérer en bagarre généralisée. La gérante de la cantine remplissait donc les verres avec parcimonie, n'hésitant pas à couper d'eau le vin réclamé à grands cris par les plus assoiffés. Cette sobriété forcée qui désarmait fort heureusement la virulence du père permettait plus généralement à la Casso de garder à sa main tous ces hommes que l'oisiveté faisait tourner en rond comme des fauves en cage.

Sa cantine ne désemplissait pas. Les mineurs y descendaient déjeuner et y restaient toute la journée à taper le carton ou à jouer aux dames tandis que les enfants se poursuivaient autour des tables. Les femmes, elles, se réunissaient dans l'un ou l'autre des appartements pour tricoter et bavarder entre elles. Qu'y avait-il à faire d'autre ? La neige bloquait tout. Les congères s'accumulaient contre les rails et le gel alourdissait les câbles.

Tous les deux jours, on voyait apparaître Joseph Guell, le chef d'atelier de Roca Gelera. Là-bas, il faisait encore plus froid qu'à la Pinouse, et il lui fallait bien du courage pour monter ainsi chercher le ravitaillement pour la douzaine de personnes qui y vivaient, à pied dans la tempête. Des glaçons s'accrochaient à sa moustache et ses lèvres étaient bleues quand il posait son grand sac vide sur la table en arrivant. Mais même harassé, il ne s'attardait pas : sa jeune femme, Thérèse, la fille du maire de Montbolo, était enceinte de leur premier enfant et il n'aimait pas la laisser seule, surtout par ce temps.

Monsieur Legrand n'avait pu encore remonter à la mine. Il avait téléphoné de Perpignan où il rongeait son frein. Enfin, c'était l'interprétation de Félicie : peut-être était-il au contraire ravi de pouvoir prolonger son séjour parmi les siens qu'il voyait si peu au long de l'année, comme elle avait entendu Roca l'affirmer en jouant à la belote... car, depuis la Saint-Jean précédente, il déclinait toute invitation à une partie de « truc ».

Il avait peut-être raison, le menuisier, elle oubliait parfois qu'il y avait une vie et un monde en dehors de la mine et des montagnes ! Et pourtant la cantine en offrait un large échantillon. On y entendait tous les accents, toutes les langues !

Outre les gars du coin, il y avait là des ch'timis déplacés comme ce joyeux luron de Quinquinet, qui ne perdait jamais une occasion de pousser la chansonnette, mais aussi des Espagnols, des Arabes et des Polonais dont les noms interminables émaillés de K et de W lui donnaient bien du fil à retordre lorsqu'elle devait les recopier dans le registre.

Parfois, le groupe des Tchèques, bravant les bourrasques, se risquait à pousser la porte. Mais leur mauvais français et leurs mœurs prétendument sauvages les laissaient à l'écart. Quant à la douzaine de Chinois ramenés par monsieur Legrand, on les voyait à peine et on les entendait moins encore. Au fond de la mine, c'étaient des travailleurs infatigables mais silencieux. A la surface, ils restaient le plus possible entre eux, dans la cabane qui avait été montée à la hâte pour les accueillir. C'est là qu'ils s'étaient retranchés depuis que la neige avait interrompu l'évacuation du minerai. A l'heure des repas, on en voyait un apparaître sous un capuchon improvisé. Il prenait le *tupi*[1] fumant que lui tendait la Casso, inclinait le buste pour remercier et s'en allait sans avoir prononcé le moindre mot. Etait-ce toujours le même ou venaient-ils à tour de rôle ? Bien malin qui aurait pu le dire tant ils se ressemblaient. Mêmes vêtements de travail en coutil bleu qui leur avaient été fournis à l'arrivée, mêmes cheveux noirs raides, mêmes visages impénétrables, mêmes yeux énigmatiques sous les paupières étirées, même teint cuivré…

Le petit Désiré Casso avait résumé la stupéfaction générale à leur arrivée : « Mais ils ne sont pas jaunes ! » s'était-il écrié de derrière les jupes de sa mère où il avait trouvé refuge. On l'avait senti déçu. Depuis, il avait eu largement de quoi aiguiser sa curiosité enfantine. Les « bizarreries », pour ne pas dire pire, des Chinois avaient éclipsé celles de Félicie à point nommé ; rares étaient les

1. Petite marmite.

conversations qui ne tournaient pas autour de leur mode de vie supposé – certains avaient une imagination débordante à ce sujet – et bien sûr du mauvais temps persistant. On en oubliait même la guerre qui s'enlisait au loin en cette fin 1915 !

Restait Abe. Elle avait soutenu sans ciller le regard narquois qu'il lui avait lancé à son entrée dans la cantine jusqu'à ce qu'il baisse à nouveau les yeux sur le damier qui le séparait d'Aziz, l'Algérien. Une toute petite victoire.

Elle s'était cependant promis de continuer à dormir avec Néro, et de garder toujours son couteau à portée de main, c'était plus sûr.

Bien lui en avait pris. Le lendemain matin, et le surlendemain aussi, le Lorrain était apparu à la cantine les yeux battus, le nez rouge, reniflant, éternuant et toussant à qui mieux mieux. Sans doute était-il sorti la nuit pour la guetter dans le froid comme il l'avait fait le soir de Noël. Seulement cette fois, il en avait été pour ses frais. Elle l'imaginait avec une sombre satisfaction en train de faire le pied de grue dans l'obscurité, derrière un rocher ou un arbre, le froid gerçant ses lèvres et gelant ses pieds. Il y avait de quoi calmer pour de bon ses ardeurs bestiales ! Dieu merci, il n'avait pas découvert sa cachette. Mieux même : le troisième matin, au premier jour de la nouvelle année, il n'était pas venu prendre son café. Félicie avait entendu la Casso ordonner à la Catherine d'aller le lui apporter au dortoir où il était alité, « malade, avec un point de congestion, le malheureux ». Catherine, qui avait un faible pour les grandes brutes dans son genre, s'était précipitée dans l'escalier, la mine inquiète. Etait-elle stupide, celle-là ! Si seulement ce porc pouvait en crever !

La tempête avait fini par lâcher prise. On avait sorti les pelles pour dégager l'entrée des galeries et les rails. Il fallut briser la glace qui emprisonnait les roues des wagonnets et bouchait la trémie. Monsieur Legrand, revenu avec le premier rayon du soleil, dirigeait rondement la manœuvre. Il envoya même une équipe reconnaître à pied la voie de Rapaloum à Formentera pour s'assurer que le train pouvait à nouveau passer. Il ne manquerait plus qu'une avalanche ait enseveli un poste d'aiguillage ou une sortie de tunnel ! On avait déjà perdu trop de temps. Nos braves « poilus », ainsi qu'on les appelait désormais, attendaient des canons et des fusils.

L'activité fébrile qui avait saisi toute la cité minière n'avait pas empêché l'ingénieur de trouver à Félicie une « petite mine » : « Tu es toute pâlotte, ma pauvre. Prends garde à ne pas tomber malade ! »

Mais comme tout le monde à la Pinouse avait les traits tirés et les nerfs en pelote après ces deux semaines d'enfermement, il n'en avait pas tiré de conclusion particulière. La promiscuité aurait suffi à rendre folle cette petite sauvageonne !

Il s'était néanmoins arrangé pour lui confier la distribution du carbure d'acétylène qu'elle assurait aujourd'hui depuis deux mois. Ce n'était pas un travail pénible. Avant de prendre leur service, les équipes faisaient la queue devant le petit bureau en planches érigé à une vingtaine de mètres du carreau, pour remplir leurs lampes. A l'aide d'un marteau, Félicie brisait les pierres de carbure en petits bouts qu'elle plaçait sur le plateau de la balance. Chaque ouvrier qui allait au fond en recevait cent grammes dont il remplissait le réservoir inférieur de sa lampe, celui du dessus étant plein d'eau. Au contact du liquide, le carbure dégageait un gaz qui produisait une flamme un peu fumeuse mais sans danger. Contrairement aux mines de charbon, il n'y avait pas de grisou dans les mines de fer et les seuls risques ne pouvaient venir que d'une éventuelle chute ou d'un éboulement – ce qui était déjà bien assez. Une fois le déflecteur mis en place, la lampe tenue à bout de bras par son anse en fil de fer permettait d'avancer dans les boyaux les plus étroits et les plus sombres.

Entre deux rotations des équipes, elle mettait à jour les dossiers que lui avait confiés monsieur Legrand et soignait les petites blessures des uns et des autres : cheville enflée après un roulé-boulé dans une descenderie, crâne cabossé par la chute d'une pierre, pouce écrasé par un coup de massette malencontreux... ou morsure de rat, comme pour le Nelle !

Abe avait malheureusement réchappé à son « point de congestion ». Mais quand il s'était présenté pour la première fois devant elle, sa lampe à la main, elle avait brandi son marteau d'un air si féroce qu'il avait reculé d'un pas. La haine qu'elle ressentait pour lui ne laissait pas de la surprendre. Elle avait fait tant d'efforts pour se tenir à l'écart des autres, pour ne pas leur donner prise sur sa vie ! Cette haine, c'était comme un bloc compact aux arêtes dures qui pesait dans sa poitrine et son ventre dès qu'elle l'apercevait. Elle n'était pas en colère ; elle voulait juste qu'il ne soit plus là. Qu'il disparaisse. Qu'il meure. Et souvent sa main la démangeait de sortir le couteau.

Alors elle posait sur ses épaules la pèlerine que monsieur Legrand lui avait offerte pour Noël et quittait la baraque en planches près du carreau de la mine pour aller arpenter la montagne. La neige commençait à reculer sous la caresse des premiers rayons du printemps, qui fichaient dans l'herbe naissante les colonnes d'or d'un temple dont le fronton se perdait dans les nuages. Elle dénichait dans les creux abrités les anémones frileuses dans leur manteau de fourrure douce où le soleil accrochait des reflets cuivrés. Le vent gonflait sa pèlerine lestée de cailloux cousus dans l'ourlet. Les yeux fermés, elle sentait des ailes tirer sur ses épaules. Ses talons décollaient du sol. Elle ne pesait plus rien. Plus rien ne lui pesait. Elle s'envolait.

Mais chaque fois qu'elle allait enfin quitter la terre et s'élever loin au-dessus des hommes et de leurs vices, le vent tombait et elle perdait ses ailes.

C'est ce qu'elle avait encore fait en ce dimanche d'avril et elle redescendait vers la mine, le cœur comme une pierre. Alors qu'elle arrivait à la fontaine, derrière le dortoir, elle vit Abe qui entrait subrepticement dans le petit bâtiment servant d'abattoir au père Casso. Il portait plusieurs bouteilles sous son bras et semblait anxieux de passer inaperçu. Elle attendit qu'il soit entré pour s'approcher et risquer un œil au coin de la porte. Le père était assis sur le rebord du bassin en pierre qui permettait de recueillir le sang de la bête sacrifiée. La tête levée vers son « fidèle ami », il fixait les bouteilles d'un regard avide. Ses mains tremblaient et des commissures de ses lèvres coulait un filet de bave qu'il ne songeait même pas à essuyer.

Abe avait saisi une bouteille par le goulot et l'agitait sous son nez :

— C'est elle que tu veux, mon petit Polyte ? le narguait-il. Tu ne peux plus t'en passer, hein ?

Le père tendit la main vers la bouteille mais Abe l'éloigna prestement.

— Qu'est-ce que tu me donnes en échange ? De l'argent ? Tu n'en as plus ; tu as tout bu. Ta fille ?

Il éclata d'un rire déplaisant.

— Non, c'est inutile : pour ta fille, je me suis déjà servi !

Félicie se plaqua contre le mur, le cœur battant à se rompre, la nausée au bord des lèvres. Le rire d'Abe résonnait encore dans l'abattoir. S'arrachant au mur, elle partit en courant dans le sentier qui dévalait vers Valmanya.

Elle courut d'une traite jusqu'à l'école. Elle n'y avait pas réfléchi mais ses pas l'avaient menée droit au portail. Il était ouvert. Quand elle sonna à la porte de mademoiselle Marguerite, elle avait pris sa décision.

— Félicie ? Tu ne m'avais pas dit que tu viendrais aujourd'hui.

L'institutrice portait un joli châle rose sur une blouse fleurie fermée par des boutons de nacre. Son appartement, rempli de livres et de napperons blancs au crochet, sentait bon les *bunyetes*[1] parfumées à la fleur d'oranger, ce qui rappela à Félicie qu'on approchait de Pâques. La laideur et le mal ne passaient pas le seuil de mademoiselle Marguerite.

— Qu'as-tu à me dire ? insista-t-elle, étonnée par la mine résolue de son ancienne élève.

Félicie répondit la première chose qui lui venait à l'esprit :

— Avez-vous des nouvelles du front, mademoiselle ? Savez-vous si les nôtres ont repris Douaumont ?

Félicie me cache quelque chose. Elle n'a même pas écouté ce que je lui ai dit au sujet de Verdun, ce coin de France héroïque où se joue le sort de la guerre. D'habitude, elle me harcèle de questions ; là, elle m'a laissée raconter sans le moindre commentaire. Comme si elle pensait à autre chose. Cela ne lui ressemble pas. Depuis Noël, je la trouve changée. Que s'est-il passé là-haut ? Rien, assure-t-elle, mais je sais qu'elle ment. Son regard se durcit comme quand je l'interroge sur les sévices que lui fait subir sa grande brute de père. Elle

1. Dessert en forme de grand disque très fin, en pâte à beignets.

se ferme. Pourquoi le défend-elle ainsi envers et contre tout, c'est un mystère pour moi. Bien sûr, elle n'a plus que lui, mais je me dis parfois qu'il vaudrait mieux pour elle qu'il ne soit plus là. Dieu me pardonne cette vilaine pensée, mais les mauvaises herbes ont la vie dure !

D'ailleurs, sans lui, Félicie ne serait pas seule. Ne suis-je pas là, moi ? Et je sais que monsieur Legrand l'a aussi prise en affection. Mais à lui non plus, elle ne dit rien. Nous avons bavardé sur la place l'autre jour, quand il est venu voir monsieur le maire. Il prétend qu'il ne faut pas s'inquiéter, que l'hiver a été rude et que Félicie a été malade. Seulement il a été incapable de me dire ce qu'elle avait eu. Et elle-même refuse d'en dire plus. Que cap de burro *!*

Mon Dieu, si monsieur l'inspecteur d'académie m'entendait, lui qui nous répète de punir sévèrement les élèves qui persistent à parler catalan à l'école ! Je mériterais un beau pensum, moi.

N'empêche, c'est vrai : quelle tête de mule, cette Félicie !

Déjà toute petite, elle n'en faisait qu'à son idée. Et pas question de la faire plier. Les adultes ne l'impressionnaient pas. Il ne suffisait pas de lui dire : « C'est comme cela parce que je te le dis. » Elle penchait la tête sur le côté et, les yeux dans les yeux, elle lâchait : « Ce n'est pas une réponse ! »

Et elle me harcelait jusqu'à ce que sa curiosité soit satisfaite. Elle n'en avait jamais assez. Elle voulait tout savoir. M'a-t-elle fait tourner en bourrique avec ses questions ! Elle était moins loquace pour répondre aux miennes. Et quand j'insistais, j'avais l'impression de rouvrir une plaie qui n'arrivait pas à cicatriser. Laquelle exactement, je ne l'ai jamais su. Cela dit, avec ce que la vie lui a fait endurer, les blessures ne doivent pas manquer.

Je sais qu'elle déteste qu'on la plaigne, mais à force de tout garder pour elle, ça va mal finir ! Cette petite est une vraie bombe à retardement, prête à exploser.

9

Tels des feux follets, les petites flammes tressautantes dévalaient le versant obscur, disparaissant et réapparaissant dans la nuit au gré des rochers et des replis de terrain. Des vivats saluaient leur approche. La tête renversée en arrière, tout le village suivait les gracieuses arabesques de cette pluie d'étoiles filantes qui venait jusqu'à lui en cette nuit de la Saint-Jean.

Les jeunes des environs avaient décidé cette année de donner à la fête un éclat particulier. Là-bas en Lorraine, la guerre déjà meurtrière tournait à la boucherie. Les fils de France se faisaient hacher sur place pour enrayer l'offensive des boches et même si Joffre, *el nostre* Joffre, se voulait optimiste, les communiqués officiels reproduits dans les journaux ne parvenaient plus à masquer le désastre. Les noms de Verdun et du Chemin des Dames sonnaient un glas lugubre à toutes les oreilles. Pourtant, depuis l'année précédente, le facteur n'avait plus apporté à Valmanya la lettre tant redoutée par les familles. Après les sept premiers tombés en quelques mois, aucun autre enfant du village n'avait trouvé la mort au front. Caprice du destin ou protection des dieux, quels qu'ils fussent. Les jeunes gens de la classe 16 qui s'apprêtaient à partir, ceux de la classe 17 qui savaient que leur tour viendrait, et les plus jeunes qui ne perdaient aucune occasion de se distraire en ces temps troublés avaient donc voulu apprivoiser le sort en renouvelant leur pacte avec la montagne. Ils étaient partis dans la journée, chargés de fagots enrubannés, pour le sommet du Canigou. Là-haut, tout près du ciel, au pied de la croix de fer forgé qui ancrait l'immense pyramide de roc et de neige dans les nuages, ils avaient allumé un grand feu. Le soir venu, après avoir fraternellement partagé le pain, le saucisson et le vin directement au goulot de la gourde de peau, ils avaient chacun dérobé une flamme au brasier qui illuminait la nuit de juin pour allumer la mèche d'une lanterne, puis ils s'étaient élancés dans la descente avec de grands cris sauvages, comme lorsqu'ils se défiaient à la course entre la mine et Valmanya et que le dernier arrivé payait la tournée. A chacun de choisir sa trajectoire et ses raccourcis pour rejoindre le premier la place où le bûcher était dressé et l'enflammer.

La population s'était portée à la sortie du village, sur le chemin qui montait vers le mas Barjau et Los Masos.

D'ici, on ne pouvait distinguer l'identité des porteurs de lanterne qui avaient basculé depuis la Porteille de Valmanya, tout au bord de l'immensité étoilée ; seuls étaient visibles les petits points lumineux bondissant entre les arbres, le long de la Lentilla.

Un peu à l'écart de la foule, Félicie savourait ce spectacle avec une exaltation farouche. La « vestale du feu sacré et du Canigou » ne pouvait que voir un signe dans cette avalanche brasillante qui déboulait vers elle.

Des crispations impatientes couraient le long de ses cuisses. Elle aurait adoré s'élancer avec eux. Devant eux, même. Elle les aurait battus, c'est sûr. Elle connaissait si bien le terrain qu'elle pouvait s'imaginer là-haut, sautant par-dessus les rochers, évitant les mouillères autour des sources, glissant sur les talus herbeux comme sur de la neige pour gagner quelques secondes.

— Ils sont à la Carnisserie ! Regardez, en voilà un qui passe l'Orry des Cabres ! Hardi, les gars, plus vite !

Les encouragements fusaient. On faisait des paris sur le plus rapide. Chaque « champion » avait ses partisans qui s'affirmaient confiants en la victoire et raillaient les *cargols*[1] qui se traînaient loin derrière. On s'échauffait. On se défiait de la voix et du geste. Les plus exaltés, qui avaient arrosé par avance la victoire de leur favori, promettaient de baisser leur pantalon si celui-ci, par quelque aberration, était battu. Le ton montait. Les femmes multipliaient les « chut » exaspérés, attentives à la progression bondissante des flammes.

Au milieu de toute cette agitation, le groupe des Chinois paraissait un peu perdu. Au fil des mois, ils avaient rompu leur isolement et se mêlaient de plus en plus aux autres, sans se départir d'une certaine réserve, mais ils retrouvaient leur instinct grégaire dès qu'une nouveauté les déroutait. Monsieur Legrand les avait incités à descendre avec les autres à Valmanya pour cette nuit de la Saint-Jean en les exhortant à s'amuser, mais pour l'instant ils paraissaient plutôt sur leurs gardes. Peut-être existait-il chez eux un rituel semblable mais ayant une tout autre signification. Cette pensée effleura Félicie mais elle ne s'y attarda pas : cette nuit, elle avait bien d'autres choses en tête.

Les premiers porteurs de lanterne atteignaient le hameau de Los Masos sous les hourras de ses habitants, que le vent portait jusqu'en bas, quand Félicie s'éloigna pour aller comme chaque année cueillir les plantes qu'elle assemblerait en *ramellets*. Elle aurait bien voulu rester pour savoir qui s'était montré le plus rapide, mais il ne fallait pas qu'elle déroge à ses habitudes en se mettant en retard. Surtout pas ce soir.

1. Escargots.

Laissant derrière elle la foule en délire, elle longea le village silencieux et quasiment désert jusqu'à la grange des Pacull où elle récupéra les rameaux de noyer avant de s'enfoncer dans la nuit. Solitaire.

Depuis Noël, elle avait renoncé à porter la jupe. Mais même en pantalon, elle se sentait ce soir-là plus que jamais investie d'une mission sacrée.

Tout en allant d'un buisson à l'autre, à pas lents, son couteau à la main, elle psalmodiait les vers de « monsieur Hugo » restés imprimés dans sa mémoire ainsi qu'une incantation magique :

O Dieu qui m'entendez, ces hommes sont hideux,
Certes, ils sont étonnés de nous comme nous d'eux.
Avez-vous fait erreur ? et que faut-il qu'on pense ?
A qui le châtiment ? à qui la récompense ?

Et chaque brin cueilli se gonflait de la puissance des mots articulés avec recueillement et ferveur.

Ah ! le siècle difforme et funeste où nous sommes,
En étalant, auprès des tombes, de tels hommes,
Si lâches, si méchants, si noirs que j'en frémis,
Offense la pudeur des aïeux endormis.

Plus qu'un poète, l'auteur de *La Légende des siècles* était un oracle dont les paroles prophétiques trouvaient dans ces montagnes et en cette nuit cruciale entre toutes leur véritable résonance.

Lorsqu'elle eut cueilli suffisamment de millepertuis, d'orpin, de camomille et d'immortelles, elle alla s'asseoir au beau milieu d'un champ qui sentait bon l'herbe coupée et d'où elle pouvait voir le clocher et les maisons de Valmanya se découper comme des ombres chinoises sur la lueur du feu enfin allumé. Les plantes disposées en rond autour d'elle, elle entreprit de confectionner les bouquets tout en continuant sa récitation lancinante. Arrivée au dernier, celui qu'elle lui réservait, elle était dans une sorte de transe :

Ainsi furent punis certains hommes infâmes,
Car on n'épargne point qui n'a rien épargné ;
Et l'histoire les suit d'un regard indigné.

Et levant le *ramellet* vers la lune à son premier quartier, elle s'écria :

Après tout, je ne suis ni mage ni prophète
Et que la volonté du ciel profond soit faite !

Elle les vit apparaître, chancelants, à la lisière du bosquet de pins. Comme à l'accoutumée, Abe soutenait le père qui parvenait difficilement à mettre un pied devant l'autre. Etait-ce à cause de sa carrure et de sa grande taille ? Le Lorrain, même complètement saoul, gardait son équilibre. Et s'il vacillait en parcourant les derniers mètres qui les séparaient des premiers bâtiments, c'était sous le poids du père qui se laissait quasiment traîner au terme de la rude ascension depuis le village. Ils s'engouffrèrent dans l'escalier qui montait au dortoir. Il était très tard, trois heures du matin si elle en croyait les étoiles, et toutes les fenêtres étaient obscures. Ils étaient les derniers à rentrer, elle s'en était assurée en prélevant quelques pièces dans sa cagnotte et en les glissant dans la poche du père avant son départ. Elle savait qu'il ne remonterait pas avant d'avoir tout bu. Et Abe non plus. De fait, tout le monde était couché.

Tapie à l'angle de l'abattoir, elle attendait. Abe ne tarderait pas à ressortir. C'était son habitude lorsqu'il avait trop bu : avant de s'écrouler sur son lit, il allait à la fontaine s'asperger le visage d'eau afin de s'éclaircir un peu les idées et d'éviter un réveil par trop difficile. Il suffisait de lui laisser le temps de porter le père jusqu'à l'alcôve et il redescendrait. Seul.

Félicie ne s'était jamais sentie aussi calme. Elle dégrafa un bouton de sa chemise afin de dévoiler la naissance de ses seins, ombre légère sur sa peau blanche. Puis elle entreprit de défaire la natte qui emprisonnait ses cheveux.

Un matin, alors qu'elle s'apprêtait à frapper chez monsieur Legrand pour lui apporter un panier de framboises, elle avait surpris la femme de Georges Marti, le maître mineur, à la toilette. Les Marti habitaient sur le même palier que l'ingénieur et Georges avait dû mal fermer sa porte en partant travailler. Par l'entrebâillement, Félicie avait aperçu la Marie en jupon et caraco, debout devant le petit miroir rond fixé à la poignée de la fenêtre, en train de brosser sa longue chevelure. Des épingles plein la bouche, elle fixait son reflet les sourcils froncés, roulant ses mèches une à une en un chignon serré, indifférente à la beauté sauvage de la toison de jais qui cascadait sur ses épaules et jusqu'au milieu de son dos. Félicie était restée fascinée par ces vagues souples et luisantes qui ondulaient à chaque mouvement au point d'en sembler vivantes. On avait envie d'y plonger les mains, d'en éprouver le poids sur sa nuque, de les laisser couler entre ses doigts, de caresser leurs longueurs soyeuses jusqu'à la pointe… mais pas la Marie. En quelques gestes précis, elle avait discipliné toute cette liberté émouvante qui ne lui avait arraché qu'un soupir agacé lorsqu'une boucle sagement lissée derrière l'oreille lui avait échappé. Félicie l'avait plainte de rester aveugle à une telle splendeur. Cette nuit, elle ferait en sorte qu'Abe ait les yeux bien ouverts.

Le léger grincement familier de la porte ouvrant sur le dehors. Un pas lourd, un peu traînant qui remonte vers elle. Une semelle qui dérape sur des graviers. Abe en tient une bonne ce soir. Tant mieux ! Ce sera d'autant plus facile. Elle attend qu'il arrive à sa hauteur pour lancer dans ses jambes un petit caillou rond. Pas pour le blesser. Pas encore. Juste pour qu'il se retourne et la découvre contre son mur, baignant dans un rayon de lune. Qu'il ait l'impression de la surprendre.

Le caillou, trop bien ajusté, heurte son genou et le fait trébucher. Il se rattrape de justesse en jurant entre ses dents. Ce faisant, il pivote, aperçoit Félicie. Il plisse ses paupières, passe une main incertaine sur ses yeux comme pour dissiper les brumes d'alcool qui troublent sa vue. Elle attend.

Un sourire étire lentement les lèvres d'Abe. Son instinct de chasseur s'est réveillé. Elle ne bouge toujours pas. On pourrait la croire tétanisée par cette rencontre. Ses cheveux répandus dissimulent une partie de son visage, lui donnant un air effarouché de biche aux abois. Abe se sent de plus en plus sûr de lui. Il rajuste ses bretelles à tâtons, roule un peu des épaules, prêt à bondir. Que les hommes sont stupides ! Et si prévisibles ! Félicie recule de deux pas, sans le lâcher des yeux. Il avance d'autant. Le poisson est ferré. C'est presque trop facile. Félicie bat en retraite de l'autre côté de l'abattoir. Il se précipite, le souffle court. Elle le laisse s'approcher puis, dès qu'il croit la rejoindre, elle s'enfuit encore. Attrape la souris, vilain matou. Regarde, je suis à ta portée. Tanguant un peu sur ses jambes, il part à sa poursuite. Il l'appelle, la voix pâteuse :

— Tu y as pris goût, hein, petite allumeuse. Tu en redemandes. Attends que je te mette la main dessus !

Elle ne répond pas et court se cacher derrière un pin. Elle enserre l'écorce rugueuse. La résine ambrée colle à ses paumes. Elle entend Abe glisser sur les aiguilles sèches, s'affaler sur le derrière puis se remettre sur pied en s'y reprenant à deux fois. La convoitise et l'ivresse le font bégayer :

— Où... où es-tu ? Montre-toi, je sais que... que tu es là !

Obligeamment, elle se montre. Il se rue sur elle, de plus en plus émoustillé. Elle tourne autour des troncs. Il perd la tête, jette ses bras au hasard, de gauche et de droite, en aveugle. Elle se baisse, évite une main qui cherche à la saisir. Il se rue sur ses talons. Elle esquive encore. Il n'attrape que son ombre.

— Coquine, proteste-t-il, ne crois pas m'échapper... je te suivrai jusqu'au bout !

J'espère bien. Allez, viens, la souris n'est pas celle que tu crois.

De volte en reculade, elle l'entraîne mètre après mètre vers le terminal du câble aérien. Sobre, il se méfierait ; mais l'alcool et le désir brouillent son esprit : il suit. Félicie remarque les gestes de moins en moins précis, le pas de plus en plus hésitant. Elle se glisse entre les poteaux qui soutiennent la passerelle d'arrivée des bennes. Dessous, l'obscurité est encore plus noire, impénétrable. Mais Félicie n'a pas besoin de ses yeux. Elle se meut dans la forêt touffue des piliers comme en plein jour. Il n'en est pas de même pour Abe. Elle l'entend se cogner et jurer derrière elle. Encore un effort, mon bonhomme. On y est presque.

Il arrive près du trou maçonné, profond d'une quinzaine de mètres, qui abrite le contrepoids du câble. Il commence à fatiguer, titube un peu. Il est passé devant elle sans la voir. Elle imagine son dos large, ses épaules un peu voûtées pour ne pas heurter du front le plancher de bois au-dessus de sa tête. Elle bondit, pousse de toutes ses forces, les paumes bien à plat, au niveau des reins. Abe lance un cri inarticulé, comme étonné. Puis un choc sourd dont l'écho se prolonge le long des parois cimentées. Et plus rien.

Félicie attend. Elle retient son souffle pour percevoir le moindre gémissement. Seul le silence monte du trou. Abe pourrait n'être qu'assommé, mais elle sait qu'il est mort. Elle fouille dans la ceinture de son pantalon à la recherche du *ramellet* qu'elle a confectionné en prévision de ce moment. Elle le jette dans le trou.

— Bonheur et longue vie à toi, sale punaise !

Le viol, j'aurais pu le supporter, tenir le coup encore. J'ai surmonté bien d'autres épreuves, et d'autres m'attendent sans doute. Mais tu n'aurais jamais dû parler au père sur ce ton, l'obliger à ramper devant toi, le traiter comme un chien, une larve. Avec toi, il touchait le fond. Et ça, je ne pouvais pas l'accepter.

10

Ils mirent trois jours à retrouver le corps.

Le lendemain matin, Félicie était retournée à sa distribution de carbure comme si rien ne s'était passé. Ou plutôt si : elle se sentait plus légère, libérée. C'était peu mais cela suffisait à tout changer. Elle avait écouté sans broncher les autres mineurs qui faisaient la queue devant la cabane en planches discuter de la disparition du « grand artificier ». Pour l'heure, les commentaires étaient légers : la fête, la veille, avait été encore plus folle que les années précédentes, et on le suspectait de cuver son vin au fond d'une grange – à moins que ce séducteur impénitent n'eût trouvé refuge dans le lit d'une demoiselle esseulée. On faisait des paris, gageant qu'on le verrait réapparaître avant midi. « La queue entre les jambes », avait finement ajouté Fabre, rigolard, ce qui avait fait se tordre de rire tous ses camarades… sauf ceux de Valmanya qui avaient une ou plusieurs filles en âge de se laisser séduire et comptaient bien les interroger dès leur retour au logis, le soir même !

Midi était passé sans qu'on eût de nouvelles du Lorrain. Les histoires salaces fusaient autour du casse-croûte. La bouche pleine, on rapportait les aventures réelles ou supposées de ce grand pendard d'artificier qui ne mettait pas le feu qu'aux poudres. Marti, le maître mineur, s'était contenté de le porter pâle en jurant de lui passer à son retour un savon dont il se souviendrait. Mais personne n'était encore inquiet.

Au changement d'équipes, en milieu d'après-midi, on commença à parler d'accident. Abe, qu'on avait vu beaucoup boire le soir de la Saint-Jean, plus que d'habitude au dire de certains, avait-il fait une chute en remontant à la mine ? Et s'il s'était brisé une jambe en tombant sur un rocher ? Et s'il gisait inconscient au creux d'un torrent ?

Ceux de l'équipe du matin qui redescendaient sur Valmanya et Los Masos promirent de sonder les ravines en contrebas du sentier. Ceux de la Bastide s'engagèrent à faire de même. Certes, on voyait mal pourquoi Abe serait allé faire un détour pareil, mais savait-on jamais ?

Félicie, le front sagement penché sur ses registres, ne perdait rien de leurs conciliabules. Personne n'avait songé à l'interroger. Pourquoi l'auraient-ils fait ? A leur connaissance, elle n'avait aucun rapport avec le disparu. C'est son père qui passait ses soirées à boire avec lui, pas elle. D'ailleurs, à courir la montagne comme elle en avait l'habitude, elle n'était jamais là en dehors de ses heures de travail dans la cabane en planches.

Ils s'étaient donc égaillés, se séparant pour suivre tous les chemins possibles d'ici au village.

Se replongeant dans ses colonnes de chiffres et ses opérations, Félicie s'était dit que peut-être on ne retrouverait jamais le cadavre de ce rat infâme. Qui penserait à regarder dans le trou du contrepoids du câble, sous la passerelle où personne n'allait jamais ? Abe pourrirait jusqu'à ne plus être qu'un amas d'os blanchis et retournerait sans bruit à la poussière dont il n'aurait jamais dû sortir. Ce serait comme s'il n'était jamais venu jusqu'à la Pinouse, comme s'il n'avait jamais existé.

C'était compter sans le père. En fouillant dans ses souvenirs embrumés de la veille, il s'était souvenu que son

« fidèle ami » l'avait ramené jusque dans son lit où il l'avait laissé ronfler après lui avoir enlevé ses chaussures. C'était la dernière chose qui était restée imprimée dans sa mémoire : Abe le déchaussant, et le bruit des brodequins tombant sur le plancher. Les autres lui avaient fait remarquer qu'il se trompait peut-être de nuit : combien de fois, ces dernières semaines, le Lorrain avait-il ramené le Polyte jusqu'au dortoir ? Il devait confondre. Mais le père n'en démordait pas. Il entendait encore le son mat de ses chaussures heurtant le sol au pied du lit : Abe était remonté à la Pinouse la veille. Ignorant les quolibets que suscitaient ses certitudes d'ivrogne, il s'était entêté, allant même pour la première fois de sa vie toquer à la porte de monsieur Legrand pour exiger des recherches dans la cité minière même.

L'ingénieur était très ennuyé. Pendant les hostilités, la *Pinosa* était placée sous commandement militaire et s'il téléphonait à Amélie-les-Bains pour prévenir monsieur Voisin, nommé directeur de la mine depuis que l'an passé les frères Valentin avaient cédé la concession à une société dont ils étaient les principaux actionnaires, celui-ci serait dans l'obligation d'en faire part au colonel de Choulot, chargé du secteur. Il y aurait enquête, et monsieur Legrand ne tenait pas à voir des uniformes rôder à la Pinouse plus qu'il n'était nécessaire. La dernière fois que les militaires étaient montés jusqu'ici à la suite d'un règlement de compte qui avait laissé un Tchèque sur le carreau, la tête fendue, leurs capotes bleu horizon bien propres et leurs bandes molletières impeccablement enroulées autour de leurs jambes leur avaient valu de se faire traiter vertement de « planqués » par les mineurs qui avaient un frère ou un fils au front. On avait frôlé la bataille rangée et l'ingénieur avait dû intervenir pour éviter que les plus virulents ne soient arrêtés. Il valait donc mieux essayer de régler cette affaire sur place. Après tout, ledit Abel était porté absent depuis moins de vingt-quatre heures et on s'inquiétait peut-être pour rien. Si les recherches le long du trajet qu'il avait pu emprunter n'aboutissaient pas, on réunirait une équipe de volontaires pour fouiller les bâtiments et les environs le lendemain matin.

Le ratissage du terrain n'ayant, bien évidemment, rien donné malgré les efforts déployés par les hommes de la vallée – Péric Marfin se signalant par des acrobaties périlleuses pour fouiller jusqu'aux recoins les plus inaccessibles –, monsieur Legrand rassembla donc une douzaine de gaillards dont les équipes pouvaient se passer pour visiter tous les bâtiments et les installations techniques. Quelqu'un penserait-il au contrepoids ?

De son petit bureau dans la cabane en bois, Félicie guettait les cris qui ne sauraient manquer de saluer la découverte du corps.

L'idée ne vint au jeune Péric, encore lui, que le lendemain.

Félicie, cédant à la curiosité, avait quitté sa cabane pour suivre l'avancée des recherches. Sa présence ne risquait pas d'attirer l'attention, tous les habitants de la Pinouse qui ne travaillaient pas étaient eux aussi dehors pour encourager les chercheurs. Même les Chinois, toujours en groupe, étaient de sortie. Les femmes bavardaient en équeutant les haricots et en épluchant les pommes de terre et les enfants trop jeunes pour aller à l'école jouaient les mouches du coche, grimpant sur les wagonnets qui continuaient à aller et venir sur les rails pour voir « s'il n'y avait pas un mort dedans » ! Désiré, le fils aîné des Casso, s'essayait à construire un modèle réduit du câble aérien en faisant glisser sur un fil de fer tendu entre deux bâtons fichés en terre des boîtes de sardines remplies de gravier. Abdon, son petit frère qui allait sur ses deux ans, battait des mains en regardant les boîtes tanguer avant de verser, déséquilibrées par le poids du gravier. La plus grande partie de la semaine, il était en nourrice chez Hortense Garrigue à Valmanya, sa mère étant trop occupée dans sa cantine pour s'en occuper, mais après la fête de l'avant-veille son père l'avait ramené à la mine pour quelques jours.

Etait-ce de voir ce funiculaire miniature ? Péric se dirigea sans hâte vers la passerelle de départ des bennes. Il semblait songeur. Tout en faisant mine d'admirer l'œuvre du petit Casso, Félicie retenait son souffle. L'aide du forgeron longea le ponton sur toute sa longueur puis, s'asseyant sur le rebord de la passerelle, il se glissa dessous. Personne à part Félicie n'avait remarqué son manège. Elle se détourna et s'accroupit à côté de Désiré, interloqué. Du doigt, elle équilibra machinalement le chargement d'une boîte de sardines qui gîtait dangereusement, l'oreille aux aguets. Il allait crier. Son cœur battait à coups redoublés. Qu'attendait-il, bon sang ! Elle ferma les yeux pour mieux entendre le moindre bruit en provenance du ponton. A présent elle avait hâte qu'on en finisse.

Enfin l'appel retentit. Les paroles étaient confuses, trop entrecoupées pour être compréhensibles, mais l'urgence du ton ne laissait aucun doute. Il l'avait trouvé.

Ce fut la ruée. Ne pas suivre le mouvement aurait paru suspect ; Félicie se laissa emporter par la foule vers la passerelle où les bennes lourdes de minerai continuaient leur noria inlassable. Sans savoir comment, elle se retrouva au premier rang des curieux qui faisaient cercle autour d'un Péric Marfin blême. Monsieur Legrand, qu'on avait immédiatement averti, accourut, suivi de Marti, le maître mineur. Celui-ci s'était muni de sa lampe à carbure et, baissant la tête, ils se faufilèrent entre les piliers pour examiner de plus près ce que Péric avait aperçu dans la pénombre.

Lorsqu'ils ressortirent, clignant des yeux au soleil de midi, leurs visages graves étaient plus éloquents qu'un long discours. Un murmure d'excitation horrifiée parcourut la foule qui avança encore un peu plus près. Il n'est pas de spectacle plus fascinant que la mort. Quelques mères rappelèrent cependant leurs rejetons, mais ceux-ci, rapides comme des furets, s'enfuirent à quatre pattes entre les jambes des grands et elles menacèrent en vain.

Pendant ce temps, monsieur Legrand avait donné des ordres. On apporta des cordes et une civière. Jérémy Martre, le chef de poste, partit vers le bureau de l'ingénieur téléphoner à Vinça pour demander au docteur de monter d'urgence. Sait-on jamais ?

Il ne fallut pas moins de trois hommes pour hisser le corps d'Abe à la surface. Il s'était coincé entre le contrepoids et la paroi maçonnée et il fallut que Péric, qui était le plus mince et le plus souple, descende lui passer une corde sous les aisselles afin qu'on puisse le dégager. L'opération fut longue et désagréable : la mort avait raidi ses membres et on entendait les articulations craquer et les pierres racler la peau froide tandis que deux « gros bras », un Polonais prénommé Stéfan et le frère de Lucien Mary, tiraient sur la corde de toutes leurs forces pour l'extraire du piège qui s'était refermé sur lui. Mais personne ne bougea. Pas question de céder sa place. Félicie, écœurée par l'attente avide qui faisait frémir les rangs autour d'elle, aurait bien tourné les talons, mais ce n'était pas le moment de se signaler à l'attention générale. Ils avaient tous les yeux rivés sur le cadavre qu'on venait d'étendre précautionneusement sur la civière et personne ne faisait attention à elle. Pourvu que cela dure ! S'ils pouvaient même oublier sa présence au milieu d'eux, ce serait encore mieux. Là, Félicie se retrouvait en terrain familier : se rendre invisible, elle savait faire ! Le visage impénétrable, sans paraître s'y intéresser plus que cela, elle regarda donc avec les autres monsieur Legrand fermer les paupières d'Abe sur ses prunelles vides. Le père de Zoé Valverde était retourné téléphoner au bureau de poste de Baillestavy pour qu'on intercepte le docteur. Ses services n'étaient plus requis ; nul besoin d'avoir fait des études de médecine pour se rendre compte qu'il n'y avait plus rien à faire depuis longtemps.

Penché sur le corps, monsieur Legrand examinait la base du crâne poissée de sang :

— En tombant, commenta-t-il à haute voix, il a violemment heurté la paroi. Et s'il n'était pas déjà mort en arrivant au fond, le contrepoids, en faisant pression sur sa poitrine, a fini de l'étouffer.

Il retourna les mains flasques qui pendaient de chaque côté de la civière :

— En tout cas, il n'était pas conscient. Il aurait essayé de se dégager et ses doigts, ses paumes porteraient les marques de ces vains efforts pour agripper une aspérité, un point d'appui... Or je ne vois pas la moindre égratignure.

Il laissa retomber les mains inertes puis, après réflexion, souleva respectueusement les bras ballants d'Abe pour les croiser sur sa poitrine, ainsi que ces gisants de pierre qu'on pouvait voir dans l'abbaye dédiée à saint Martin, sur l'autre versant du Canigou.

— Il n'y a aucune trace de lutte. D'ailleurs, pourquoi l'aurait-on agressé ? Il avait les poches vides en revenant de la fête ; il n'y avait rien à voler.

Il se releva avec un soupir :

— Il s'agit de toute évidence d'un stupide accident. Il était ivre et il aura glissé. Quant à savoir ce qu'il allait faire sous la passerelle, en pleine nuit, nous n'aurons sans doute jamais la réponse !

Il fit signe aux deux costauds d'enlever le corps. Avec la chaleur de juin, il allait falloir l'enterrer vite. Dans l'après-midi si possible. Il y avait un coin derrière la casemate aux explosifs où on inhumait les ouvriers qui venaient de trop loin pour que la famille vienne chercher le corps. Il faudrait prévenir par courrier celle d'Abe, s'il en avait. Cette corvée n'enchantait pas l'ingénieur mais du moins le décès n'était pas suspect et il n'aurait pas à en référer aux autorités militaires, c'était déjà ça !

Comme Stéfan et le frère de Lucien Mary soulevaient la civière, le corps glissa légèrement de côté et la chemise ouverte sur la poitrine immobile laissa apparaître quelques feuilles un peu fripées. Marti, intrigué, tira délicatement dessus.

— Un *ramellet* ! s'exclama-t-il en fronçant ses sourcils broussailleux.

Il examina le bouquet avec une grimace :

— Il n'est même pas complet : il y manque l'immortelle et l'orpin, l'herbe de vie.

Félicie sentit son sang se glacer dans ses veines. Tout le monde savait qu'elle s'était fait une spécialité de ces *ramellets* de bonne aventure.

Mais Marti reposait déjà le bouquet sur le corps.

— Il a dû le faire lui-même. Pauvre vieux, cela ne lui aura pas porté chance !

Un murmure d'approbation parcourut l'assistance. Les hommes se découvrirent. Les femmes se signèrent. Puis, sa curiosité satisfaite, chacun retourna vaquer à ses occupations. Abe serait vite oublié !

Félicie, soulagée, s'apprêtait à aller retrouver ses registres, quand elle sentit un regard peser sur elle avec insistance. Relevant la tête, elle rencontra une paire d'yeux noirs, à peine visibles sous les paupières fendues.

Laissant pour une fois ses compatriotes s'éloigner sans lui, un des Chinois s'attardait près du ponton. C'était un des plus jeunes, si tant est qu'on puisse leur donner un âge. Immobile dans ses vêtements de travail de coutil bleu, le visage impassible, il fixa Félicie un moment en silence avant de se détourner pour rejoindre les autres.

Il sait. Je ne sais pas comment, mais il sait. Il a compris ce que j'ai fait. Pourquoi n'a-t-il rien dit ? Qu'attend-il ? Peut-être a-t-il peur de ne pas être cru. Les gens d'ici se méfient des Chinois encore plus que de moi ! Mais pourquoi me regarder ainsi ? C'est évident : pour que je sache qu'il sait. Alors qu'attend-il de moi ? Comment savoir, avec ces fichus masques aux yeux bridés qui ne laissent rien transparaître de l'homme qui est dessous !

11

Le Chinois se laissa glisser le long du rocher et reprit pied dans l'herbe, tout en souplesse. Il avait une démarche de chat. Il levait à peine les genoux et ses pieds semblaient collés au sol. Pourtant, même en brodequins, il ne faisait pratiquement aucun bruit et Félicie elle-même devait tendre l'oreille pour percevoir le frôlement de ses semelles sur le sol. Elle baissa la tête et se coula entre deux buissons : il ne fallait pas qu'il se rende compte qu'elle le suivait.

Il s'appelait Luc. Un prénom inattendu pour quelqu'un qui venait de si loin. Au début, elle avait cru qu'elle ne saurait pas le reconnaître au milieu des autres. Ils semblaient tous sortis du même moule : plutôt petits et secs, voire fluets, ils arboraient un visage lisse, sans l'ombre d'un poil de barbe, aux pommettes marquées et aux yeux étirés vers les tempes sous un casque de cheveux noirs aussi raides que du crin de cheval. En dehors de ces considérations physiques, si certains les trouvaient hautains et arrogants pour leur répugnance à se mêler aux autres, tout le monde à la Pinouse convenait qu'ils étaient uniformément respectueux, disciplinés et travailleurs, si bien que monsieur Legrand se félicitait tous les jours d'avoir eu l'idée de télégraphier à son cousin missionnaire. Comme, en plus, ils se déplaçaient toujours en groupe, on ne prenait même pas la peine de les distinguer les uns des autres. On disait « les Chinois » même quand d'aventure il n'en passait qu'un seul. Pourtant, en les observant à la dérobée, Félicie avait découvert avec stupeur qu'ils avaient chacun leur personnalité et qu'ils ne se ressemblaient pas plus que les nombreux membres de la tribu Marfin de Los Masos. Il suffisait d'y regarder de plus près, ce qu'elle n'avait jamais eu l'idée de faire jusqu'ici.

Celui qui l'avait fixée près de la passerelle, celui qui savait pour la mort d'Abe, était effectivement le plus jeune ; elle l'avait vérifié sur les registres après avoir sondé discrètement monsieur Legrand. C'est ainsi également qu'elle avait appris qu'il s'appelait Luc. Elancé, il souriait peu mais ne semblait pas triste pour autant. Il parlait encore moins. Non qu'il soit stupide, bien au contraire. Il regardait, écoutait, retenait. Attentif.

C'est pour cela que Félicie était sûre qu'il savait. Elle l'avait lu dans son regard. Mais pourquoi diantre se taisait-il ? Elle butait toujours sur la même question : qu'avait-il derrière la tête ?

Les premiers jours, elle était persuadée qu'il attendait l'occasion de la dénoncer. Peut-être avait-il encore du mal avec la langue française – comment savoir, puisqu'il parlait si peu ? – et préparait-il les mots et les phrases pour l'accuser ? A moins qu'il n'eût voulu prendre d'abord l'avis de ses compagnons, n'osant faire seul la démarche ? Dans la cabane en planches où elle continuait à travailler tous les jours, elle avait déplacé sa chaise de façon à pouvoir surveiller la porte du bureau de monsieur Legrand par la petite fenêtre. Mais aucun Chinois n'avait fait seulement mine de s'en approcher. Faire éclater la vérité n'était donc pas le but qu'il recherchait. Mais alors, quel était-il ? Envisageait-il de lui demander de l'argent en échange de son silence ? Ou, pire encore, d'obtenir par le chantage ce qu'Abe avait pris de force ? Encore aurait-il fallu pour cela qu'il vienne lui parler, ou du moins lui fasse passer un message ! Mais rien. Il savait et se taisait.

Les autres mineurs avaient admis la thèse de l'accident sans sourciller. Félicie avait misé là-dessus. Elle avait pensé au début se débarrasser d'Abe en mélangeant de la ciguë aux inoffensifs *coscolls* qu'on mangeait en salade ; les feuilles se ressemblaient beaucoup et l'artificier, qui n'était pas d'ici, n'aurait su faire la différence. Seulement, outre qu'il pouvait partager sa salade avec d'autres, à commencer par le père, une mort par empoisonnement aurait aussitôt dirigé les soupçons sur Félicie. Alors qu'un « accident », c'était l'idéal. Ils étaient chose courante à la mine : un explosif mal réglé, un éboulement, une chute dans une descenderie estropiaient ou tuaient de temps à autre. C'étaient les risques du métier et on n'allait pas s'en plaindre alors qu'à Verdun nos soldats se faisaient déchiqueter pour quelques mètres de terrain qui de toute façon seraient repris le lendemain ! Même le père s'était fait une raison. Après l'enterrement, sommaire, il s'était saoulé en solitaire, peut-être pour oublier son chagrin, à moins que ce ne fût pour rendre hommage à son « ami » disparu. Et puis il avait repris ses habitudes, travaillant le jour, s'enivrant le soir, frappant sa fille quand il ne tenait plus sur ses jambes… comme avant, comme toujours. Félicie, qui était retournée à ses escapades nocturnes, au grand dam de Néro, aurait dû être soulagée de renouer ainsi le fil de sa vie. Mais il n'en était rien. Elle se sentait prise au piège par ce Chinois, ce Luc. Doublement.

D'abord, sans même la connaître, il l'avait percée à jour, comme s'il lisait dans ses pensées. Balthazar lui-même, à qui elle ne pouvait cacher grand-chose, n'avait rien deviné lorsqu'elle lui avait parlé de « l'accident » de la passerelle. Mais bien sûr, il n'était pas là lorsqu'on avait remonté le corps du Lorrain. Le Chinois avait trouvé du premier coup le défaut de la cuirasse qu'elle s'était patiemment forgée au fil des années. Sans cette protection qui lui avait permis de survivre, elle se sentait terriblement vulnérable, fragile, et cette sensation la terrifiait.

En plus, ce Luc dont elle ne savait rien mais qui pouvait tout savoir d'elle la tenait à sa merci. Jusqu'ici, il n'avait pas parlé, mais cela durerait-il ? Il pouvait très bien, quand l'envie l'en prendrait, aller tout raconter à monsieur Legrand. Bien sûr, il n'avait pas de preuve : le bouquet fatidique avait été inhumé avec le cadavre et, de toute façon, personne ne pouvait prétendre l'avoir vue le vendre à Abe. L'ingénieur ne croirait pas le Chinois simplement sur parole. Mais l'idée que le seul homme, en dehors du père, pour lequel elle éprouvait respect et même affection ici, à la mine, pût prêter l'oreille à de telles accusations lui était intolérable. Elle refusait que la confiance qu'il avait en elle fût ne serait-ce qu'ébranlée, ternie. Balthazar, qui vivait depuis si longtemps en marge, aurait pu comprendre qu'elle avait obéi à une loi supérieure et naturelle afin de se protéger, et surtout protéger le père. Mais monsieur Legrand ne connaissait que la loi républicaine. Si le doute l'effleurait...

Cette épée de Damoclès suspendue au-dessus de sa tête lui pesait de plus en plus au fur et à mesure que l'été avançait. Même la montagne ne lui apportait pas son réconfort habituel. Et les vers de monsieur Hugo qui lui venaient à l'esprit n'avaient plus rien de jubilatoire :

Caïn, ne dormant pas, songeait au pied des monts.
Ayant levé la tête, au fond des cieux funèbres
Il vit un œil, tout grand ouvert dans les ténèbres,
Et qui le regardait dans l'ombre fixement.

Comment n'y avait-elle pas pensé avant, elle qui connaissait par cœur toute *La Légende des siècles* ? Après l'assassinat de son frère, Dieu avait envoyé un œil poursuivre Caïn jusqu'au bout du monde, jusqu'au fond du tombeau. Elle aussi avait immolé un Abel, même si ce rat lubrique n'avait rien de commun avec l'innocent berger de la Bible, et les yeux énigmatiques du Chinois étaient là pour le lui rappeler, toujours, où qu'elle aille. C'était son châtiment.

Et, comme il s'asseyait, il vit dans les cieux mornes
L'œil à la même place au fond de l'horizon.

Mais Félicie n'était pas de celles qui se laissaient aussi facilement vaincre par le destin ; elle l'avait déjà prouvé. Et puis, contrairement à Caïn, sa conscience ne la tourmentait pas : elle avait fait ce qu'il fallait, elle n'avait pas le choix. Elle apprivoiserait ces yeux qui la poursuivaient.

C'est alors qu'elle avait décidé d'en apprendre davantage sur le Chinois.

Elle avait inversé les rôles : au lieu de l'éviter, elle avait commencé à suivre le dénommé Luc dès qu'elle avait un instant de libre. Le blé et le seigle étaient mûrs dans la vallée et les hommes de Valmanya ne s'attardaient pas au sortir de la mine ; ils descendaient le plus vite possible pour moissonner leurs champs. Certains pensionnaires de la *Pinosa*, les Espagnols en particulier, les accompagnaient pour leur prêter main-forte. Les bras des jeunes gens mobilisés manquaient cruellement. Ceux du 53e notamment étaient comme tant d'autres à Verdun où ils défendaient le fort de Vaux sous un déluge de feu qui ne semblait pas près de se tarir. Germinal Boher en était revenu la moitié du visage arrachée et une jambe coupée au-dessous du genou. Qu'en serait-il des autres ? C'est dire si le renfort des ouvriers ibériques était apprécié.

Entre ceux qui étaient au fond et ceux qui étaient aux champs, les ruelles de la cité minière étaient donc quasiment désertes dans la journée, surtout pendant les heures chaudes durant lesquelles les mères gardaient les enfants en vacances au frais, dans les appartements. Il n'était par conséquent pas difficile de repérer ce que faisaient les rares hommes à rester sur le site.

A force d'observer ainsi le jeune Chinois, à la dérobée, la crainte qu'il avait pu inspirer à Félicie s'était peu à peu transformée en curiosité. D'abord, contrairement à ce qu'elle avait pu imaginer, il s'isolait volontiers des siens. Les premières fois qu'elle avait surpris sa présence, de loin, au détour d'un vallon ou d'un sentier, elle avait cru qu'il était sur ses traces et cherchait à l'espionner. La vérité était beaucoup plus simple : il aimait lui aussi marcher seul dans la montagne. Mais qu'allait-il y faire ? Il portait toujours sur l'épaule un sac de toile. Cueillait-il, lui aussi, les herbes qui soignent ? Les mêmes que celles qu'elle connaissait, ou d'autres qu'on n'utilisait qu'en Asie ?

C'était pour le découvrir que ce matin du 15 août elle s'était postée à la lisière des premiers sapins. Cette année, Louis Paret, le curé de Rigarda, était monté célébrer la messe de l'Assomption à Valmanya, et les mineurs avaient mis la chemise blanche et la cravate pour descendre de bon matin à l'église. Seuls restaient en haut les plus virulents des « bouffeurs de curé » comme Fabre, et bien sûr les Arabes et les Chinois. Quant à Félicie, sa présence n'était pas franchement souhaitée à l'office depuis le jour où, en pleine leçon de catéchisme, elle avait osé prendre la défense de Judas. Après tout, c'était Jésus lui-même qui l'avait choisi en toute connaissance de cause pour être l'instrument de

Son destin. Si Judas n'avait pas été là ou s'il s'était dérobé, il n'y aurait eu ni rédemption des péchés ni Résurrection ! Le père Paret l'avait dévisagée comme si elle était le diable en personne et elle avait bien cru qu'il allait avoir une attaque. Elle s'était entendu accuser de blasphème et de sacrilège, et son éducation religieuse s'était arrêtée là. Elle avait neuf ans. Depuis, elle fuyait les églises où les hommes avaient enfermé un Dieu qu'elle ne reconnaissait pas. Le sien était dans le murmure du vent dans les arbres et la cascade cristalline de l'eau des torrents, dans la colère de l'orage sur la montagne et les ombres étirées et paisibles d'un soir d'été. Elle admirait sa puissance qui n'avait d'égale que sa magnanimité : n'épargnait-il pas la race des hommes qui s'était déjà signalée par tant de vices et de crimes et aurait mérité pour cela cent fois d'être exterminée ? L'humanité ne devait sa survie, Félicie en était persuadée, qu'à l'existence de grands esprits et de grandes âmes comme monsieur Hugo, ces justes qui avaient manqué à Sodome pour être sauvée.

Dissimulée derrière les branches basses d'un sapin, elle se récitait des vers pour tromper son impatience, mais elle n'avait pas eu longtemps à attendre : Luc avec son sac était apparu et, après un détour par la fontaine pour s'asperger le visage et faire provision d'eau, avait pris la direction de l'Estanyol.

Il faisait de plus en plus chaud au fur et à mesure que le soleil d'août approchait du zénith, mais le Chinois ne paraissait nullement incommodé par la chaleur. Il ne transpirait même pas : aucune auréole sombre ne marquait le dos de sa chemise ou le dessous de ses bras. Il progressait toujours tel un félin à travers les vastes étendues d'herbes rases que les maigres buissons n'arrivaient pas à ombrager. Si on en croyait les anciens qui parlaient d'un temps qu'eux-mêmes n'avaient pas connu, la forêt recouvrait autrefois le massif jusqu'à la limite des rochers. Mais les coupes de bois pour la construction des maisons ou la fabrication du charbon ainsi que les troupeaux qu'on y menait paître avaient peu à peu fait reculer les arbres. Ces messieurs des Eaux et Forêts essayaient à présent d'en replanter pour éviter les coulées de boue et les avalanches qui dévalaient périodiquement les versants dénudés, menaçant d'engloutir mas et villages. Il était interdit de rien abattre sans leur autorisation. Malheur à celui qui prenait sa hache et sa scie pour remplacer une poutre défaillante dans la grange ou l'étable : les « policiers verts » avaient le droit de rentrer jusque dans sa maison pour le confondre, débris d'écorce et sciure à l'appui. L'amende encourue était conséquente mais ne décourageait personne : où trouver le bois qui convenait, si ce n'était en montagne ?

L'air surchauffé embaumait. Les grands lys martagons rose vif, les gentianes jaune soufré et les centaurées bleu pâle posaient des taches de couleur dans l'herbe. Les insectes crissaient et bourdonnaient en chœur. Félicie regardait où elle posait les pieds : c'était un coin à vipères et elle préférait éviter de marcher sans le vouloir sur la queue d'un serpent faisant sa sieste entre deux pierres.

Luc était passé devant la cabane forestière de l'Estanyol sans s'arrêter. Il grimpa sur quelques dizaines de mètres le sentier qui continuait vers le ravin de Font Frède, puis s'arrêta. Félicie fit un grand détour sur sa gauche pour éviter d'être découverte. Accroupie derrière un rocher, elle le vit s'asseoir contre un talus en pente douce. Il était de dos et elle n'arrivait pas à saisir ce qu'il était en train de faire. Il semblait tirer quelque chose de son sac, mais impossible de distinguer quoi. Elle hésitait à se rapprocher. Et s'il allait se retourner ? Elle voyait sa tête se lever et s'abaisser à intervalles réguliers et son bras droit se mouvoir en petits gestes précis dont elle ne discernait pas l'objet. La curiosité la dévorait. Comment pourrait-elle mieux voir sans se faire voir ?

— Votre position ne doit pas être très confortable. Vous devriez venir vous asseoir ici, la vue est magnifique.

Il avait parlé sans se retourner, sans cesser ce qu'il avait entrepris. Comment l'avait-il repérée ? C'était la première fois qu'elle entendait sa voix et la surprise la cloua un instant sur place : il s'exprimait dans un français très correct, châtié même, et sa langue qui gommait les aspérités des « r » lui faisait la parole douce, transformant la plus ferme des injonctions en gracieuse invitation.

Viendra-t-elle ? Je la sens encore hésiter mais je sais qu'elle est prête. Elle n'a plus peur de moi. L'envie de savoir est la plus forte. La fille de la montagne n'est pas comme les autres ici : elle est curieuse de tout. Elle va venir.

12

Il dessinait. Pas avec des crayons, mais avec un pinceau mouillé qu'il frottait contre une pierre sombre posée par terre à côté de lui. Puis, légère comme un papillon, sa main virevoltait au-dessus de la feuille de papier, posant çà et là des lignes et des virgules à l'encre noire. Félicie se pencha, fascinée. C'était le Canigou mais comme elle ne l'avait jamais vu : épuré, allégé, magnifié. Les détails enlevés, ne restait plus qu'un élan puissant et irrésistible vers le ciel. Au premier plan, une branche de sapin griffait le papier de ses aiguilles. Félicie n'en croyait pas ses yeux.

D'une dernière caresse de son pinceau sur la feuille, le Chinois ombra délicatement un versant de la montagne, souffla dessus pour sécher l'encre, puis tendit le dessin à Félicie.

Emue de ce cadeau inattendu, elle voulut dire merci, mais il la devança.

— C'est à moi de vous remercier, protesta-t-elle, interloquée.

— Dans mon pays, celui qui offre remercie celui qui reçoit le cadeau pour lui avoir procuré le plaisir de le lui offrir.

Elle aurait voulu en savoir davantage sur ces étranges coutumes, mais c'est une autre question qui jaillit, presque malgré elle, de sa bouche :

— Vous vous appelez vraiment Luc ? Ce n'est pas un nom très oriental.

Il avait commencé à esquisser un autre paysage. Malgré son incongruité, la question ne parut pas le surprendre. Tout en traçant d'un souple coup de poignet les troncs noirs des sapins sur le versant d'en face, il répondit :

— Mon vrai nom est Liu. Mes parents étaient pauvres et ils m'ont confié à la Mission pour que je reçoive une éducation.

Voilà donc pourquoi il parlait si bien le français !

— Lorsqu'ils m'ont baptisé, poursuivait-il en arrondissant un superbe soleil dans son ciel de papier, les frères n'ont pas cherché très loin : ils n'ont changé qu'une lettre et je suis devenu Luc.

— Alors vous êtes catholique ? Vous allez à la messe ?

Décidément, elle avait le don de poser des questions stupides aujourd'hui. Il ne sembla pas se formaliser de sa curiosité :

— A la Mission, tous les jours. Mais j'ai cru comprendre qu'à Valmanya les célébrations étaient rares. De plus, on nous a fait sentir que nous n'y étions pas les bienvenus. Il paraît que nous faisons peur.

Il glissa machinalement sa main libre dans l'encolure de sa veste, comme s'il cherchait quelque chose à tâtons. Une médaille ? Un talisman ?

— Alors je me contente de prier, le matin au lever, le soir après le travail. Comme vous, je suppose.

Il avait laissé retomber sa main et continuait son esquisse, le pinceau précis et sûr. La question n'appelait pas forcément de réponse et Félicie aimait autant cela. Les paroles de Luc lui rappelaient trop de souvenirs ; elle n'avait nulle envie de s'étendre sur ses démêlés personnels avec l'Eglise.

Sans relever les yeux, il enchaîna :

— Pardonnez-moi si je suis indiscret mais vous, votre prénom c'est bien Félicie ?

Elle eut un petit rire sans joie :

— D'après mademoiselle Marguerite, il signifie « heureuse », vous imaginez ?

Mais là non plus, ce n'était pas le moment de s'attarder sur cette ironie du sort ; elle brûlait d'envie d'en savoir plus.

— Dans les livres, ils disent qu'en Chine les femmes ont des pieds minuscules, estropiés, et qu'elles ne doivent pas adresser la parole aux hommes. Même pas les regarder. Mes questions ne vous dérangent pas ?

Cette fois, la remarque le fit franchement sourire :

— Vous oubliez que j'ai grandi à la Mission, entouré de moines occidentaux. Je suppose que je ne suis plus tout à fait chinois.

Elle ne se laissa pas décourager :

— Est-ce là-bas que vous avez appris à dessiner ? A la Mission ?

Il suspendit son geste, le pinceau à quelques centimètres de la feuille.

— Le père abbé jouait tous les mercredis au mah-jong avec un artiste de la ville voisine. Ce grand peintre a eu la bonté de me trouver doué et, lors de ses visites hebdomadaires, il a accepté de me donner quelques leçons. Oh, je suis encore fort loin de la maîtrise dont il fait preuve dans son art !

Il inclina légèrement la tête comme s'il rendait hommage à un personnage visible de lui seul. Félicie ne put s'empêcher de protester :

— Moi, je trouve que vous êtes déjà très bon : vous dessinez si bien mes montagnes !

Le pinceau avait repris son gracieux ballet sur le papier. Les yeux fixés sur la cabane qu'il était en train de poser au centre de sa feuille, il répondit :

— Elles me rappellent les miennes. Vous ne connaissez sûrement pas ce nom, mais j'ai grandi près de Guilin, dans le Guangxi, une région connue de tous les peintres chinois. Les têtes rondes et les flancs escarpés des monts qui surplombent la rivière Li sont représentés dans presque toutes leurs œuvres !

Félicie n'avait jamais pensé qu'il pût exister ailleurs des montagnes aussi belles que le Canigou. Sur la défensive, elle rétorqua :

— Si vous vous plaisiez tant là-bas, pourquoi avoir entrepris un si long voyage pour venir jusqu'ici ?

Il posa son dessin terminé dans l'herbe à côté de lui afin que l'encre finisse de sécher au soleil et détacha une autre feuille du cahier qui lui servait d'écritoire, bien calé sur ses genoux. Elle attendit sans s'impatienter ; elle le connaissait à peine et pourtant elle savait déjà qu'il n'était point homme à laisser ses questions sans réponse. Cela lui plaisait.

Il prit le temps de se tourner légèrement vers elle, non pour pouvoir lui parler en face mais pour bénéficier d'une vue différente sur le paysage et exécuter une nouvelle esquisse. Afin de rassembler ses idées peut-être aussi, car lorsqu'il répondit, ses paroles semblaient mûrement réfléchies :

— Mon pays connaît des heures troublées, et cela aussi bien au-dedans qu'en dehors. L'empire du Milieu a perdu peu à peu ce qui faisait sa force et sa richesse jusqu'à disparaître, il y a quatre ans, au profit d'une république bien fragile. Mais les puissances étrangères n'ont pas attendu pour profiter des faiblesses du colosse agonisant : le Japon, notre ennemi héréditaire, s'est emparé de la Mandchourie, la Russie de Sakhaline. Les Anglais, les Français et bien d'autres se sont installés dans le pays pour en drainer toutes les richesses. Dans les campagnes, les brigands imposent leur loi et saignent le peuple à blanc. La Chine n'est plus qu'un cadavre dont les charognards se disputent la dépouille. Les populations affamées rendent les étrangers responsables de leur misère. Quand j'étais enfant, une grande révolte a ensanglanté le pays : les « Poings de justice », que les Occidentaux ont appelés les « Boxers », massacraient tous les étrangers sur lesquels ils pouvaient mettre la main. Je n'avais que six ans mais je me souviens de la devise qui était inscrite sur leur drapeau : *Mié-iang-pao-tsing*, « anéantir l'Européen ». Les puissances concernées ont envoyé des corps expéditionnaires pour protéger leurs ressortissants et mater la rébellion qui nuisait à leurs affaires. Les Poings de justice ont été vaincus. C'est alors que mes parents, croyant que tout était terminé, m'ont confié à la Mission. Mais la situation reste confuse et la haine de l'étranger ressurgit aux premiers troubles. Or le général Shikai, qui est président de notre jeune république, manœuvre actuellement pour rétablir l'empire à son profit. Un nouveau soulèvement est à craindre et le père Hyacinthe a pensé qu'il valait mieux éloigner pour les mettre en sécurité tous ceux qui s'étaient par trop « compromis » avec la Mission. Le télégramme de monsieur Legrand est arrivé à point nommé : les frères ont rassemblé les anciens élèves de l'école en âge de travailler, mais aussi le jardinier qui servait de bedeau à l'occasion et le coursier qui les ravitaillait en ville, et nous avons pris le train jusqu'à Canton, où la France a une concession, pour embarquer sur un navire en partance pour l'Europe.

Mademoiselle Marguerite elle-même, dont les cours d'histoire étaient toujours un régal, n'aurait pu faire un exposé plus clair de la situation ! Félicie était de plus en plus impressionnée.

— Et votre maître de peinture, s'enquit-elle, ne risque-t-il point d'ennuis pour avoir eu un commerce aussi amical et régulier avec le père abbé ?

Le visage de Luc se durcit imperceptiblement :

— Dieu, dans Sa miséricorde, lui a permis de mourir paisiblement dans son sommeil, il y a quatre ans. Son vieux cœur n'a pas résisté à la nouvelle de l'abdication du dernier empereur.

Une ombre passa sur son front, glissa sur ses mains. Ils levèrent tous les deux les yeux en même temps : sans qu'ils y aient pris garde, le ciel, limpide à leur arrivée, s'était obscurci.

Depuis toujours, Félicie aimait ces instants où l'approche de l'orage dévoilait fugitivement aux hommes les contrées célestes. Elle ne se lassait pas de les contempler.

Par-dessus les crêtes du Gallinasse, du Roc Negre et du Barbet déferlaient de gros nuages où les différentes teintes de gris esquissaient des paysages changeants. L'anthracite creusait des golfes profonds et des criques escarpées qu'un liseré plus clair frangeait d'écume. Le vent y arrachait des embruns légers comme des plumes, qui s'aggloméraient en barques filant à toute vitesse sur cette mer mouvante. Des terrasses irrégulières montaient à l'assaut d'une colline où s'ouvraient des vallons ombreux. Des défilés obscurs s'échancraient sur de gigantesques amoncellements d'éboulis brumeux. Luc y voyait-il les montagnes rondes de son pays ?

Il rassemblait ses feuilles éparses pour les mettre à l'abri de la couverture cartonnée de son cahier.

— Il vaudrait mieux rentrer, le temps change.

Elle secoua la tête :

— Et il change bien trop vite en cette saison. Nous n'avons pas le temps de redescendre : l'orage va éclater dans moins d'un quart d'heure.

Il leva à nouveau la tête vers le ciel où de larges pans bleus étaient encore visibles, dubitatif. Cependant, il ne protesta pas. Il lui faisait confiance. Décidément, elle aimait ça !

Elle se leva, le dessin qu'il lui avait offert toujours serré dans sa main :

— Venez, je vous emmène dans un abri que tous les orages du monde ne peuvent pas ébranler.

— La cabane ? demanda-t-il en désignant du menton la maison forestière à leurs pieds.

Elle rit.

— Pour y retrouver ces messieurs des Eaux et Forêts ou des sportifs du Touring Club en route pour le chalet des Cortalets ? Très peu pour moi ! J'ai mon refuge personnel.

La caverne s'ouvrait dans la paroi calcaire ainsi qu'un ventre accueillant. L'entrée étroite, à peine plus large qu'une fissure, s'élargissait ensuite en une salle presque ronde où il n'était nécessaire que de courber la tête. On pouvait même y allumer du feu, la fumée s'échappant par une faille dans le fond. Félicie l'avait découverte par hasard, un jour où elle fuyait un orage de grêle qui s'était subitement abattu sur les pâturages. Elle avait repéré le rocher en surplomb ; il n'offrait pas grand abri mais elle n'était pas grosse. Encore assez cependant pour être touchée par le rebond des grêlons qui mitraillaient l'herbe et les rochers. Elle s'était serrée le plus qu'elle le pouvait dans l'anfractuosité qu'elle sentait dans son dos et avait eu la surprise de se retrouver les quatre fers en l'air sur le sol inégal de la petite salle. Depuis, elle y trouvait refuge quand la vie la malmenait par trop et que rester parmi les autres lui était insupportable. La nuit où Abe l'avait violée, seule la tempête de neige l'avait empêchée de rejoindre la grotte. La cachette de Néro l'avait remplacée.

Luc entra à sa suite sans hésiter et se laissa tomber à genoux au centre de la salle. Assis sur ses talons, les mains à plat sur ses cuisses, il attendait, attentif au tonnerre qui roulait dans le lointain. Félicie se pencha au-dehors par l'étroit passage qui servait d'entrée et, la tête levée vers les nuées, une main en porte-voix, elle cria :

— Maintenant, ça peut commencer !

Comme si le ciel n'attendait que sa permission, les premières grosses gouttes s'écrasèrent sur les pierres, faisant naître dans la poussière des dizaines de soleils sombres. Félicie ricana en pensant à la Séraphine Oms et aux autres bigotes du village : sûr que si elles avaient été là, elles l'auraient crue capable de commander aux éléments !

Un éclair violet illumina l'intérieur de la caverne et un rideau opaque voila la brèche. Les soleils, noyés, disparurent avec le reste du paysage.

Elle revint s'asseoir près de Luc qui n'avait pas bougé.

— Les orages sont terribles ici. Le fer enfoui dans le Canigou attire la foudre. J'adore quand le ciel se déchaîne, expliqua-t-elle, les joues rouges d'excitation. On se sent si petit face à sa colère. Ça claque, ça déchire, ça tonne, ça gronde, ça souffle et ça siffle comme toutes les furies de l'enfer. Mais je ne les crains point : ici, la montagne m'entoure de ses bras et de ses flancs pour me protéger. Rien ne peut m'arriver !

Et comme si ses mots lui paraissaient bien pauvres pour décrire le sabbat infernal que menait l'orage au-dehors, tambourinant sur les pierres et martelant la terre, elle commença à déclamer :

Le tourbillon, d'un fouet invisible hâté,
Le tonnerre, la trombe où le typhon se dresse,
S'acharnent sur la fière et haute forteresse ;
L'orage la secoue en vain comme un fruit mûr ;
Les vents perdent leur peine à guerroyer ce mur…

La toux rauque du tonnerre l'interrompit. Elle rit, défiant les éléments d'un index belliqueux brandi bien haut :

— Oh ! tu peux y aller, la pluie, et toi, le ciel, ouvrir toutes tes vannes, ici, je suis hors d'atteinte !

— Et vous, pourquoi êtes-vous à la Pinouse ?

Indifférent à tout ce tumulte, Luc reprenait la conversation là où le brusque changement de temps l'avait interrompue, à l'Estanyol. Déconcertée, Félicie mit quelques secondes à lui répondre. Les coups de boutoir de l'orage se répercutaient en écho à travers la roche et elle dut faire un effort pour ignorer les vibrations sourdes et profondes qui emplissaient à présent la grotte :

— Mon père travaille ici, à la mine. Il est boiseur.

A peine prononcée, l'explication lui sembla creuse, formelle, sans rapport avec la réalité de sa vie et de sa présence dans ces montagnes. Elle parut cependant satisfaire Luc, qui hocha la tête pour indiquer qu'il connaissait le Polyte.

— Vous ne lui ressemblez guère.

Là, ce n'était pas une question. Elle réagit à l'accusation voilée, aussitôt sur la défensive :

— C'est vrai, il boit et parfois il devient violent, mais ce n'est pas sa faute, vous savez.

C'était le genre de réponse qui rendait mademoiselle Marguerite folle. « Voyons, Félicie, protestait-elle, la manière dont il te traite est inacceptable ! » Mais Luc ne protesta pas. Sans se départir de son calme, il demanda :

— Celle de qui, alors ?

Elle n'appréciait pas beaucoup de le voir ainsi prendre la direction de la conversation, mais il était bien le premier à poser la question, à essayer de comprendre. Serrant les poings pour tenter de calmer le tumulte de son cœur, qui s'emballait toujours quand elle y repensait, elle choisit ses mots avec soin :

— Ma mère nous a abandonnés, nous laissant seuls, lui et moi. Il ne s'en est jamais remis. Il n'est pas si fort qu'on pourrait le croire en le voyant !

Luc fronça légèrement les sourcils. Sur son visage, le moindre soupçon d'émotion, de réaction se remarquait aussitôt ; elle se raidit, déçue. Finalement, il était comme les autres, à s'indigner et à juger sans réfléchir.

— En Chine, nous témoignons du respect à nos parents, mais vous, vous parlez de votre père comme d'un enfant, murmura-t-il comme pour lui-même, intrigué. Un frère plus jeune dont vous auriez la charge, dont vous seriez devenue la mère.

Il planta le regard de ses yeux en amande dans le sien. Elle n'y lisait pas la condamnation, juste l'étonnement :

— Vous n'avez pas l'impression d'inverser les rôles ?

Quelque chose bougea au fond de sa poitrine et une grosse envie de pleurer lui monta à la gorge. La question de Luc la prenait de court. L'armure craquait. Elle perdait pied.

— J'y étais bien obligée, risqua-t-elle, le souffle court, oppressée. C'était très dur pour lui.

Il ne lui laissa pas le temps de se reprendre. Il insista, toujours aussi calme :

— Et pour vous ? Vous aviez quel âge ?

« Pour moi, ça a été terrible ! eut-elle envie de hurler. J'étais si petite, beaucoup trop pour être ainsi trahie et affronter le monde seule. Je la déteste d'être partie sans moi ! » De sa gorge, les sanglots étaient montés à ses yeux. Ils allaient déborder. Pas question qu'il la voie pleurer, qu'il constate qu'il avait touché juste.

Elle se leva d'un bond, décidée à mettre un terme à cette conversation qui la bouleversait trop :

— L'orage s'éloigne. On va pouvoir sortir.

Il se releva à son tour. Elle crut qu'il allait lui demander de l'excuser de s'être montré aussi indiscret. Mais il ne se retourna qu'une fois la brèche franchie, pour demander :

— Je redescends à la Pinouse. M'accompagnez-vous ?

Elle secoua la tête, montra la prairie luisante de gouttes irisées.

— Je vais d'abord aux escargots. Ils sortent tous après la pluie.

Elle extirpa de son sac un filet de ficelle aux mailles serrées.

— Un panier en fil de fer, c'est mieux, mais je n'ai pas le temps de retourner le chercher au dortoir. Le soleil aura tôt fait de sécher l'herbe. Si je me dépêche, je peux en ramasser une ou deux centaines.

Elle vit avec satisfaction le sourcil de Luc se lever, interrogateur cette fois. Elle avait réussi à le ramener sur un terrain moins mouvant.

— Je les vends au café-hôtel du Canigou, qui fait aussi restaurant. Les Mayneris n'ont pas le temps d'aller les chercher eux-mêmes et leur fils unique est mort à la guerre. Leurs clients en raffolent !

— Qu'en font-ils ?

L'éclat de rire qui jaillit de sa gorge libéra d'un coup l'émotion qui la nouait.

— Ils les mangent, pardi ! Cuits sur le gril au-dessus des braises, c'est un régal.

Et quel plaisir de se sentir à nouveau maîtresse d'elle-même ! Elle avait bien failli s'effondrer tout à l'heure. A l'avenir, elle devrait être plus vigilante avec ce Luc. Elle ferait même carrément mieux de l'éviter maintenant que sa curiosité était satisfaite.

Le sentier vers la Pinouse continuait tout droit, celui qu'elle voulait prendre bifurquait à gauche vers l'Estanyolet. Elle prit congé avec soulagement :

— *Adiu*[1], la montagne nous offre ses trésors, il faut juste aller les ramasser.

1. « Adieu » (formule d'au revoir en catalan roussillonnais).

Il lui rendit son salut et, tandis qu'elle s'éloignait :

— « L'homme bon se plaît dans la montagne. Il est serein et vit longtemps. »

Elle se retourna, intéressée.

— Est-ce une citation de la Bible ? Je ne la connais pas. Je ne suis pas allée très longtemps au catéchisme mais j'ai beaucoup de mémoire et je m'en souviendrais. Une parole de saint, peut-être, qu'on vous a apprise à la Mission ?

Ce fut à son tour de sourire. Oh, point trop largement et sans montrer les dents, mais un sourire quand même :

— En quelque sorte. Il s'appelait Kongfuzi, mais le père Hyacinthe prononce « Confucius ». En Chine, nous le révérons comme un maître immortel de sagesse et de sainteté.

— Je vous croyais catholique !

— La sagesse n'a pas de religion. Ni de frontières.

Il s'inclina, le buste très raide.

— Si cette maxime vous convient, je vous l'offre.

Cette fois-ci, c'est elle qui fut la plus prompte :

— A condition que vous me laissiez dire merci !

Il s'inclina derechef, sans un mot, et disparut derrière le coude du sentier.

Félicie réalisa alors qu'ils n'avaient même pas évoqué « l'accident » d'Abe.

— Que voilà donc une martiale épaulette ! Pour quel brillant fait d'armes te retrouves-tu ainsi décorée ?

Du bout du bâton qui lui servait de canne et sans lequel il ne sortait plus ces derniers mois, Balthazar taquina l'énorme escargot à la coquille brune striée de mauve qui pointait ses cornes sur l'épaule de Félicie.

— J'ai été faite chevalier du grand *Cargol* pour avoir ramassé deux cents de ces redoutables bestioles en moins d'une demi-heure, bouffonna-t-elle en claquant les talons. Quand j'ai eu capturé leur chef ici présent – au terme d'un combat héroïque –, ils n'ont plus opposé de résistance. Il fallait que je prenne garde où je mettais les pieds pour ne pas les écraser tant ils étaient nombreux à accourir pour se rendre !

Balthazar laissa échapper un petit rire de crécelle qui secoua sa poitrine creuse. L'âge le rattrapait et il se tassait de plus en plus.

— Même eux sont désormais trop rapides pour moi !

— Ce n'est pas grave, s'empressa-t-elle de répondre, nous allons partager. Il ne sera pas dit qu'un Roi mage rentre les mains vides !

— C'est très généreux de ta part, mais inutile, la rassura-t-il en désignant sa gibecière maculée de boue séchée. J'ai quand même réussi à en attraper deux douzaines, sans doute les éclopés de la bande. C'est bien assez pour moi !

Ils s'assirent tous les deux sur la banquette grossièrement taillée dans le rocher, le torrent du château grondant à leurs pieds. Le soleil avait déjà séché la pierre.

Ce reposoir témoignait du temps pas si lointain où des hommes et surtout des femmes gagnaient leur maigre pitance en transportant sur leur dos jusqu'à quarante kilos de minerai de fer des mines de la *Pinosa* à la forge du Llech par le col du Teixo. Il leur fallait sept heures de marche harassante, ployés sous le sac noué sur leur front, pour gagner vingt sous. De loin en loin, le long du sentier, étaient disposées ces rustiques banquettes pour leur permettre de souffler un peu : le porteur pouvait s'y asseoir sans se défaire de sa charge qui reposait sur le dossier – s'il avait dénoué le sac pour soulager son dos, il n'aurait pu le remettre en place seul. Quand il avait repris quelques forces, il lui suffisait de s'appuyer sur son bâton pour se relever et continuer sa route. C'était bien sûr avant les frères Valentin et la locomotive de monsieur Jules !

— Alors, quelles sont les dernières nouvelles de là-haut ? s'enquit Balthazar en rebouchant soigneusement la gourde de peau qui ne quittait jamais sa ceinture.

Il disait toujours « là-haut » en parlant de la Pinouse, alors que ses pérégrinations l'entraînaient souvent sur des crêtes bien plus élevées.

Félicie, qui se désaltérait à longs traits, une main crispée sur sa gourde pour en faire jaillir l'eau fraîche jusque dans sa bouche ouverte, à la régalade, fouilla dans son sac de l'autre et lui tendit le dessin de Luc.

— Je n'y connais pas grand-chose, commenta le vieil homme en considérant l'esquisse à l'encre, mais c'est un bien beau Canigou que voilà ! Tu t'es mise au dessin ?

Félicie s'étrangla et recracha l'eau qu'elle venait de boire en un geyser d'écume. Elle s'ébroua, toussa deux fois pour reprendre sa respiration avant de répondre :

— Je sais que tu me prêtes tous les talents, Balthazar, mais je crains bien de ne pas avoir celui-là ! Ce dessin que tu admires, à juste titre, est l'œuvre d'un ouvrier chinois nommé Luc. Je sais, c'est surprenant, mais c'est bien son nom !

Et de lui rapporter ce qu'elle venait d'apprendre au sujet de la Chine et des mineurs qui en venaient, du père Hyacinthe de la Mission de Guilin, et de la sagesse d'un certain Confucius. Balthazar écoutait en silence, ses jambes maigres étendues devant lui ; son genou droit se bloquait souvent ces temps-ci.

Arrivée au terme de son récit, Félicie hésita mais préféra passer sous silence l'échange au sujet de son père. A quoi bon ? Elle ne put néanmoins s'empêcher de glisser :

— Il a dit que j'étais devenue la mère de mon père.

Balthazar se racla le gosier et cracha une glaire loin devant lui.

— Il n'a peut-être pas tort, fillette.

Félicie le poussa du coude. Son pantalon usé était déchiré au genou, il allait falloir y coudre une pièce.

— Je ne suis plus une gamine, Balthazar.

— Et moi, je n'ai jamais été un Roi mage, quelle importance ?

Elle hocha gravement la tête. Balthazar aussi était un sage.

— Te souviens-tu de la fois où je voulais me faire ermite ? Tu m'as dit qu'il y avait d'autres différences et que je les rencontrerais un jour. Tu avais raison, comme d'habitude. Mais sais-tu le plus étonnant ? Je me sens plus proche de ce Chinois que de la plupart des gens d'ici !

L'instant d'après, Félicie disparaissait dans la descente vers Valmanya, son escargot toujours sur l'épaule.

Une nouvelle pièce dans la vie de la gamine. Et c'est bien la plus étrange qui ait croisé son chemin jusqu'ici. Que va-t-elle en faire ? Père alcoolique, existence solitaire, responsabilités au-dessus de son âge, indifférence des autres, coups du sort, n'importe qui aurait déjà sombré. Mais pas Félicie. Elle a le don pour toujours trouver une logique dans le chaos, pour faire s'emboîter entre elles les pièces coûte que coûte, quitte à faire entrer un carré dans un rond. C'est ce qui lui a permis de survivre jusqu'ici. Ah, c'est sûr, elle n'est pas ordinaire ! Je l'ai su dès la première fois où je l'ai trouvée, endormie derrière le buisson de genêts, sous Sainte-Anne. Mes vieux os me font de plus en plus souffrir mais, foi de Balthazar, j'espère bien ne pas passer de l'autre côté avant d'avoir vu quel rôle elle réserve à ce Chinois !

13

— Pourquoi m'avez-vous dit que votre mère était partie ?

Félicie, qui luttait pour déloger un bloc aux arêtes coupantes, interrompit son geste. Net.

— Parce que c'est la vérité, rétorqua-t-elle, abrupte. Croyez-vous que ce soit le moment de poser ce genre de question, Luc ?

Et elle s'en retourna à son rocher, les dents serrées, autant à cause de l'effort qu'elle produisait que pour décourager toute conversation. Depuis leur discussion dans la grotte pendant l'orage, elle avait évité de se retrouver seule avec lui pour l'empêcher de remettre les relations qu'elle entretenait avec le père sur le tapis. Et voilà qu'il lui parlait de sa mère. Avait-on idée, vraiment, dans cette cavité étouffante sur les parois de laquelle les lampes à carbure faisaient danser des fantômes menaçants !

Cela faisait à peine plus de deux heures que Stéfan le Polonais était arrivé en courant à la porte de la cabane en planches, alors qu'elle refermait les registres où elle avait reporté des colonnes de chiffres tout l'après-midi, bégayant dans son mauvais français qu'il venait d'y avoir un accident. D'autres mineurs de l'équipe du soir avaient reflué à sa suite de la galerie zéro ; bientôt, il y avait eu un attroupement sur le carreau de la mine.

Le soleil de septembre finissait de disparaître derrière les crêtes. Il jetait ses derniers feux, embrasant le dessous des nuages de cuivre en fusion, et le Canigou semblait cracher de la lave jusqu'au milieu du ciel. Le versant était déjà dans l'ombre et des lampes s'allumaient derrière les fenêtres, trouant les silhouettes noires des bâtiments de la cité minière.

Les ouvriers de l'équipe du matin qui s'apprêtaient à dîner accoururent, de leurs appartements ou de la cantine, à grand renfort d'exclamations et de jurons, suivis du boulanger et de Roca le menuisier. La Casso avait laissé ses casseroles sur le fourneau et la marmite de ragoût au coin de l'âtre pour venir elle aussi aux nouvelles. Tout en marchant, elle essuyait nerveusement ses mains mouillées sur le tablier taché qui enserrait son imposante taille. Son époux, Abdon, la rattrapa à grandes enjambées, un rouleau de corde passé autour de son buste. Prêt à intervenir.

Même le père avait abandonné sa bouteille sur la table. Avec un temps de retard sur les autres, il s'approcha. Dans de tels moments, sa conscience de mineur parvenait encore à parler plus fort que l'alcool.

Félicie avait couru prévenir monsieur Legrand qui s'entretenait dans son bureau avec Marti, le chef mineur. Les deux hommes ne s'attardèrent pas à faire des commentaires et la suivirent en courant. Pâle mais résolu, l'ingénieur dut élever la voix pour faire taire les ouvriers qui parlaient tous en même temps. Lorsqu'il eut obtenu le silence, il donna la parole à Aziz, l'Arabe d'Algérie, qui figurait à présent parmi les plus anciens. Celui-ci passa la main sur ses joues pour essayer d'enlever la poussière de minerai qui noircissait son visage – on aurait cru un nègre – et se mit quasiment au garde-à-vous, les talons serrés et le pic sur l'épaule, pour faire son rapport. Ses camarades d'équipe opinant du chef à chacune de ses phrases, il s'efforça de brosser un tableau clair de la dramatique situation.

Le minerai de fer de la Pinouse était exploité sur sept étages aménagés au-dessus du niveau zéro. Les galeries étaient reliées entre elles par des descenderies en pente qui permettaient aux mineurs de passer d'un niveau à l'autre, et le minerai était évacué par des cheminées et des trémies taillées dans la roche jusqu'aux wagonnets stationnés dans la galerie principale de roulage. C'était donc tout un labyrinthe souterrain qui s'enfonçait au cœur même de la montagne pour dénicher le minerai, de l'hématite fibreuse et mamelonnée, riche en manganèse, entre les bancs de calcaire. Les boyaux étaient bien sûr étayés au fur et à mesure que le front de taille avançait, par le père et les autres boiseurs. Un travail essentiel que monsieur Legrand, qui ne badinait pas avec la sécurité, allait inspecter régulièrement. Mais il ne pouvait être question de boisage quand les explosifs mettaient au jour un gîte rocheux, sorte de grande poche de minerai enserrée dans le calcaire. Les mineurs, par groupe de deux ou trois, y creusaient de grandes chambres, attaquant du pic autour d'eux et au-dessus de leur tête. Au fur et à mesure que le travail avançait, ils se retrouvaient ainsi complètement à l'intérieur de la chambre, debout sur le minerai qu'ils détachaient de la paroi et qu'un manœuvre pelletait jusqu'à une cheminée. C'était un boulot risqué : parfois la roche était pourrie et lorsque le pic l'entamait, tout le plafond s'écroulait sur la tête des ouvriers.

C'était ce qui venait d'arriver, au niveau cent vingt-cinq. Les mineurs qui travaillaient plus loin dans la galerie avaient entendu comme un grand soupir suivi d'un grondement énorme. Puis plus rien. Ils s'étaient aussitôt précipités, appelant leurs camarades ensevelis sans obtenir la moindre réponse, pas même un gémissement. Ils avaient alors essayé de déblayer l'entrée étroite pour parvenir jusqu'à eux, mais un énorme bloc s'était coincé en travers, les empêchant d'aller plus loin.

« Ils sont combien là-dessous ? interrogea brièvement Marti.

— Deux seulement : Alfonso, l'Espagnol, et Monnet de Corsavy. Le Tchèque qui travaillait avec eux était sorti dans la galerie boire un coup plus à son aise.

— Sa soif l'a sauvé. Les deux autres doivent être morts.

— Ils ne sont peut-être qu'évanouis, plaida Aziz. Mais si on ne les dégage pas vite, ils vont mourir de leurs blessures ou par asphyxie ! »

Monsieur Legrand qui n'avait rien dit jusqu'ici, se contentant d'écouter le compte rendu de son ouvrier, intervint :

« Allons voir sur place s'il est possible de faire quelque chose. Donne-moi ta lampe à carbure, toi, ordonna-t-il à Aziz qui se tenait toujours figé ainsi qu'un soldat devant son général. Et va boire un verre à la cantine pour te remettre, j'aurai peut-être besoin de toi et de tes camarades tout à l'heure. »

Puis, se retournant vers le chef mineur et le chef de poste :

« Marti et Martre, avec moi. Il faut évaluer précisément la situation. »

Les trois hommes s'enfoncèrent aussitôt dans le dédale qu'ils connaissaient par cœur.

Lorsqu'ils en ressortirent, vingt minutes plus tard, leurs regards étaient graves, mais à la façon dont ils discutaient, affairés, un murmure d'espoir parcourut les rangs de tous ceux qui n'avaient pas voulu quitter le carreau. Les ouvriers de l'équipe du soir, Aziz en tête, étaient revenus après s'être rincé le gosier vite fait. Quand un malheur frappe à la mine, c'est toute la mine qui doit faire bloc.

Monsieur Legrand dégrafa le col de sa chemise blanche à présent toute maculée de poussière de minerai pour se donner un peu d'air. La sueur qui dégoulinait de son front traçait des sillons noirâtres sur ses joues. Il retira ses lunettes rondes cerclées d'or pour en essuyer les verres avec un mouchoir qui n'était guère plus propre que sa chemise ; il avait dû s'en servir pour s'éponger les tempes et la nuque quand il était au fond. On disait toujours « le fond », même quand la galerie se situait plus de cent mètres au-dessus de l'entrée.

Marti et Martre se taisaient : c'était à l'ingénieur de parler.

Monsieur Legrand remit ses lunettes et se racla la gorge pour s'éclaircir la voix, conscient que tous étaient suspendus à ses lèvres, attendant son oracle :

« Nous avons inspecté l'éboulement qui s'est produit au niveau cent vingt-cinq, commença-t-il. D'abord, les mauvaises nouvelles : nous n'avons entendu aucun bruit, ni appel ni grattement, rien qui permette de penser que quelqu'un est encore en vie dans la chambre. Par ailleurs, avec une barre à mine, nous avons essayé de déplacer la dalle qui obstrue l'entrée. Elle n'a pas bougé d'un centimètre. Les rochers qui se sont empilés au-dessus sont trop lourds. »

Les mines s'allongèrent. Des femmes se détournèrent pour cacher leurs larmes. Marie, l'épouse de Georges Marti, qui était enceinte, porta la main à son ventre rond sous son tablier. Les hommes juraient entre leurs dents, la tête basse. C'était foutu.

L'ingénieur leva la main pour interrompre les lamentations qui commençaient à poindre :

« Cependant, ajouta-t-il, nous avons décidé de tenter l'impossible pour sauver nos camarades, si c'est encore possible. »

Le « nos » fut accueilli par un frémissement d'approbation ; monsieur Legrand était avec eux dans cette épreuve et il allait mettre toute sa science et son savoir dans la balance. Les dos courbés se redressèrent. L'espoir renaissait.

« Il y a une bonne nouvelle, poursuivit l'ingénieur. Le bloc qui nous empêche de dégager les éboulis ne recouvre pas entièrement l'ouverture. Il reste sur un côté un petit espace vide. Nous l'avons sondé avec la barre à mine et nous n'avons pas rencontré de résistance, ce qui veut dire qu'il existe un étroit passage communiquant avec ce qui reste de la chambre. Le problème est qu'il est vraiment très étroit !

— Seul un *gat*[1] pourrait s'y faufiler, grommela Marti dans sa moustache.

— Un chat ou quelqu'un de très mince et de très souple, corrigea monsieur Legrand.

— Un enfant peut-être ? » intervint Abdon Casso, sa corde toujours en bandoulière.

L'ingénieur secoua la tête :

« Cela n'irait pas. Outre qu'on ne peut pas prendre ce risque, une fois passé, il faudra commencer à déblayer de l'intérieur le plafond effondré pour alléger la charge qui pèse sur la dalle afin que nous puissions, de la galerie, finir de l'écarter. Il faut donc quelqu'un de suffisamment vigoureux. Où est Péric Marfin ? »

Monsieur Legrand interrogea du regard Armangaud, le forgeron, accouru lui aussi. Ses sourcils et sa moustache roussis au feu de sa forge lui faisaient une mine étrange ; les enfants trop turbulents craignaient ses grandes mains calleuses, portant de nombreuses traces de brûlure, dont leurs parents leur assuraient qu'elles

1. Un chat.

les mèneraient tout droit en enfer. La menace en avait calmé plus d'un !

Mais pour l'heure, Armangaud n'avait rien de redoutable. Avec une grimace navrée, il écarta les mains, qu'il tenait croisées sur son tablier de cuir, en un geste d'impuissance :

« Péric avait fini sa journée et je l'ai laissé rentrer chez lui. A cette heure, il doit déjà être au village ! »

A nouveau, les dos se courbèrent. Décidément, le sort leur était contraire ! Que voulez-vous faire contre un acharnement pareil ?

Même monsieur Legrand accusait le coup :

« Aller le chercher prendrait trop de temps et du temps, nous n'en avons pas. Or c'était le seul qui aurait pu réussir.

— Moi, je veux bien essayer. »

La voix était toujours aussi douce, avec des « s » chuintés. Tous les regards se tournèrent vers Luc, stupéfaits. Même les autres Chinois, groupés derrière lui, paraissaient étonnés.

« Tu es plus grand que Péric, protesta Jérémie Martre, le chef de poste. Tu ne pourras jamais passer. »

En guise de réponse, Luc ôta sa veste de coutil bleu et passa sa chemise par-dessus sa tête pour dévoiler son torse nu, fin et étroit au niveau de la taille. Un lien de cuir retenait une petite croix de bois autour de son cou. Tendant les bras, il fit jouer ses muscles sous sa peau lisse, parfaitement imberbe. La Catherine qui servait à la cantine coula entre deux dos un regard intéressé. Cette « face de citron » s'avérait bien surprenante !

« Tu devrais faire l'affaire, estima l'ingénieur, le sourcil froncé. Luc, c'est ça ? Tu es donc volontaire ? »

Impassible, Luc se contenta d'incliner la tête en signe d'assentiment.

« Mais un, cela ne suffira pas, intervint Marti, le chef mineur. Le Chinois va s'épuiser pour rien. Vu la taille des rochers, il faut être au moins deux. »

Luc, toujours torse nu, désigna du doigt Félicie qui avait assisté à la scène, muette selon son habitude, mais sans en perdre une miette :

« Elle peut venir avec moi. »

Félicie sursauta en s'entendant ainsi désigner à l'attention de tous, mais elle n'était pas autrement surprise de la proposition du jeune Chinois. Elle n'aurait su dire pourquoi mais depuis qu'il s'était porté volontaire, elle s'y attendait.

« Qui ça ? La fille ? s'étrangla Jérémie Martre. Jamais une femme n'est descendue au fond ! »

Sa protestation fut reprise en chœur par les mineurs assemblés : la mine, c'était une affaire d'hommes !

« En temps normal, non, coupa monsieur Legrand. Mais ceci est un cas d'urgence. Et puis avec la guerre qui dévore les hommes, les femmes doivent de plus en plus prendre leur place au travail. Quand je suis descendu à Perpignan cet été, j'en ai même vu qui conduisaient le tramway ! »

Des « Pas possible ! », *« Mare de Deu ! »*, « Je ne le crois pas ! » s'élevèrent autour de lui. La prise resserrée autour du manche de leur pic ou de leur massette, comme si on voulait les leur prendre là, sur-le-champ, les hommes ne paraissaient pas convaincus.

« Vous allez continuer longtemps à bayer aux corneilles, bande de *gandules*[1] ? »

La Casso, exaspérée, fendit les rangs pour se camper au milieu du cercle, les poings aux hanches.

« Qu'est-ce que cela peut faire si elle en a ou pas dans le pantalon, la gamine ? S'il y a quelqu'un qui peut réussir,

1. Fainéants.

c'est la Félicie. En plus, si les camarades sont encore en vie, elle pourra leur donner les premiers soins en attendant qu'on les dégage. »

Cet ultime argument balaya les dernières réticences ; rares étaient ceux qui n'avaient pas eu, un jour ou l'autre, recours à sa science des plantes.

« Alors c'est dit, trancha monsieur Legrand. A condition que Félicie soit d'accord, bien sûr. »

Il disait cela pour la forme. Il connaissait sa réponse d'avance.

Félicie jeta un coup d'œil vers Luc :

« A condition qu'on ne m'oblige pas à enlever ma chemise ! »

Le temps de retourner dans la cabane en planches pour prélever dans la boîte à pharmacie gaze, bandages et teinture d'iode dont elle avait bourré ses poches, d'emprunter une lampe à carbure, et elle s'enfonçait à son tour dans les entrailles de la terre.

Des ampoules électriques diffusaient une lumière jaune dans la galerie principale. Les murs suintaient d'humidité. Il fallait se faufiler entre la paroi et les rails où les wagonnets pleins étaient alignés. Ils butèrent sur la carcasse métallique d'un « criquet » abandonné dans la bousculade qui avait suivi l'accident. Mû par l'habitude, Jérémie Martre ramassa le perforateur pneumatique qui avait fini par trouver sa place au côté de la barre à mine du Baptistot et de Martin Gource et le rangea près du disjoncteur général. Ils se mirent en file indienne pour grimper les marches jusqu'à la galerie supérieure.

Félicie avait la gorge nouée. C'était la première fois qu'elle descendait ainsi au fond et elle se sentait oppressée ; comment n'aurait-elle pas eu du mal à respirer dans cet air confiné, elle qui ne se plaisait qu'au grand vent des pâturages ?

En revanche, les ténèbres qui noyaient les boyaux en dehors de la galerie principale ne lui inspiraient aucune frayeur. En avait-elle pourtant vu des manœuvres à leurs premiers jours de travail ressortir de la mine au bord du malaise ! Mais ses pérégrinations nocturnes avaient depuis longtemps appris à Félicie à apprivoiser l'obscurité.

Luc marchait devant elle, la démarche toujours aussi féline. Il se mouvait avec l'assurance que donne l'habitude ; il arpentait ces galeries tous les jours.

Ils arrivèrent enfin en dessous de la chambre où l'éboulement s'était produit et où Romeu, le chef de poste du soir, montait la garde. Marti n'avait pas menti : il fallait être un chat pour passer par l'ouverture !

Luc se déchaussa, enroula la corde que lui avait prêtée Abdon Casso autour de sa taille mince et annonça qu'il irait le premier. Il eut du mal à passer les épaules. Les arêtes rocheuses entaillaient sa peau et le sang perlait sur son torse nu, mais il insista sans paraître sentir la douleur. Après quelques mouvements de reptation, il disparut dans l'étroit passage. Quelques secondes après, un bout de la corde en descendit par à-coups. Marti y attacha sa lampe à carbure, qui disparut à son tour par le même chemin.

« Vois-tu quelqu'un ? » cria monsieur Legrand, un genou à terre près du trou.

La voix de Luc leur parvint étouffée, comme si elle arrivait de très, très loin :

« D'Alfonso je n'aperçois qu'un pied, le reste est enseveli sous le minerai. Mais Monnet est à peu près dégagé. Il est touché à la tête. »

L'ingénieur se tourna vers Félicie :

« Fillette, c'est à toi. »

Elle décida d'imiter Luc et enleva ses chaussures. Ses orteils agrippaient l'angle des pierres et elle se hissa sans difficulté dans le boyau obscur. Elle dut forcer en deux ou trois endroits resserrés qui lui meurtrirent les côtes, mais sans la blesser. Elle émergea dans ce qui restait de la chambre où Luc s'affairait déjà à dégager le corps d'Alfonso. Elle rampa jusqu'à Monnet qui gisait de l'autre côté, le long de la paroi où il avait sans doute cherché à s'abriter quand le plafond s'était effondré. Il avait tenté de se protéger de son bras replié qui lui dissimulait encore le visage. Elle l'écarta avec précaution pour constater les dégâts. Le coude formait un angle bizarre, elle le remettrait en place plus tard. Elle poursuivit son examen. Luc avait bien vu : le crâne de Monnet était ensanglanté mais sa poitrine se soulevait faiblement. Elle hurla :

« Il est vivant ! »

Des hourras éclatèrent sous ses pieds, de l'autre côté de l'amoncellement de pierres. Elle les tempéra aussitôt :

« Mais il est très mal en point. Il faut prévoir un brancard rigide pour l'évacuer.

— Nous n'avons qu'une civière en toile de sangle ! » D'ici, elle n'arrivait pas à savoir qui de Marti ou de Martre venait de s'exclamer, mais peu importait.

« Un battant de porte fera l'affaire. »

Elle ignorait si Monnet n'avait pas les reins rompus et mieux valait ne pas aggraver les choses en le déplaçant n'importe comment.

Tandis que Luc finissait de dégager le cadavre de l'Espagnol – pour lui malheureusement, il ne pouvait y avoir aucun doute –, Félicie nettoya précautionneusement la plaie que Monnet avait au cuir chevelu en espérant que l'os n'était pas fracturé dessous. Un lambeau de peau auquel s'accrochait une poignée de cheveux pendait au-dessus de l'oreille. Elle le remit en place du mieux qu'elle pouvait et banda le crâne bien serré. Puis elle s'occupa du bras cassé. Il était heureux que le *Cort-*

savinenc fût inconscient car les manipulations qu'elle avait à faire pour réduire la fracture et la luxation du coude étaient très douloureuses. Le bras pansé immobilisé dans un pan de la veste de Monnet, relevé et épinglé au niveau du cœur, elle s'assura qu'il respirait toujours. Maintenant, c'était un docteur qu'il lui fallait, et beaucoup de chance. Elle, elle ne pouvait rien faire de plus pour lui dans cet étroit réduit.

Laissant le blessé, toujours sans connaissance, elle rejoignit à quatre pattes Luc qui avait poussé le corps d'Alfonso le long de la paroi et s'efforçait à présent de retirer les blocs qui obstruaient la sortie. On lui avait fait passer une barre à mine par la chatière, mais certains rochers, trop lourds ou coincés par d'autres, refusaient de bouger. Sans un mot, elle vint lui prêter main-forte. Ils pesèrent ensemble de toutes leurs forces sur le levier, et la première pierre roula enfin. Dessous, les morceaux de minerai étaient plus petits et ils pouvaient les dégager plus facilement. Ils s'activaient en silence, s'écorchant les doigts sur le roc avec obstination, la bouche ouverte pour chercher l'air qui se raréfiait de plus en plus. Il régnait à présent une chaleur de four dans la chambre exiguë. La sueur inondait leur dos et collait leurs cheveux sur les tempes. Félicie en était à regretter de ne pouvoir enlever sa chemise comme Luc, quand celui-ci avait posé sa question sans crier gare.

D'en bas, monsieur Legrand leur cria de se plaquer contre les parois. La charge de rochers qui pesait sur elle ayant été allégée, Jérémie Martre et Aziz, qui avait rejoint les sauveteurs dans la galerie, avaient réussi à déplacer la dalle bloquant l'ouverture.

— Tenez-vous bien, les exhorta monsieur Legrand. On va finir de l'écarter et tout le minerai entassé derrière va descendre d'un coup !

Félicie agrippa Monnet pour éviter qu'il ne glisse et interpella Luc :

— Maintenant, ça passe ou ça casse. Au lieu de poser des questions stupides, c'est le moment de prier le Dieu au nom duquel vous avez été baptisé !

S'il sentit l'acrimonie qui perçait dans sa voix, il n'en laissa rien paraître. S'inclinant légèrement malgré sa position inconfortable, il répondit dans un sourire :

— Kongfuzi a dit : « Nous ne savons rien de la vie, que pouvons-nous savoir de la mort ? »

Ils se collèrent au rocher comme s'ils voulaient y entrer, s'y fondre, et attendirent, l'estomac noué. Monsieur Legrand donna le signal.

Cette fois-ci, Dieu était avec eux : ils virent l'amoncellement de blocs s'affaisser en son milieu, comme aspiré par un gigantesque siphon, tandis que le bruit des pierres qui tombaient en s'entrechoquant sur le sol de la galerie emplissait la mine d'une rumeur de cataracte. On entendait par-dessus le raclement de plusieurs pelles au travail ; d'autres mineurs étaient arrivés en renfort pour accélérer le dégagement. Bientôt des mains puis des bras apparurent dans l'ouverture élargie. On leur passa le battant de porte réclamé par Félicie, sur lequel ils firent glisser Monnet qui n'avait toujours pas repris conscience. Aziz émergea à mi-corps dans la chambre pour guider le brancard improvisé vers la sortie. Ensuite ce fut au tour d'Alfonso, mais pour lui une simple couverture suffisait. Enfin, monsieur Legrand lui-même aida Félicie à s'extirper de la cavité que Luc quitta en dernier, après avoir ramassé corde et lampe. Ils avaient réussi.

Des cris, acclamations et lamentations mêlées, les accueillirent lorsqu'ils sortirent en procession de la bouche béante de la galerie zéro derrière le brancard où gisait Monnet et le corps d'Alfonso que Romeu et Aziz portaient dans leurs bras.

La civière posée sur les rails, monsieur Legrand se pencha pour examiner Monnet qu'il n'avait fait qu'entrevoir à la sortie de la chambre effondrée. Les bandages de Félicie masquaient ses blessures mais à la lividité de son teint et au souffle ténu qui s'exhalait de ses lèvres décolorées, on voyait bien que sa vie ne tenait qu'à un fil.

L'ingénieur se releva, presque aussi pâle que lui.

— Il lui faut un médecin. Très vite. Faire venir le docteur De Guardia de Vinça prendrait trop de temps.

Il mordillait nerveusement l'extrémité de sa moustache tout en réfléchissant à haute voix.

— Et du côté d'Amélie-les-Bains, ce n'est pas mieux !

Félicie toussota, autant parce que la poussière qu'elle avait respirée au fond lui irritait la gorge que pour attirer l'attention. Elle obtint le résultat escompté : monsieur Legrand interrompit sa réflexion pour se tourner vers elle, les yeux pleins d'espoir. Sa confiance lui fit chaud au cœur.

— Sauf si on se sert du train pour amener Monnet jusqu'à Formentera.

Des ricanements saluèrent sa proposition, mais l'ingénieur les fit taire d'un geste impérieux.

— Vas-y, Félicie, explique ce à quoi tu penses, l'encouragea-t-il.

Elle se lança :

— On transporte Monnet jusqu'à Roca Gelera, le chemin n'est pas trop long et il doit pouvoir le supporter. Là, le train l'attend. On fixe la civière sur un wagon et la locomotive fonce sans s'arrêter jusqu'à Formentera où l'attend le docteur Barrate, monté d'Amélie. Chacun fait ainsi la moitié du chemin et on gagne du temps.

— Un temps précieux qui peut sauver la vie de Monnet, opina monsieur Legrand. Félicie, tu as toujours la bonne idée !

Il se tourna vers Jérémie Martre :

— Allez dans mon bureau téléphoner à Formentera pour qu'ils nous renvoient un locotracteur avec une plate-forme ; ce sera plus simple pour y hisser le brancard. Téléphonez ensuite au docteur Barrate afin qu'il se mette tout de suite en route. Dites-lui que Monnet est gravement touché à la tête et inconscient. Il me faut aussi quatre volontaires pour le descendre jusqu'à Roca Gelera.

Félicie fit impulsivement un pas en avant :

— Je peux l'accompagner sur la plate-forme pour veiller sur lui.

Monsieur Legrand posa une main paternelle sur son épaule :

— C'est gentil, Félicie, mais tu es fatiguée.

Elle voulut répliquer, mais il ne la laissa pas parler :

— Ne proteste pas : avec tous les rochers que vous avez remués, Luc et toi, il faut que vous alliez vous reposer. J'accompagnerai moi-même Monnet et j'en profiterai pour discuter avec le docteur Barrate.

Félicie s'inclina.

La nuit était tombée sur la Pinouse, mais personne ne faisait mine de rentrer. Tous se pressaient à la lueur des lampes, recueillis autour du brancard et du corps allongé à côté, sous la vieille couverture qui lui servait de linceul, en une veillée funèbre improvisée.

La Casso était retournée à sa cuisine récupérer quelques provisions. Elle passait dans les rangs en proposant un peu de pain et de fromage tandis que la Catherine faisait circuler des bouteilles de vin. On se restaurait en silence.

Martre revint pour annoncer que tout était réglé avec le médecin et avec Formentera. Monsieur Jules avait aussitôt couru remettre du charbon dans la chaudière de sa machine pour revenir à toute vapeur. Il n'allait pas tarder à prendre la route.

Les porteurs volontaires se postèrent aux quatre coins de la porte qui servait de civière au pauvre Monnet et la soulevèrent au signal. Aziz, sa lampe à carbure à la main, se posta devant pour ouvrir la marche. On n'attendait plus que monsieur Legrand, qui était retourné chez lui mettre une chemise propre et une veste. La lumière sourde et vacillante d'une lanterne sur le sentier longeant la boulangerie, la forge et les bureaux annonça son retour. Le cortège s'ébranla sous les encouragements de ceux qui restaient.

Félicie se sentit soudain très lasse. Ses côtes et ses bras lui faisaient mal. Elle se sentait sale aussi. Un détour par la fontaine s'imposait.

Là-bas, à Formentera, on avait allumé le feu blanc obligatoire la nuit à l'avant de la locomotive, et le rouge à l'arrière de la plate-forme qui y avait été accrochée. On desserrait les freins. Dans une heure, Monnet roulerait à travers ponceaux et tunnels vers le Vallespir et la science médicale. Monsieur Jules aurait-il le cœur de fredonner, faux comme à son habitude, « L'Hortolana del Vernet » ?

Il ne reste plus qu'à espérer que le docteur puisse faire quelque chose pour Monnet. La tête, c'est toujours délicat ! Le pauvre diable peut ne jamais se réveiller.

En tout cas, s'il s'en tire, c'est à cette drôle de paire qu'il le devra. La face de citron et cette fille bizarre que l'ingénieur a à la bonne. Je sais bien que sa famille lui manque mais, foi d'Armangaud, il aurait pu trouver mieux pour satisfaire sa fibre paternelle. Ce serait une jolie gamine, avenante et souriante, je ne dirais pas. Mais la Félicie... un vrai garçon manqué. Et insupportable en plus avec son côté mademoiselle Je-Sais-Tout. Il n'y a que monsieur Legrand pour être en extase et toujours lui donner raison. Ma parole, il la croit capable de faire des miracles !

D'accord, elle n'a pas froid aux yeux. Fallait y descendre, au fond. Mais je me demande si elle ne l'a pas fait surtout pour se distinguer, montrer que si elle n'a pas besoin de nous, nous, nous avons besoin d'elle.

C'est comme le Chinois : jusqu'ici il travaillait sans la ramener et voilà qu'il lui faut faire son intéressant ! Et cette façon d'enlever sa chemise pour montrer qu'il est assez mince pour passer ! Du vrai théâtre ! Il n'a pas une langue comme tout le monde pour parler ?

Dommage que mon Péric ait déjà été parti ! C'était un boulot pour lui. Et il n'aurait pas eu besoin de faire tout ce cirque, ça non ! Demain, à son retour à la forge, quand je lui raconterai ce qui s'est passé, il en sera vert de jalousie.

14

— Pourquoi m'avez-vous dit que votre mère était partie ?

Encore ! Il ne pouvait même pas la laisser tranquille quand elle se lavait ! Elle frappa du plat de la main l'eau de la fontaine, faisant jaillir une gerbe d'étoiles scintillantes sous la lune. La colère la faisait bégayer :

— Mais qu'a... qu'avez-vous à la fin avec ma mère ?

Ce mot, jailli de sa bouche avec tout le mépris dont elle était capable, fit à nouveau remuer quelque chose au fond de sa poitrine.

Luc continuait à s'asperger le torse ; le sang coagulé striait ses épaules et il sursautait chaque fois que l'eau froide touchait ses blessures. La petite croix en bois foncé semblait noire sur sa peau pâle. Le regard fixé droit devant lui comme s'il s'adressait au bout de tuyau de cuivre qui crachait un filet murmurant, indifférent à tous les drames de la mine, il insista :

— Vous m'avez dit qu'elle vous avait abandonnés, vous et votre père.

Félicie s'assit sur la margelle. Ses jambes ne la portaient plus. Monsieur Legrand avait raison : elle devait être fatiguée.

— Et alors ? souffla-t-elle en tordant sa natte qui avait trempé dans le bassin quand elle s'était penchée pour y plonger son visage.

Parlant toujours au tuyau de cuivre, comme si elle n'était pas là, il répondit :

— Je me suis renseigné. Certains mineurs plus âgés se souviennent d'elle.

Elle rejeta sa natte en arrière avec un petit rire rauque. Douloureux. Sans doute la poussière de minerai qui lui irritait encore la gorge.

— Une femme qui abandonne enfant et mari, il y a en effet de quoi s'en souvenir !

Tout en se séchant avec un pan de sa chemise, il corrigea d'une voix douce :

— Elle ne vous a pas abandonnés, Félicie. Elle est morte.

Elle secoua la tête lentement, de plus en plus lasse. Ne pouvait-il la laisser en paix ?

Il ne se laissa pas décourager par son silence.

— Vous n'aviez que trois ans. On ne vous a pas dit qu'elle était morte ? Vous ne le saviez pas ?

Elle se leva d'un bond. La chose au fond de sa poitrine la taraudait de plus en plus fort. C'était comme si on lui enfonçait une lame à petits coups jusqu'au cœur. Elle explosa :

— Bien sûr que si, je le sais ! J'étais là, figurez-vous !

Elle baissa la voix pour éviter qu'on ne l'entende du dortoir :

— Mais qu'est-ce que vous voulez à la fin ? Me faire payer la mort de ce porc malfaisant d'Abe ? Je sais que vous avez compris que c'est moi qui l'ai tué.

Il eut un geste vague, comme pour balayer une mouche importune.

— Je ne suis ni policier ni juge. Et puis, vous connaissant, je suis sûr qu'il le méritait. La noirceur de l'âme de certains hommes décourage les plus sages : « On ne peut rien faire d'un bois pourri », disait Kongfuzi…

— Oh, ça suffit avec votre Confu… machin ! l'interrompit-elle, excédée. Et si c'est l'idée que vous avez en tête, sachez que je n'ai pas tué ma mère !

Interloqué, il s'arracha avec un hoquet à la contemplation de la fontaine, prêt à protester que jamais une telle pensée ne l'avait effleuré. Mais c'était Félicie à présent qui ne le regardait plus. Les yeux fixés sur le ciel d'encre bleue au-dessus des crêtes où l'étoile du berger veillait tel un phare solitaire, elle revivait ce qui s'était passé des années plus tôt.

— Elle reposait sur le lit, si paisible... Et son visage ! Fini le pli amer au coin de la bouche, fini le regard triste. Elle était presque belle.

— Pourquoi laisser entendre qu'elle s'était enfuie ?

— Parce que c'est exactement ce qu'elle a fait ! J'étais là, je vous dis, et j'ai entendu ce que Bosc, l'ancien chef mineur, a dit au père : « Pauvre Louise, elle ne supportait pas la mine. » Vous comprenez ? Elle voulait s'en aller, d'une façon ou d'une autre. Elle n'a trouvé que celle-là. Et tant pis si elle nous laissait seuls, le père et moi !

Sa voix se brisa. Elle se laissa à nouveau tomber sur la margelle, vidée de ses dernières forces.

— C'est pour cela, conclut-elle la mine sombre, farouche, que je mets de côté tous les sous que je gagne avec mes *ramellets*, mes herbes, mes champignons, mes escargots et les travaux que me confie monsieur Legrand : si un jour je ne supportais plus d'être ici, je pourrais m'en aller, essayer de recommencer une nouvelle vie ailleurs. Je n'aurais pas besoin de mourir.

Après un instant d'hésitation, Luc renfila sa chemise humide et vint s'asseoir à côté d'elle, à quelque distance cependant ; elle n'aurait pas supporté de le sentir trop près. Il tourna la tête pour dévisager gravement la mince silhouette dégingandée affaissée sur elle-même, essayant d'imaginer la fillette de trois ans, presque un bébé encore, à laquelle personne n'avait fait attention en ce jour de deuil. On l'avait remisée dans un coin, oubliée peut-être, et elle avait surpris une conversation d'adultes qui ne lui était pas destinée. Son intelligence déjà très éveillée avait cherché seule une explication que personne n'avait cru nécessaire de lui donner.

Qu'il était lourd le fardeau dont elle s'était, sans le savoir, chargée en ce jour fatal.

— On ne dira jamais assez le mal qu'on peut faire aux enfants en croyant qu'ils sont trop jeunes pour comprendre, commenta-t-il dans un murmure navré.

— Qu'y avait-il d'autre à comprendre ?

La voix de Félicie, montée dans les aigus, avait pris des intonations enfantines, ressuscitées sans doute par les souvenirs qu'elle avait enfouis si longtemps et qu'elle autorisait pour la première fois à remonter à la surface.

Il était temps de donner à la petite fille l'explication dont on l'avait privée. Luc se surprit à détacher ses mots comme s'il s'adressait effectivement à un très jeune enfant :

— Ce Bosc voulait sans doute dire que les dures conditions de vie à la Pinouse l'avaient fait tomber malade. Rien de plus.

Elle ne répondit pas, mais il vit ses épaules se redresser imperceptiblement comme si la charge qui pesait sur elle depuis tant d'années venait soudain de s'envoler. Félicie prit une profonde inspiration, puis son menton se mit à trembler et les larmes jaillirent de ses yeux, libératrices.

Il se leva et s'éloigna sans se retourner. Elle avait besoin d'être seule… mais elle n'était plus abandonnée.

Quand j'avais son âge et que je m'indignais des crimes et des injustices qui avaient cours dans le monde, me demandant ce que je venais faire dans un tel chaos, le père Hyacinthe répondait que Dieu avait un dessein pour chacun, même pour moi, minuscule vermisseau. Qu'un jour peut-être ma seule présence suffirait à changer le cours des choses. Non par une action héroïque ou extraordinaire, mais simplement parce que je serais là. A l'époque, je ne comprenais pas. Si je n'étais pas destiné à sauver quelqu'un des flammes ou de la noyade, à devenir un grand avocat pour défendre les innocents, quelle utilité pouvais-je avoir ? Aujourd'hui, je sais que le père Hyacinthe avait raison. Si Dieu m'a exilé si loin de mon pays, c'était en vue de cette soirée précisément : pas pour sauver un mineur enseveli, d'autres auraient pu le faire ! Mais il n'y avait que moi pour réconcilier une enfant en colère avec elle-même.

15

— Savez-vous ce qu'est une trépanation, mademoiselle ? Comment procède-t-on ?

Mademoiselle Marguerite reposa précipitamment les cèpes que Félicie était allée chercher pour elle et dont elle tâtait avec volupté le chapeau brun-rouge, de la couleur chaude des feuilles des hêtres sous lesquels ils avaient été cueillis. Ceux qui poussaient sous les pins avaient un chapeau marron clair. Mais les champignons pouvaient attendre. Ravie, elle essuya ses mains au torchon suspendu au-dessus de l'évier et se précipita dans sa chambre pour aller chercher le gros dictionnaire posé sur le bureau. Les questions de Félicie lui avaient manqué, ces dernières semaines.

— Il doit y avoir une planche illustrée, s'empressa-t-elle de répondre en posant le lourd volume sur la table de sa cuisine. Pourquoi veux-tu le savoir ?

— Le docteur Barrate a dit au téléphone à monsieur Legrand qu'il avait fallu trépaner Monnet. Mais apparemment, il va mieux maintenant.

Tout en parlant, Félicie feuilletait le dictionnaire à la recherche du dessin qui l'intéressait.

— Monnet ? interrogea l'institutrice, soucieuse de prolonger la conversation. C'est le mineur que tu as sauvé avec le Chinois ?

Félicie la corrigea sèchement.

— Il s'appelle Luc.

Mademoiselle Marguerite se mordit la lèvre.

— Luc. Tu as raison.

Félicie repoussa le livre ouvert devant elle et se releva.

— Excusez-moi, je ne voulais pas…

L'institutrice sentit son ancienne élève se fermer. Elle s'en voulait de sa maladresse. Qui aurait dit qu'un jour elle regretterait le temps où Félicie la bombardait de questions sur tout et n'importe quoi jusqu'à lui donner la migraine ?

Lorsqu'elle était venue, à la rentrée, lui rendre sa visite rituelle, mademoiselle Marguerite l'avait trouvée changée. Ce silence, cette retenue ne lui étaient pas habituels. Elle aurait voulu se convaincre que le temps qui passait faisait son œuvre, que l'herbe folle commençait à fleurir, que le fruit vert et acide mûrissait. Mais l'incertitude qu'elle lisait pour la première fois dans les yeux de son élève préférée ne laissait pas de l'inquiéter. La vigilance de tous les instants, la hargne qui la maintenait en vie, et dont son institutrice s'était parfois effrayée, avaient disparu de son regard. Elle à qui rien n'échappait, qui voulait tout connaître du monde qui l'entourait, paraissait à présent tournée vers le dedans d'elle-même, comme si elle s'était retirée derrière des volets clos.

La nouvelle tant attendue du retrait des Allemands devant Verdun, qui l'aurait fait exulter quelques semaines auparavant, n'avait suscité en elle qu'un intérêt poli.

Même la vue des élèves tournoyant à grand bruit dans la cour ne l'avait pas fait réagir. Et les rousquilles rapportées comme chaque année d'Arles-sur-Tech lui avaient à peine arraché un sourire.

Mademoiselle Marguerite avait bien essayé de l'interroger, mais elle y avait très vite renoncé. Félicie répondait par monosyllabes : tout allait bien, enfin comme d'habitude, assurait-elle avant de s'éclipser sans même faire l'effort de trouver un prétexte. Elle ne s'était jamais beaucoup livrée, refusant toute sympathie qui pourrait ressembler à de la pitié, mais à présent elle fuyait toute question tant soit peu personnelle.

Le récit du sauvetage dans la mine avait fait le tour du village, mais même là-dessus elle s'était montrée avare de détails – sauf pour louer le calme du Chinois. De Luc.

— Comment va ton père ? risqua mademoiselle Marguerite, histoire de changer de conversation.

— Toujours ivrogne, répondit Félicie en se renfrognant.

Cela aussi, c'était nouveau : jamais jusqu'ici l'institutrice n'avait entendu son élève critiquer ce père qu'elle défendait au contraire bec et ongles, excusant jusqu'à l'inexcusable. Que s'était-il donc passé là-haut pendant l'été ?

— Il a des ennuis ?

— Non. Je ne sais pas comment il fait avec tout ce qu'il ingurgite, mais il s'acquitte toujours de sa tâche correctement. C'est le boiseur le plus sûr de la Pinouse.

Elle haussa les épaules, fataliste.

— C'est à croire qu'une bonne étoile veille sur lui.

— Tant mieux, non ? commenta mademoiselle Marguerite, déroutée.

— Pas si sûr : si l'alcool affectait son travail, il aurait peut-être été obligé de s'arrêter de boire et tout le monde s'en trouverait mieux !

L'institutrice nota ce « tout le monde » qui incluait bien sûr Félicie mais s'abstint de tout commentaire. Si sa protégée commençait enfin à se rendre compte que la façon dont son père la traitait n'était pas normale et qu'elle avait tout lieu de s'en plaindre, il fallait la laisser aller seule au bout de son raisonnement. Et surtout éviter les « Je te l'avais bien dit » et autres « Si tu m'avais écoutée plus tôt », qui n'auraient fait que la braquer. Mais mademoiselle Marguerite n'en continuait pas moins à s'interroger avec angoisse sur ce qui avait pu se produire pendant ses vacances pour motiver une telle volte-face.

Bien qu'elle n'eût rien dévoilé, Félicie paraissait pourtant regretter d'en avoir trop dit. Une ride verticale s'était creusée entre ses sourcils et l'institutrice ne fut pas surprise de l'entendre annoncer qu'il lui fallait à présent partir. Elle n'essaya pas de la retenir.

— Reviens quand tu veux. Maintenant que l'école a repris, tu sais où me trouver.

En quittant la cour à la sortie des classes, les élèves avaient laissé le portail ouvert. Félicie sortit sur la place et le referma derrière elle avec un soin exagéré. Contrairement à ce qu'elle avait prétendu, elle n'avait rien de spécial à faire. Avant, ses journées étaient trop courtes, mais maintenant elle n'avait envie de rien. Elle se sentait vide.

Joseph Mayneris, qui fumait une cigarette sur le pas de la porte de son café, lui jeta un regard étonné. La mémé Cassou qui tricotait comme tous les jours devant chez elle posa son ouvrage sur ses genoux, intriguée. A Valmanya, on n'avait pas l'habitude de la voir ainsi désœuvrée et indécise. Elle rougit comme si elle venait d'être prise en faute. Pourquoi n'irait-elle pas voir vers Sainte-Anne si Balthazar n'était pas dans les parages ? Elle traversa la place d'un pas qui se voulait décidé et prit le chemin du col de Palomera. La mémé Cassou reprit ses aiguilles et le patron du café-hôtel du Canigou jeta son mégot par terre avant de rentrer dans la salle où son épouse, un torchon à la main, astiquait le bar avec ardeur.

Tout en gravissant les premiers lacets, Félicie s'efforça d'admirer le feu d'artifice flamboyant que l'automne allumait dans les arbres. De sentir cet avant-goût de l'hiver qui flottait dans l'air. Elle avait toujours pu prévoir s'il serait rude ou clément, rien qu'en observant le vol des oiseaux, l'épaisseur du pelage des renards ou des fouines, la rapidité avec laquelle tombaient les feuilles, l'odeur même de la terre qui emmagasinait la chaleur du soleil en prévision de l'épreuve à venir... Mais cette année, elle devait s'y prendre à deux fois pour lire les signes, comme si elle avait perdu l'alphabet qui permettait de les déchiffrer. Elle en avait finalement conclu que l'hiver serait particulièrement terrible, mais sans en être vraiment sûre. Après tout, ce n'était peut-être qu'un reflet de son humeur morose. Même les pommes de Marceau Peytavi, celles de l'arbre tordu qu'il réservait à sa consommation personnelle, n'avaient plus le même goût. Quant aux vers de monsieur Hugo qui l'avaient toujours accompagnée, ils la fuyaient, leur puissance inspirée s'accommodant mal des marais mouvants où son âme s'engluait.

Rien n'était plus pareil depuis le soir de la fontaine.

Elle marchait au bord d'un précipice, un gouffre dont elle ne voyait pas le fond et qui l'attirait. Le patient édifice qu'elle avait construit jour après jour pour tenir debout et aller de l'avant s'était écroulé comme un château de cartes. Elle l'avait cru solide, il était bâti sur du sable, un malentendu, ou plutôt un mal compris. Elle se retrouvait, vacillante et vulnérable, au cœur d'un monde où elle ne reconnaissait plus rien, où elle doutait de tout. Le père n'était plus la victime innocente d'une trahison. Ce n'était pas la faute de la mère s'il buvait. Peut-être même avait-il commencé à boire avant. Peut-être l'avait-il, elle aussi, frappée. Peut-être avait-il contribué à la faire tomber malade. Tous ces « peut-être » la rendaient folle !

A moins qu'elle ne le fût déjà. N'était-ce pas ce que tout le monde pensait, la Séraphine qui la traitait de sorcière et tous les autres à la mine qui la regardaient de travers ? Et s'ils avaient raison ? Elle avait posé la question à

Luc : un être normal n'aurait-il pas éprouvé du remords d'avoir tué un homme, même si celui-ci le méritait cent fois ? D'ailleurs, le méritait-il tant que cela ? Le mépris avec lequel il avait traité le père, ne commençait-elle pas à l'éprouver elle aussi ? Et si…

Luc l'avait interrompue :

« Kongfuzi a dit : "Je ne peux rien pour qui ne se pose pas de questions." Mais là, Félicie, vous vous en posez beaucoup trop !

— Si j'avais compris les choses comme il le fallait…

— Comment auriez-vous pu ? Vous n'aviez que trois ans. Ne vous chargez pas d'une culpabilité qui n'est pas la vôtre, ne reprenez pas votre vie sur un nouveau malentendu. »

Mais ses exhortations ne parvenaient pas à l'apaiser. Oui, elle se sentait coupable. Coupable de leur en avoir voulu à tous de ne pas la comprendre alors qu'elle-même n'avait rien compris non plus. Elle en était mortifiée et malheureuse.

Elle décida qu'elle ne voulait voir personne. Même Balthazar ne pouvait pas l'aider. Elle s'assit au bord du chemin, la tête dans les mains.

Un coup de sifflet, bref et puissant, lui fit lever les yeux vers la ligne de chemin de fer qui ceignait la montagne comme un collier autour du cou d'une dame. Le dernier train rapatriait son chargement de minerai vers Formentera.

Elle se releva. Il était temps d'arrêter de gémir. Elle seule avait le pouvoir de remettre sa vie sur ses rails.

Frémissant de toutes ses branches, Robin paraissait l'attendre sur sa terrasse surplombant Roca Gelera. Elle enserra son tronc de toutes ses forces, sa joue meurtrie par l'écorce épaisse. C'était si bon de retrouver un ami avec qui il ne pouvait y avoir de malentendu ! A quelques pas de là, Belle Marianne avait coiffé le beau voile doré qui était sa parure d'automne.

Félicie se sentit un peu revigorée ; ici au moins, rien n'avait changé.

Mais elle n'était pas venue jusque-là seulement pour les saluer. S'arrachant à l'étreinte du chêne qui laissa sur sa joue une marque en creux, elle glissa le bras dans la crevasse qui servait de cachette à son trésor. Elle avait dû remplacer le petit sac de jute par un plus grand, en toile épaisse, pour contenir les cent trente-six francs et quarante centimes en pièces de toutes tailles patiemment accumulés. Les vingt-cinq francs que monsieur Legrand lui avait donnés pour avoir rapporté à temps le dossier oublié aux Manerots et l'argent gagné à tenir les registres et distribuer le carbure dans la petite cabane en planches – sans oublier ce qu'elle avait empoché lors de la partie de « truc » de la Saint-Jean 1915 – avaient bien arrondi son magot. Elle se sentait presque riche.

Mais à quoi bon continuer à économiser en cachette pour ne pas avoir à reproduire la trahison de la mère, puisque trahison il n'y avait pas eu ? Cet argent lui serait plus utile ailleurs.

Félicie enfourna d'un geste brusque le sac dans sa gibecière. Elle irait le montrer à monsieur Legrand et, ensemble, ils parleraient de son avenir. Si au moins les souffrances qu'elle avait endurées pour rien pouvaient lui servir à rebâtir sa vie sur des fondations solides et saines, elles n'auraient pas été vaines.

La première chose qu'elle vit le lendemain matin en revenant dans la petite alcôve après son habituelle balade nocturne, ce fut son précieux sac de toile, lourd de promesses, entre les mains du père en caleçon et chaussettes qui vociférait à en réveiller tout le dortoir :

— C'est quoi cette oseille ?

Une décharge électrique la parcourut de part en part. Le père brandissait le sac sous son nez, toujours écumant :

— C'est ce que tu m'as volé, hein ? Avoue, garce, fille perdue ! Et moi qui devais mendier de quoi boire un verre ou rouler une cigarette ! Ah, charogne, tu m'as bien eu !

Félicie subit ce déluge sans broncher. Que lui importaient maintenant ces injures ? Elle ne s'abaisserait pas à répondre à ces accusations grotesques. Elle s'en voulait juste de ne pas avoir été plus prudente. Elle n'aurait pas dû laisser son sac sous son oreiller, elle aurait dû l'emporter avec elle, voilà ce qu'elle aurait dû faire ! Elle bondit et arracha son trésor des mains du père, qui rugit et l'empoigna par le bras. Déjà, il levait la main pour frapper.

Mais Félicie était décidée à ne plus se laisser faire. Elle se libéra d'une secousse et sortit son couteau. Le père recula d'un pas avec un sursaut, incrédule. Elle pointa la lame vers sa poitrine, sifflant entre ses dents :

— C'est fini. Si tu me touches encore une fois, je te plante !

Il recula encore, les yeux écarquillés. Rengainant son couteau, elle se faufila prestement dehors, son précieux magot serré sur son cœur.

Mais qu'est-ce qu'elle fait à traverser le dortoir comme ça avec son couteau ? Elle poursuit quelqu'un ou c'est elle qui est poursuivie ? En voilà une façon de réveiller les gens ! Comme si le réveil ne sonnait pas déjà assez tôt ! Yalla, *autant se lever maintenant. De toute façon je ne pourrai plus me rendormir.*

Et Ahmed qui ronfle plus fort que le marteau perforateur ! Il faudrait une fanfare pour le réveiller, et encore.

Nhadine omouk, *où est donc cette chaussure ?*

Tiens, voilà le Polyte. Ma parole, on dirait qu'il a vu un fantôme !

Cette histoire m'inquiète. Je devrais aller voir si tout va bien pour la fille. Elle est bizarre mais elle a du cran. Et sans elle et le Chinois, Monnet serait mort. Elle l'a soigné et tenu contre elle quand nous avons fait tomber les rochers par en dessous. « Regarde-la, Aziz, qu'il a dit, monsieur Legrand, il n'y a pas beaucoup de garçons qui seraient entrés là-dedans comme elle, sans hésiter. » Il a raison, monsieur Legrand. Même moi, la première fois où je suis descendu au fond, j'ai failli tourner de l'œil. Allez, je vais descendre voir.

16

Quand les cris retentirent à l'entrée de la galerie et que les premiers mineurs refluèrent au-dehors en faisant de grands gestes, Félicie eut l'étrange sensation d'être revenue quatre mois en arrière, le soir de l'effondrement de la chambre, au niveau cent vingt-cinq. Seulement cette fois, ce n'est pas un Stéfan bégayant et bouleversé qui vint s'encadrer dans la porte de la cabane en planches, mais monsieur Legrand en personne, le visage grave et le manteau de laine couvert de neige sale. Elle se leva de derrière son bureau comme dans un rêve.

— Un accident ?

L'ingénieur hocha la tête. Il avala sa salive et elle regarda, fascinée, sa pomme d'Adam monter et redescendre le long de son cou.

— Un éboulement ? hasarda-t-elle.

Il hocha la tête derechef. Son teint était grisâtre et son regard désolé derrière ses lunettes rondes cerclées d'or. Il souffla sur ses doigts gourds que le froid rendait douloureux et se lança :

— Un boisage a foiré et le front de taille s'est effondré.

Dès qu'elle avait entendu le mot « boisage », elle avait compris :

— Mon père ?

— Je ne sais pas ce qui s'est passé ; il n'avait jamais raté un assemblage avant.

Elle n'attendit pas qu'il finisse sa phrase. Déjà elle s'emparait d'une lampe posée par terre et dévissait le réservoir pour le remplir de carbure.

— Il a été enseveli ? Je vais descendre.

Monsieur Legrand retint son bras.

— C'est inutile, fillette. Il a été rapidement dégagé. On le remonte sur un brancard.

La gorge de Félicie était sèche et rêche, comme lorsqu'elle luttait au côté de Luc pour déplacer les rochers. Elle n'osait pas prononcer les mots fatidiques.

— Est-il… ?

— Mort ? Non, mais il a le bassin et une jambe écrasés. Sans compter d'autres blessures moins graves.

Elle reposa la lampe et se laissa tomber sur sa chaise, plus soulagée qu'elle ne voulait se l'avouer.

Cet accident, cela faisait plusieurs mois qu'elle le redoutait. Depuis le matin où elle avait menacé le père de son couteau, en fait.

Elle s'était attendue à une réaction violente. A des menaces. A un piège tendu dans le noir pour lui filer une bonne dérouillée, histoire de lui apprendre l'obéissance et la soumission. Le père ne connaissait pas d'autre langage. Elle s'y était donc préparée, ne quittant pas son couteau, même pour dormir. Elle avait d'ailleurs préféré retourner pour quelques nuits dans le ventre accueillant et sûr de la cachette de Néro. Mais rien n'était venu.

Le père avait-il appris auprès d'Abe la dissimulation et l'art de faire patienter sa colère pour mieux surprendre ?

Elle s'était ouverte de ses inquiétudes à Luc, avec qui elle parlait de plus en plus souvent. Elle avait trouvé quelqu'un capable de la comprendre, de la suivre, et même de la devancer parfois, sur les chemins de son raisonnement et de sa logique. Cependant, cette fois, il avait refusé de lui emboîter le pas. En Chine, le respect des parents était placé au-dessus de tout, et il désapprouvait le couteau brandi sous le nez du père.

« “En cas de reproche à faire à vos parents, avait-il commencé à citer, faites-le aimablement…”

— … a dit Confucius, je sais ! avait-elle complété rageusement. Seulement je n'aurais même pas eu le temps de finir ma première phrase avant de me retrouver assommée d'un coup de poing ! Je ne sais pas si en Chine les parents écoutent ce que les enfants ont à leur dire, mais je peux t'assurer que dans ces moments-là le père devient parfaitement sourd ! Je lui ai parlé la seule langue qu'il connaît. »

Il lui avait répondu par une autre citation où il était question d'un fils qui nourrissait ses vieux parents, mais aussi les chevaux et les chiens, et du respect qui faisait la différence entre les deux, mais elle s'était déjà détournée, entre fureur et découragement. Ses objections n'étaient-elles pas assez claires et justifiées ? Pourquoi les autres lui donnaient-ils l'impression d'entendre d'autres mots que ceux qu'elle prononçait ?

Avec monsieur Legrand, les choses avaient été plus simples : il avait applaudi à son initiative de lui confier ses économies, tout en s'étonnant de l'importance de la somme rassemblée.

« Tu as gagné tout cet argent en vendant des herbes, des champignons et des framboises ? » s'était-il exclamé en comptant les pièces déversées sur son bureau.

Félicie n'avait pas jugé utile de lui parler de la partie de « truc ». Elle s'était contentée de hocher la tête.

« En tout cas, tu as raison de penser à ton avenir. J'ai déjà réfléchi pour toi à deux ou trois possibilités dont je te reparlerai. »

Il avait inscrit sur un bout de papier la somme qu'elle venait de lui remettre et signé en dessous.

« Voici ton reçu, expliqua-t-il en le lui tendant. Je tiens à ce que ce soit fait dans les formes. »

Et il avait enfermé le sac dans le coffre-fort de la mine. Elle avait eu l'impression que c'était sur son passé, ces années passées dans la souffrance et l'erreur, qu'il refermait la porte à double tour.

Et le père ne réagissait toujours pas.

Quand il venait chercher le carbure pour sa lampe avant de descendre au fond étayer un nouveau tronçon de galerie, il ne disait pas un mot mais lui jetait un regard où la peur le disputait à la gêne. Elle s'était surprise à penser qu'il semblait perdu. Comme si en brisant le rapport de force qu'il avait avec elle, elle lui avait enlevé ses repères. Elle avait presque pitié de lui.

Elle s'inquiétait même. Elle avait remarqué que ses mains tremblaient en saisissant la lampe. Cela ne lui était jamais arrivé auparavant : il pouvait prendre la pire cuite la veille au soir, il ne lui fallait que quelques secondes au réveil pour retrouver ses esprits et partir au travail en pleine possession de ses moyens. Il était réputé pour avoir le coup de hachette le plus précis de tous les boiseurs. C'en était presque injuste pour les autres, ceux qui s'efforçaient de rester sobres ou du moins d'éviter les abus de boisson. L'âge aidant, le père tenait-il moins bien l'alcool ? Son foie, malmené par une vie de beuveries, lui demandait-il à la fin des comptes ? Elle n'osait pas imaginer qu'il ait pu être à ce point ébranlé par sa seule rébellion.

Mais ce tremblement ajouté à son dos voûté et à sa démarche désormais lourde et traînante quand il pénétrait dans la galerie ne lui faisait rien augurer de bon. Dans ce métier, l'erreur ou même simplement l'à-peu-près ne pardonnaient pas.

Elle s'était même demandé si elle ne devait pas alerter monsieur Legrand : une galerie mal étayée pouvait s'effondrer et entraîner un éboulement sous lequel les mineurs au travail se retrouveraient pris au piège. Malgré sa crainte d'un accident, elle n'avait pu s'y résoudre. Dénoncer le père aurait entraîné son renvoi et elle aurait eu l'impression cette fois de lui plonger son couteau pour de bon dans le cœur

Elle enfila son gros chandail de laine par-dessus sa veste et sortit de la cabane à la suite de l'ingénieur. Le froid intense solidifiait leur souffle en une buée givrée qui collait aux lèvres. Elle ne s'était pas trompée finalement : l'hiver était le plus rigoureux qu'on ait vu depuis des années, pire même que celui de 1906. La Pinouse avait déjà été isolée deux fois par la neige, une fois juste avant Noël et l'autre au tout début de ce mois de janvier 1917, et ce n'était sûrement pas fini. Tous ceux qui travaillaient à l'extérieur avaient la consigne impérative de porter des gants : Aziz, l'Arabe d'Algérie, qui les avait oubliés dans le dortoir, s'était retrouvé la main collée à la paroi métallique glacée du wagonnet qu'il poussait vers la trémie. De l'eau chaude apportée en hâte de sa cuisine par la Casso en était venue à bout, mais à présent les contremaîtres vérifiaient que tous les ouvriers avaient bien pensé à se protéger. A l'intérieur même des bâtiments, l'eau gelait dans les brocs et il fallait casser la glace qui recouvrait le bassin de la fontaine pour pouvoir se laver.

Comme elle courait vers l'entrée de la galerie zéro, en essayant de ne pas glisser sur le verglas qui faisait miroiter la terre battue, un groupe agité émergea des entrailles obscures de la mine par la gueule béante au ras du sol. Les ouvriers se turent quand ils la reconnurent et, dans le silence revenu, on put alors entendre les gémissements pitoyables qui s'élevaient de la civière qu'ils transportaient.

Combien de fois avait-elle vécu une scène semblable ? Combien de fois l'avait-on déjà appelée au chevet d'un blessé ? Combien de fois avait-elle fait les gestes qu'il fallait pour soulager, sauver, en gardant la tête froide tandis que tous s'affolaient autour d'elle ? Mais il ne s'agissait alors pas de son père. Félicie s'approcha du brancard tel un automate. L'homme qui gisait dessus, recroquevillé sur sa souffrance, paraissait à peine plus grand qu'elle. Les mains qui l'avaient secouée et giflée tant de fois agrippaient spasmodiquement la couverture qu'on avait posée sur lui, au rythme des vagues de douleur qui irradiaient son corps brisé. La sensation d'irréalité s'accentua. Elle entendit comme dans un rêve monsieur Legrand ordonner qu'on porte la civière jusqu'à la cantine, vide à cette heure de la matinée ; on pourrait déposer le blessé sur une table et le fourneau qui ronflait en permanence dans la cuisine de la Casso lui tiendrait chaud. Félicie suivit machinalement le cortège, la tête basse et les bras croisés sur sa poitrine, comme si elle marchait derrière un corbillard.

Elle ne revint à la réalité qu'au moment où elle se pencha sur le corps pour sonder les plaies. Les membres ensanglantés, la hanche enflée et violacée, les esquilles blanchâtres n'avaient pas d'identité et elle avait oublié qu'il s'agissait du père. Elle recouvra aussitôt son calme et sa faculté d'évaluer les dégâts au plus juste. Déchirant le pantalon lacéré, elle palpa les chairs tuméfiées avec douceur et dextérité. Elle sentait sous ses doigts les pointes des os brisés qui torturaient les chairs.

On n'avait pas le temps d'attendre que le docteur De Guardia puisse monter de Vinça, d'autant qu'il lui faudrait bien deux jours pour arriver jusqu'à la Pinouse avec la neige qui recouvrait tous les chemins, dressant avec le vent des congères presque impossibles à franchir. Quant au train qui avait évacué Monnet, il ne fallait pas y penser : on dégageait la voie tous les jours à la pelle, et encore la locomotive s'était-elle trouvée bloquée à plusieurs reprises en fort périlleuse position. Cette fois, il lui faudrait se débrouiller ici, et seule.

Le blessé ne geignait plus. Monsieur Legrand avait fait sortir tout le monde de la salle ; seule la Casso attendait à distance que Félicie lui fasse signe pour apporter des linges propres ou de l'eau chaude. La jeune Catherine était sortie, à sa demande, chercher la boîte à pharmacie dans la petite cabane en planches et le sac contenant ses herbes rangé sous son lit, dans l'alcôve du dortoir.

Elle s'activa dans le silence pendant plus d'une heure, nettoyant et désinfectant les plaies avec une décoction d'écorce de bouleau de sa fabrication, redressant de son mieux le bassin disloqué, posant des attelles. Lorsqu'il fallut réduire la fracture ouverte de la cuisse, elle sollicita l'aide de monsieur Legrand et de la Casso pour maintenir la jambe du blessé à qui elle avait fait boire au préalable une infusion de camomille afin de lui épargner de trop s'agiter. Elle lui accorda même, pour diminuer la douleur, deux gorgées d'eau-de-vie de gentiane dont elle gardait un petit flacon enroulé dans un mouchoir. Elle ne pouvait faire plus.

Elle fit signe à ses deux « assistants » de se tenir prêts et prit une profonde inspiration pour calmer les battements de son cœur qui s'affolait un peu ; ses mains devaient agir vite et bien. Elle serra les dents, tira et réaligna dans le même mouvement l'os fracturé. Le blessé hurla, mais monsieur Legrand et la Casso tenaient bon.

Félicie recula, épuisée. La guérison prendrait du temps, mais, avec un peu de chance, le père ne resterait pas boiteux.

Il ne manquait plus qu'à accrocher au mur le dessin à l'encre que lui avait offert Luc et l'installation serait terminée. Félicie tourna lentement sur elle-même pour admirer son nouveau domaine. C'était une sensation nouvelle pour elle : finie la paillasse séparée du dortoir par une simple couverture tendue, désormais elle dormirait dans un lit près du petit poêle à bois de la cuisine de l'appartement dont le père et elle étaient à présent locataires. Monsieur Legrand y avait tenu : Quintana, un artificier originaire du Boulou, qui vivait à la Pinouse depuis quatre ans avait été mobilisé quelques semaines plus tôt. Sa femme était retournée chez ses parents avec leur fils et l'appartement qu'ils occupaient au premier étage d'une des maisons construites pour les familles s'était retrouvé vacant. L'ingénieur avait offert à Félicie de s'y installer pour soigner son père.

Il ne lui avait pas fallu longtemps pour rassembler ses maigres possessions. Les vieux vêtements d'homme qu'elle portait tenaient dans un baluchon et les herbes enfermées dans son cher sac de toile ne pesaient pas bien lourd. Luc s'était proposé pour porter la caisse contenant les affaires du père, encore trop mal en point pour se lever. Il occuperait l'unique chambre du logement et Félicie s'installerait à portée de voix, dans la cuisine. La mine disposait d'une caisse d'entraide et le père continuerait à recevoir une partie de son salaire pendant son indisponibilité, ce qui permettrait de payer le loyer.

Félicie avait faiblement protesté : elle n'avait pas l'habitude de telles largesses. C'était trop de générosité ! Et puis elle avait quelques scrupules : elle ne pouvait pas veiller sur son père tout en continuant son travail dans la petite cabane en bois.

« Allons, Félicie, avait souri monsieur Legrand, je t'ai connu plus d'imagination ! Il ne s'agit pas cette fois de sauter dans une benne du funiculaire. »

Ils étaient convenus qu'elle ne viendrait à la cabane que pour la distribution de carbure. Les registres, elle pourrait s'en occuper chez elle.

« Chez elle », ces deux simples mots lui avaient donné la chair de poule. Elle n'avait jamais eu de « chez elle ». Même la cachette derrière le four du boulanger où elle s'était réfugiée après avoir été violée par Abe était « chez Néro ». En fait, la seule chose qui aurait pu s'apparenter à un « chez elle » jusqu'ici, c'était la montagne.

De sa manche, elle essuya la vitre embuée couverte d'étoiles de givre. La fenêtre de la petite cuisine pavée de briques rouges ouvrait sur le pic de l'Estela. Elle essaya de distinguer, au-dessus de Roca Gelera, la terrasse où Robin et Marianne avaient monté la garde pendant tant d'années près de son trésor inutile. Mais la neige recouvrait tout d'un manteau blanc uniforme qui estompait les contours, et même son œil, pourtant réputé aussi acéré que celui d'un aigle, ne parvenait pas à distinguer les deux arbres chers à son cœur.

Elle les avait présentés à Luc. Après tout, la crevasse dans le tronc de Robin ne cachait plus rien maintenant et elle pouvait faire au Chinois les honneurs d'un autre de ses endroits favoris. Il ne s'était pas moqué de ses amitiés arboricoles. Il s'était incliné gravement devant le gracieux bouleau argenté et le vieux chêne tourmenté qui avaient paru apprécier. Luc avait aussi beaucoup loué la vue qu'on découvrait du surplomb et s'était promis d'y revenir avec son cahier et son pinceau. Y était-il retourné malgré le froid ?

Elle ne l'avait pas vu aujourd'hui. Son attitude lors du sauvetage de Monnet avait impressionné son contremaître, qui n'hésitait plus désormais à le sortir du front de taille où s'échinaient ses compatriotes pour lui confier des missions en solitaire à l'extérieur, comme d'aller récupérer les nouveaux lots d'explosifs arrivés par le train à Rapaloum ou des pièces détachées fabriquées dans les ateliers de Roca Gelera. Son pied léger lui permettait de passer partout malgré les congères et les fossés remplis de neige qui gommaient les sentiers. Même monsieur Legrand avait parfois recours à ses services, maintenant que Félicie était retenue au chevet du père. Elle n'en prenait pas ombrage, au contraire.

Le regard des autres avait aussi un peu changé à son propre égard depuis l'éboulement du niveau cent vingt cinq. Et encore davantage depuis l'accident du père. Ceux qui considéraient encore avec méfiance sa connaissance des herbes et refusaient jusque-là d'y avoir recours n'hésitaient plus désormais à faire appel à elle. Après tout, l'ingénieur, avec toutes ses études et ses diplômes, lui faisait une confiance aveugle, et les blessés s'en étaient bien trouvés !

Georges Marti, le chef mineur qui occupait l'appartement situé en face de celui de monsieur Legrand, au rez-de-chaussée, était ainsi venu lui demander si elle pouvait soulager sa femme qui connaissait une fin de grossesse difficile. Elle avait déjà fait une fausse couche deux ans auparavant et se sentait de plus en plus angoissée au fur et à mesure que la délivrance approchait. La malheureuse avait bien pensé partir faire ses couches chez ses parents, à Montferrer, mais quand elle s'était décidée, la neige rendait déjà les chemins impraticables et elle avait dû se résoudre à rester à la Pinouse.

Félicie recula de deux pas pour vérifier que le Canigou de Luc se dressait bien droit sur le mur. Les tisanes d'avoine et de millepertuis qu'elle avait fait boire au père pour faire baisser sa fièvre agissaient et il reposait pour l'instant paisiblement dans son lit, sans geindre ni réclamer le vin qu'elle lui refusait. Elle rajouta de l'eau dans la casserole posée sur le poêle à trois pieds. Elle avait le temps d'aller rendre une petite visite à Marie et son gros ventre, Marie aux yeux traqués qui ignorait qu'elle avait de si beaux cheveux.

Des pas dans le couloir… Ils sont trop légers pour que ce soit Georges. On toque à la porte : c'est Félicie. Je n'aurais jamais cru être aussi contente de voir cette étrange gamine. Elle me faisait presque peur avec ses airs de sauvage. Et ses pantalons d'homme qui la font ressembler à un épouvantail ! Quand Georges m'a dit qu'il lui avait demandé de passer me voir, je me méfiais. Mais en fait, sous ses abords bizarres, elle est plutôt gentille. Et les tisanes qu'elle m'apporte me font beaucoup de bien. Si la sage-femme ne peut pas monter de Valmanya quand le moment sera venu, Félicie saura ce qu'il faut faire.

J'espère seulement qu'elle ne va pas amener ce Chinois chez moi. Il s'est montré bien courageux, mais tout de même il y a des limites. On ne sait pas de quoi ces gens-là sont capables. Et s'il attirait le mauvais œil sur mon bébé ?

Félicie ne devrait pas traîner avec lui.

17

Félicie se réveilla en sursaut. Elle n'aurait su dire exactement ce qui l'avait tirée ainsi brutalement de son sommeil. Un bruit peut-être ? Un grondement lointain. Elle tendit l'oreille. Seul le sifflement du vent lui répondit. Il avait forcé cette nuit et giflait les sapins avec une violence féroce. Si la neige se mettait de la partie, la Pinouse serait à nouveau isolée. Déjà, les ouvriers de la vallée avaient le plus grand mal à arriver à temps pour le changement d'équipe. Cet hiver était vraiment terrible. Monsieur Legrand avait eu le directeur, monsieur Voisin, au téléphone : si on en croyait *L'Indépendant*, la Têt était prise par les glaces jusqu'à Saint-Feliu-d'Avall dans la plaine, toutes les communications avec la Cerdagne et les hauts cantons étaient interrompues et il y avait un mètre cinquante de neige à Villefranche, le village fortifié aux portes de Prades. Et février s'annonçait pire que janvier.

Félicie étira ses membres douloureux. Hier soir, le père avait eu une crise. La fièvre était enfin tombée et tout risque d'infection était écarté, mais les os n'étaient pas encore ressoudés et il devait éviter de bouger. Autant retenir un taureau furieux dans un enclos ! Le père s'impatientait, voulait se lever, s'énervait de la douleur qui l'empêchait encore de poser un pied à terre.

« Je ne suis pas un vieillard grabataire pour rester ainsi au lit jour et nuit, tonnait-il. Donne-moi une de tes fichues tisanes pour que je puisse au moins aller aux latrines seul ! »

C'était pour lui le plus insupportable : devoir compter sur sa fille pour uriner dans une bouteille munie d'un entonnoir, déféquer dans une bassine sans quitter son lit. Il avait l'impression de retomber en enfance. Et son humiliation quotidienne se doublait d'une intense frustration : il avait eu beau menacer ou supplier, pas une goutte de vin n'était entrée dans sa chambre. Félicie tenait bon ; c'était sa seule chance de le guérir de son ivrognerie. N'avait-elle pas été cause de son accident ? Ne risquait-elle pas d'en provoquer d'autres dans l'avenir ?

Mais le prix à payer était lourd et, la veille, il s'était démené comme un beau diable, résolu à marcher jusqu'à la cantine pour vider une ou deux bouteilles.

« Cul sec ! hurlait-il en agrippant le bord du matelas pour se lever. Cul sec, je les descendrai ! Il me faut bien ça après un mois d'abstinence. »

Elle avait dû batailler ferme, lui assurant que ses os allaient se ressouder de travers et qu'il resterait boiteux, avant qu'il capitule. Encore n'était-elle point sûre que ses arguments y eussent été pour quelque chose. La douleur qu'il ressentait encore et la faiblesse générale d'un corps allongé depuis plusieurs semaines avaient certainement été les plus convaincantes !

Pour l'empêcher d'essayer à nouveau de s'échapper dès qu'elle aurait le dos tourné, Félicie avait tiré une chaise près du lit du père, bien résolue à ne pas le quitter des yeux. C'est là qu'elle s'était endormie, pelotonnée dans une couverture.

Elle se leva et s'étira derechef. Elle était tout ankylosée. Il régnait dans la pièce un froid glacial. Frissonnante, elle drapa la couverture autour de ses épaules et passa dans la cuisine pour ranimer le feu dans le poêle.

Si Georges ou Marie Marti s'étaient ainsi réveillés au milieu de la nuit, peut-être leur bébé serait-il encore en vie.

Pourtant, Marie croyait avoir eu de la chance. La tempête s'était calmée, et Léontine Verdaguer, la sage-femme, avait pu grimper jusqu'à la *Pinosa* une semaine avant la date prévue pour l'accouchement.

« Si le mauvais temps bloque à nouveau les chemins, avait-elle expliqué en secouant sa pèlerine noire saupoudrée de neige, au moins, je serai sur place. »

Sage précaution, puisque le lendemain l'enfant était là. Marie, pâle et les traits tirés, rayonnait de fierté dans son lit : c'était un garçon. Et d'égrener les prénoms qui avaient sa préférence en vue du baptême, au printemps. Elle s'était refusée à en choisir un tant que l'enfant ne serait pas né. Par superstition.

Félicie était moins enthousiaste : le bébé était malingre et calme. Trop calme. Elle avait conseillé de le faire dormir entre ses deux parents, pour qu'il soit bien au chaud. Mais Marie avait refusé : elle ne voulait pas risquer de l'écraser ou de l'étouffer comme cela arrivait parfois. Avant de repartir, Léontine l'avait mise en garde à ce sujet. Marie avait donc déposé le nourrisson étroitement emmailloté dans le beau *bressol*[1] de chêne sur lequel Roca, le menuisier, avait sculpté un oiseau en plein vol.

Au troisième matin, lorsqu'elle s'était levée pour l'allaiter, elle l'avait trouvé inerte, les lèvres bleues de froid. Il ne respirait plus.

On l'avait enterré le jour même dans son berceau en priant que l'oiseau sculpté par Roca amène directement cet innocent au paradis, même si on n'avait pas eu le temps de le baptiser.

1. Berceau.

Le désespoir de Marie n'acceptait pas de consolation. Félicie l'avait encore trouvée en pleurs cet après-midi, lorsqu'elle était allée lui apporter une infusion pour tarir le lait désormais inutile qui gonflait ses seins. Elle était restée un moment à lui tenir la main, ne sachant que dire pour apporter à la jeune femme un réconfort dont elle ne voulait pas.

Luc aurait sûrement trouvé une citation de Confucius convenant à la situation, mais il n'était pas à la Pinouse. Avec ce mauvais temps, il était dangereux de faire fonctionner le câble aérien et la mine tournait au ralenti. L'extraction avait été arrêtée. On en profitait pour consolider les galeries, faire quelques sondages et réparer outils, rails et wagonnets. Monsieur Legrand avait envoyé Luc à Roca Gelera avec une pièce du « criquet » qui s'était fêlée. Mieux valait la remplacer tout de suite plutôt que de voir le marteau perforateur tomber en panne quand il faudrait rendre à plein !

Félicie plaqua ses mains sur le poêle qui recommençait à chauffer doucement. Le front plissé, elle essayait de se remémorer ce qui l'avait réveillée un peu plus tôt. Elle avait le vague souvenir d'un grondement, mais peut-être l'avait-elle rêvé ? Debout dans sa couverture, elle triturait le bout de sa natte, énervée. Dans le dortoir, elle était capable d'identifier non seulement tous les sons qui lui parvenaient, mais aussi leur provenance. Elle pouvait même dire à quelle fenêtre précisément un volet était en train de claquer. Ici, elle n'avait pas encore ses repères.

Tant pis. Ce ne devait pas être important. Peut-être un amas de neige tombé des branches d'un sapin sous l'effet du vent.

Elle bâilla. Dieu qu'elle était fatiguée ! Elle regarda le petit réveil dont monsieur Legrand lui avait fait cadeau pour qu'elle ne soit pas en retard pour distribuer le carbure. Deux heures du matin. On était donc déjà dimanche. Le 11 février 1917.

Toujours enveloppée dans sa couverture, elle alla s'étendre sur son lit. Ses yeux ne tardèrent pas à se fermer.

Ce grondement à nouveau… C'est la malle-poste vers Perpignan qui approche. Rien ne semble pouvoir arrêter l'élan irrésistible des trois chevaux de front qui tirent la voiture. Pourtant le postillon se dresse. Prenant appui du pied sur le timon, il tire sur les rênes rassemblées dans ses grandes mains carrées. Les chevaux se cabrent, la tête tirée en arrière par le mors qui déchire leurs bouches. Leurs larges poitrails écumants s'envolent. Ils sont gigantesques. Je suis si petite. Dans la neige jusqu'aux genoux, je n'ai pas peur pourtant. Deux bras enserrent tendrement ma taille. Des baisers mouillés se posent sur mes joues.

Maman.

18

— Roca Gelera ne répond pas !

La voix de monsieur Legrand, pressante, inquiète, avait percé le voile du chuchotement. Félicie, qui finissait de natter ses cheveux, debout près du poêle de la cuisine, interrompit son geste, aussitôt en alerte. Se penchant à la fenêtre, elle découvrit l'ingénieur et Marti en grande discussion sur le pas de la porte au rez-de-chaussée.

Monsieur Legrand faisait les cent pas dans la neige, le nez rouge par-dessus l'écharpe de laine qu'il avait enroulée plusieurs fois autour de son cou. Le chef mineur qui finissait d'enfiler sa veste de cuir sur deux pulls superposés essayait de le calmer :

— Il n'y a pas de quoi s'inquiéter : la ligne téléphonique doit être coupée, voilà tout. Avec ce qui est tombé ces derniers jours... Et de la neige mouillée, lourde en plus !

Mais monsieur Legrand était toujours préoccupé. Félicie le voyait d'en haut secouer la tête tout en continuant son va-et-vient énervé.

Elle sentit comme un pincement au cœur. Etait-ce un pressentiment qui l'avait réveillée cette nuit ? Le grondement qu'elle avait cru entendre venait-il de Roca Gelera ?

Sans même prendre la peine de finir de boutonner son vieux chandail, elle dévala l'escalier et se précipita à la poursuite des deux hommes qui descendaient à grandes enjambées vers le bureau de l'ingénieur.

Elle les rejoignit à l'intérieur alors que monsieur Legrand, le combiné à l'oreille, s'acharnait sur la manivelle pour tenter une nouvelle fois d'obtenir la communication. Peine perdue. Ses « allô » angoissés se perdaient dans le vide.

— Marti, réunissez les hommes, ordonna-t-il en raccrochant brutalement. Nous allons envoyer une équipe voir si tout va bien là-bas.

— Nous devrions encore attendre un peu, protesta Marti qui tenait à son idée et n'avait pas particulièrement envie de patauger dans la neige par ce froid. Si c'est le câble…

— Non, ce n'est pas une question de ligne, intervint Félicie que les deux hommes, le dos tourné, n'avaient pas encore remarquée. Monsieur Legrand a raison : il s'est passé quelque chose de grave.

Se retournant d'un bloc, ils la dévisagèrent, interrogateurs. Elle hésita, embarrassée.

— J'ai entendu comme un grondement cette nuit.

— C'était le vent, riposta Marti, excédé.

— Le vent ne m'aurait pas réveillée, j'ai l'habitude de l'entendre ! Il fallait que ce soit un bruit vraiment inhabituel pour me tirer de mon sommeil, fatiguée comme je l'étais.

— Et pour le percevoir d'ici s'il venait de Roca Gelera, compléta l'ingénieur, le visage fermé, il fallait qu'il soit énorme !

Les arguments étaient convaincants. Le visage de Marti s'allongea et son teint devint grisâtre.

— Vous avez raison, capitula-t-il. Je vais chercher des volontaires.

Il ressortit en relevant le col de sa veste pour se protéger du froid.

Le mauvais temps avait empêché les hommes de descendre s'enivrer à Valmanya la veille comme ils le faisaient presque tous les samedis soir. Ils avaient bu quand même – « pour lutter contre le froid », disait Fabre – mais au moins n'avaient-ils pas quitté la Pinouse et Marti put donc rameuter la soixantaine de mineurs, boiseurs, artificiers et manœuvres qui vivaient sur le site à l'année. Il ne leur fallut pas un quart d'heure pour se rassembler devant la porte du bureau de l'ingénieur. Les nouvelles circulaient vite dans un aussi petit monde, et la plupart savaient déjà que Roca Gelera gardait le silence.

Félicie chercha des yeux le visage de Luc dans le groupe des Chinois ; on aurait sûrement besoin de lui. Mais elle eut beau se tordre le cou, elle ne l'aperçut nulle part. Profitant de ce que monsieur Legrand exposait la situation et les inquiétudes qu'elle suscitait, sans toutefois mentionner le grondement que Félicie avait cru entendre, elle se faufila jusqu'à un Chinois trapu au visage grêlé que Luc lui avait dit s'appeler Chang, raison pour laquelle les frères de la Mission, toujours fidèles à leur logique, l'avaient baptisé Charles. Ce prénom royal ne l'empêchait pas d'être le plus discret et le moins disert du groupe. Cependant, de toute la petite colonie orientale, il était le plus proche de Luc et c'est donc tout naturellement à lui qu'elle s'adressa pour savoir où se trouvait son ami.

« Charles », qui battait la semelle emmitouflé dans toute sa maigre garde-robe, hésita, le regard fuyant : ce n'était pas son habitude de parler aux Français, à une femme encore moins. Mais Luc tenait cette fille aux manières de garçon en grande estime. Et Luc savait jauger les caractères.

Ayant ainsi pesé le pour et le contre, « Charles » finit par lâcher, toujours sans la regarder :

— Il n'est pas rentré à la cabane hier soir. Il a dû rester là-bas pour la nuit.

— Là-bas ? insista Félicie qui sentit le sang se retirer de son visage.

« Charles » baissa la tête pour éviter que ses compagnons ne voient qu'il lui parlait. Chuchotés si bas et avec son accent, les mots étaient difficilement reconnaissables, pourtant Félicie n'eut aucun mal à comprendre sa réponse, sans doute parce qu'au fond d'elle-même elle la connaissait déjà :

— A « Roucajalère », aux ateliers.

Il n'avait pas l'air inquiet en disant cela. Juste un peu gêné. Peut-être n'avait-il pas bien compris ce que monsieur Legrand venait d'expliquer. Peut-être avait-il bien dormi, lui, la nuit dernière.

Georges Marti avait pris le relais de l'ingénieur pour exposer le plan qui avait été décidé : le chemin étant bloqué par plus d'un mètre de neige, la meilleure façon de rejoindre Roca Gelera était de passer par les galeries. Elle leva impulsivement la main :

— J'en suis !

Un an plus tôt, son intervention aurait stupéfait tous les hommes et suscité un tollé de protestations railleuses ou indignées. Mais depuis ses exploits du niveau cent vingt-cinq, sa présence semblait aller de soi dans tous les cas difficiles et Marti se contenta de hocher la tête pour indiquer qu'il la comptait dans l'équipe de sauvetage. En fait, pour l'instant, personne à part elle ne parlait de la nécessité d'un sauvetage. Pour tous, il s'agissait d'une simple reconnaissance pour s'assurer que tout allait bien. On trouverait sans doute les camarades en train de profiter de leur dimanche matin. Certains devaient se raser, d'autres fumer une cigarette au coin du poêle ou musarder au lit avec leurs femmes. Peut-être même ne s'étaient-ils pas rendu compte que la ligne du téléphone était coupée et seraient-ils très étonnés de voir surgir ainsi ceux de la Pinouse !

Pour essayer de contrecarrer les noires pensées qui l'assaillaient, Félicie tenta de se représenter ces paisibles scènes dominicales, mais aucune image ne parvint à se former dans son esprit. Elle n'arrivait pas à se départir du sentiment d'une catastrophe imminente. Elle leva la tête vers l'horizon chargé de nuées d'un gris sale. Le vent qui balayait les crêtes soulevait de petits nuages de neige qui semblaient prêts à s'envoler pour rejoindre leurs frères du ciel, mais retombaient aussitôt.

Sa lampe à carbure à la main, Marti avait pris la tête du groupe. En tant que chef mineur, il connaissait par cœur le dédale des galeries qui trouaient la montagne et savait comment descendre, de travers-banc en travers-banc, jusqu'au niveau moins cent dix, cote mille deux cent cinquante-sept, celle de Roca Gelera. Les six hommes qui s'étaient portés volontaires après Félicie marchaient vite et sans effort. Au fond, il faisait presque bon comparé au froid glacial qui régnait en surface, et Aziz qui n'aurait laissé pour rien au monde l'équipe partir sans lui avait déjà ouvert sa veste et dégrafé le premier bouton de sa chemise. Félicie, elle, grelottait. Mais c'était moins de froid que d'appréhension.

Ils s'étaient laissés glisser le long de deux descenderies au plafond bas et à la pente abrupte, quand Marti annonça qu'on approchait. Au ton de sa voix, Félicie comprit que ses craintes se confirmaient. Quelque chose clochait. Elle se rapprocha du maître mineur qui s'était arrêté au milieu de la galerie et marmonnait pour lui-même, perplexe :

— C'est bizarre, tout de même ! L'entrée est à moins de dix mètres, et d'ici on devrait voir le jour au bout.

Il balançait sa lampe à bout de bras pour essayer de percer l'obscurité épaisse comme de l'encre.

— Pourtant, je ne vois pas d'éboulement. Mais où vas-tu comme ça, gamine ?

Le cri venait trop tard. Félicie s'était déjà élancée, malgré l'obscurité opaque, se guidant sur les traverses qu'elle sentait sous ses semelles pour ne pas tomber. Sa lampe éclairait les rails et le sol rocheux devant elle. Ce n'était pas à l'intérieur de la galerie. Quelque chose bouchait l'entrée du dehors.

De la neige. Elle tâtait du bout des doigts le mur compact et glacé qui se dressait devant elle. La lumière jaune de la lampe dorait la masse blanche, énorme, qui emplissait le boyau obscur jusqu'au plafond. Elle lui décocha un coup de pied, juste pour en tester l'épaisseur. Rien ne bougea.

— Ecarte-toi de là, ordonna Aziz, arrivé sur ses talons, j'ai emporté mon pic.

Les muscles bandés, la mâchoire serrée, il entreprit de creuser dans la neige qui leur barrait le passage. Des éclats translucides volaient tout autour de lui. Le trou grandissait. Il s'acharnait, arrachant la glace par blocs entiers que les autres, derrière lui, repoussaient dans la galerie. Rien à faire. Aucune lumière ne filtrait.

Aziz, fumant de sueur, dut s'arrêter pour reprendre haleine. Lluis, un Espagnol originaire de Camprodon, juste de l'autre côté de la frontière, lui prit le pic des mains et se remit à creuser avec fureur. Tous à présent étaient sûrs qu'il s'était passé quelque chose de grave.

Ce n'était pas la première fois qu'une coulée de neige obstruait tout ou partie de l'entrée d'un travers-banc. Mais, dimanche ou pas dimanche, on aurait dû entendre de l'autre côté les camarades de Roca Gelera en train de déblayer à coups de pelles et de pioches. Or, on ne percevait pas le moindre bruit.

Marti tapa sur l'épaule de Lluis qui s'échinait à grands ahans pour l'interrompre.

— Tu n'y suffiras pas. Je ne sais pas la quantité de neige qui est tombée, mais ce morceau-là est diablement épais. Sans doute plusieurs mètres.

Les hommes retenaient leur souffle. On n'entendait dans le silence que la respiration sifflante de Lluis qui récupérait de son effort, cassé en deux, les mains sur les genoux.

— Félicie, poursuivit Marti, remonte à la Pinouse demander du renfort !

C'était la première fois qu'elle l'entendait l'appeler par son prénom. D'habitude, il disait « gamine » ou « hé, toi ! ». Fallait-il que l'heure fût grave !

— Préviens monsieur Legrand de la situation. Qu'il téléphone à monsieur Voisin pour savoir s'il a eu des nouvelles de son côté, et s'il est possible de tenter de passer par la surface.

Déjà elle tournait les talons.

— Que les hommes prennent avec eux tous les outils nécessaires, la retint-il. On risque d'en avoir pour un sacré moment. Et rapporte la boîte à pharmacie et toutes tes herbes. J'ai bien peur que tu n'aies à t'en servir.

— J'ai déjà essayé. Amélie-les-Bains ne répond pas non plus. En fait, toutes les communications sont coupées.

Effondré derrière le téléphone qu'il n'avait sans doute pas cessé de maltraiter depuis leur départ, l'ingénieur se prit la tête entre les mains.

— Je me disais que c'était bon signe. Que Marti avait raison. Que c'était seulement la ligne. Ah, *bon Deu !*

Félicie, à genoux près de la boîte à pharmacie de la compagnie qu'elle avait prise au passage pour ne pas perdre de temps, faisait le compte des bandages à sa disposition.

Sa gorge lui faisait mal et elle avait comme un goût de sang dans la bouche. Elle avait enfilé les galeries les unes après les autres sans ralentir, se fiant à son sens de l'orientation pour refaire le chemin en sens inverse, sans se perdre dans ce labyrinthe obscur. Elle avait jailli à l'air libre, toujours courant, et foncé d'une seule traite jusqu'à sa cabane en planches puis au bureau. Chaque minute pouvait être vitale.

Entre les hommes, les femmes et les enfants, ils devaient être une douzaine à habiter au-dessus des ateliers. Elle risquait de ne pas avoir assez de bandages ; il allait falloir demander à la Casso de sacrifier un drap ou des torchons.

Monsieur Legrand s'était déjà repris. Bondissant sur ses pieds, il fouillait dans ses poches à la recherche de ses gants.

— Bon, nous n'avons pas le choix : nous devons nous débrouiller seuls. Je vais dire à Martre et à Romeu de rassembler le matériel et je descendrai moi-même avec une douzaine de solides gaillards. Prends tout ce qu'il te faut et choisis un manœuvre pour t'aider à le porter. Un des Chinois, par exemple.

Félicie interrompit son décompte, le doute inscrit sur son visage. Déjà que « Charles » n'osait pas lui parler devant les autres…

— S'ils renâclent, s'impatienta l'ingénieur, dis-leur qu'ils auront affaire à moi !

Il s'approcha pour l'aider à passer en bandoulière la lanière de cuir qui permettait de porter la boîte de bois luisant.

— Maintenant, on sait ce que tu as entendu cette nuit.

Elle hocha la tête sans répondre. Une avalanche.

Il fallut plus de deux heures pour percer l'amas de neige. Par endroits, la glace mêlée de branchages et de pierres était dure comme du béton et on devait l'attaquer à la barre à mine. Quand le pic rencontra enfin le vide, les hommes avaient creusé sur huit mètres d'épaisseur. Une heure de plus fut nécessaire pour agrandir le passage afin de leur permettre de se hisser au travers.

Ils prirent pied sur la croûte supérieure encore friable, hébétés. Le paysage était méconnaissable. Plus d'arbres, plus de rochers, plus de torrent bondissant au fond de sa ravine. Tout avait été arraché, comblé, rasé, égalisé par la coulée qui avait déferlé sur un front de près de cent cinquante mètres de largeur. Quant à savoir jusqu'où elle était descendue, c'était impossible à dire pour l'instant. Sans doute plusieurs centaines de mètres.

Il n'était pas difficile de deviner ce qui s'était produit : la neige fraîche était tombée sur une couche déjà gelée et cette nuit, sous l'action du vent ou de son propre poids, cette couche supérieure s'était mise à glisser le long du versant, ensevelissant tout sur son passage.

Marti s'arracha au manteau glacé dans lequel il s'enfonçait jusqu'aux genoux et se dirigea en titubant vers l'étroit replat où se dressait le bâtiment de pierre à trois étages abritant les ateliers au rez-de-chaussée et au premier, et les familles sous les toits.

Il n'était plus là.

C'est un cauchemar. Je n'ai jamais vu cela ! Où sont-ils tous ? Guell et sa femme ? Le Bernat et sa Catrinou ? Et les Espagnols ? Et les enfants ? La petite de Guell est encore un bébé. Sont-ils là-dessous ?

Félicie avait senti la catastrophe. Elle a su tout de suite que c'était grave. Elle a un sixième sens pour ce genre de chose. A croire que ceux qui la prétendent sorcière ont raison. Ah, voilà que je divague !

Mais, m'en caga un nou[1], *je dormais un étage en dessous de chez elle. Pourquoi n'ai-je rien entendu, moi ? Je ronflais comme un porc pendant qu'ici...*

1. Juron catalan où on remplace *deu* (« Dieu », mais aussi « dix ») par *nou* (« neuf ») pour éviter de blasphémer.

19

Félicie creusait la neige avec ses mains nues, à s'en faire saigner les doigts. Désespérée.

A deux mètres d'elle, monsieur Legrand, tête nue, le pardessus ouvert, l'écharpe traînant sur le sol, pelletait comme un forcené. La gigantesque coulée blanche était recouverte de fourmis noires qui s'acharnaient à chercher, et chercher encore. On avait apporté des barres à mine pour sonder les profondeurs du mastodonte glacé vautré sur Roca Gelera, mais l'avalanche avait entraîné avec elle tant de débris, et même des troncs entiers, que c'était peine perdue.

On avait d'abord essayé de dégager la maison, pensant tomber assez vite sur le toit. Mais, au fur et à mesure qu'on s'enfonçait, il avait fallu se rendre à l'évidence, à l'incroyable : elle avait disparu, emportée comme un vulgaire hangar en planches. La violence du choc l'avait pour ainsi dire décapitée. Il ne restait plus rien.

Puis les hommes qui creusaient en contrebas commencèrent à signaler une poutre, un banc, des outils, un lit... vestiges pitoyables d'un quotidien brutalement interrompu.

Marti envoya une douzaine d'hommes tout au bas de la coulée avec mission de regarder derrière chaque rocher mais aussi en l'air, au cas où un corps aurait été projeté et serait resté accroché dans les arbres dénudés.

Pour l'instant, on ne parlait que de « disparus » pour essayer de croire que ces recherches frénétiques pouvaient encore sauver une vie, ou deux. Mais plus les heures passaient et plus il devenait évident qu'à moins d'un miracle, que tous appelaient de leurs vœux, la boîte à pharmacie apportée par « Charles » ne servirait à rien.

Félicie creusait toujours, aveugle à tout ce qui l'entourait. Elle n'avait même pas vu Abdon Casso et une cinquantaine d'hommes supplémentaires arriver par la montagne, traînant après eux des luges sur lesquelles ils avaient fixé des civières. Ils avaient aussi apporté du ravitaillement, midi étant depuis longtemps passé. Mais la plupart des sauveteurs avaient refusé le casse-croûte d'un geste : ils avaient l'estomac bien trop noué pour pouvoir avaler la moindre bouchée et ils refusaient d'interrompre leurs recherches ne fût-ce qu'un instant. Il fallut néanmoins former des équipes pour relayer ceux qui étaient là depuis le premier coup de pelle et que leurs forces abandonnaient.

Félicie se démenait toujours. Elle ne sentait plus son corps rompu de fatigue et de froid. Devant ses yeux dansaient des visages : Joseph Guell, le chef d'atelier, si inquiet pour sa jeune épouse quand elle était enceinte, et sa joie lorsqu'elle avait accouché de la petite à Valmanya. Il était remonté à la Pinouse en courant pour offrir la tournée à tous ceux qui étaient là. Comment s'appelait-il, déjà, ce bébé tant espéré ? Denise. Et puis la joviale Catrinou qui avait recueilli sa nièce, Mercedes. Elle avait sept ans de plus que son Etienne et s'en moquait comme d'une guigne. Et les Canals, un couple d'Espagnols arrivés depuis peu de Tarragone avec une petite fille également. Et les autres, qui étaient-ils déjà ? Jacques, le *padri*[1], que ses cinquante-neuf ans n'empê-

1. Grand-père.

chaient pas de travailler autant que les deux « jeunots », comme il disait, Fernando et José.

Et Luc. Luc qui n'habitait pas ici. Luc qui aurait dû remonter à la Pinouse la veille. Luc que la neige trop abondante avait sans doute retenu. Luc qui avait préféré passer une bonne nuit au chaud.

Les larmes brouillaient sa vue mais elle continuait à creuser sans relâche.

Monsieur Legrand dut la ceinturer pour l'obliger à s'arrêter. Elle s'écroula dans la neige, secouée de tremblements convulsifs.

Elle semblait dormir. Ses longs cils mouillés ombraient délicatement ses joues pâles. Sa natte sombre s'était enroulée autour de son cou en un collier souple qui faisait ressortir la blancheur marmoréenne de sa peau. Elle reposait encore dans son lit qui s'était coincé sous un tronc.

Aziz la dégagea doucement du linceul glacé dans lequel elle avait glissé sans s'en rendre compte du sommeil dans la mort. Un genou dans la neige, il souleva la petite Mercedes tandis que les autres autour de lui se signaient. Monsieur Legrand se précipita vers lui en répétant « Oh, mon Dieu, oh, mon Dieu ». Félicie les vit remonter vers elle, l'Arabe portant dans ses bras la fillette de douze ans ainsi qu'une jeune épousée dans sa robe blanche au moment de franchir le seuil de la maison.

Elle se détourna, ses deux mains plaquées sur sa bouche pour étouffer le gémissement animal qui montait à ses lèvres.

Le jour déclinait. Derrière les nuages, le soleil allait basculer de l'autre côté des crêtes. Il était cinq heures. L'avalanche venait de rendre sa première victime.

Le retour à la *Pinosa* fut lugubre. On reprit en file indienne le sentier que l'équipe de secours amenée par Abdon Casso avait tracé en venant, quelques heures plus tôt. Personne ne parlait. Aziz, qui n'avait laissé personne d'autre la toucher, tirait la luge où le corps de Mercedes était couché. Félicie suivait, la tête basse, infiniment lasse et triste.

Monsieur Legrand avait promis que les recherches reprendraient le lendemain, dès le lever du jour, mais tout le monde savait désormais qu'il n'y aurait pas de miracle. Il ne s'agissait plus maintenant que de retrouver les corps pour leur donner une sépulture décente.

Les premiers flocons recommencèrent à tomber, petites plumes gracieuses voltigeant dans le vent, inoffensives, lorsqu'ils arrivèrent en vue des bâtiments de la mine. Malgré le froid, les femmes les attendaient devant la porte de la cantine, enveloppées jusqu'aux pieds dans leurs grandes pèlerines, noirs vigiles de deuil au masque tragique ainsi qu'un chœur antique.

Jérémie Martre, qui était parti avec une autre équipe réparer le câble téléphonique, vint souffler à l'oreille de monsieur Legrand que la ligne fonctionnait à nouveau. L'ingénieur posa une main qui se voulait consolatrice sur l'épaule de Félicie puis s'éloigna vers son bureau, tandis qu'Aziz abandonnait à regret la fillette aux mains des femmes éplorées.

La Casso avait préparé une énorme marmite de soupe brûlante que les hommes avalèrent en silence. Maternelle, elle obligea Félicie à en absorber quelques cuillerées. Celle-ci s'exécuta à contrecœur. Elle n'avait pas faim. La neige avait trempé son chandail et elle grelottait, misérable sur sa chaise. Elle n'avait qu'une envie : se retrouver seule. Ce qu'elle fit dès que la Casso, appelée à une autre table, se fut enfin éloignée d'elle et de son assiette.

Elle poussa la porte de l'appartement en se préparant mentalement à une belle engueulade : elle avait abandonné le père depuis le matin et il allait le lui faire payer, c'est sûr ! Mais elle s'en moquait : qu'étaient quelques injures à côté de la tragédie qui avait rayé Roca Gelera et ses habitants de la carte ?

Pourtant, tout était calme lorsqu'elle pénétra dans la cuisine. Le poêle irradiait même une douce chaleur. Le père se serait-il levé malgré ses adjurations ? Comme elle se dirigeait, inquiète tout de même, vers la chambre où il gisait peut-être, à peine conscient, sur les briques rouges qui pavaient le sol, la porte de communication s'ouvrit et Marie Marti apparut, un bol vide à la main.

— Oh, tu es revenue, Félicie ! Mon Dieu, dans quel état ! Change-toi vite ou tu vas attraper la mort !

Elle tendait déjà la main pour l'aider à ôter son chandail mouillé, mais Félicie fut plus prompte : tout en déboutonnant son pull, elle arracha la couverture de son lit, contre le mur, et s'en enveloppa le plus dignement qu'elle put. Marie ne parut pas remarquer la reculade. Elle restait plantée là, songeuse.

— Quelle épouvantable journée. On m'a dit qu'à Roca Gelera ils étaient tous…

Elle laissa sa phrase en suspens. Il y a des mots qu'on hésite à prononcer. Félicie n'ajouta rien. Ce n'était pas le moment de raconter à une jeune maman qui venait de perdre son enfant la découverte du corps de la petite Mercedes.

Prenant peut-être son silence pour de la réprobation quant à sa présence dans l'appartement, Marie enchaînait déjà, montrant le bol vide dont elle ne savait que faire :

— J'ai apporté un peu de soupe à ton père. Je me suis dit qu'il devait être affamé.

Elle parlait avec animation, un peu trop peut-être, et Félicie remarqua que pour la première fois depuis de longs jours elle s'était coiffée, remontant ses longs cheveux épars en ce chignon strict qu'elle affectionnait. S'occuper du père l'avait distraite de son chagrin et elle semblait aller un peu mieux. Les catastrophes ont parfois des conséquences surprenantes.

Marie poursuivait, heureuse d'avoir pu se rendre utile :

— Le pauvre t'a réclamée toute la journée. Je suis venue le voir à plusieurs reprises.

— J'espère qu'il ne vous a pas trop dérangée, s'excusa Félicie, gênée, tout en tendant ses doigts à la tiédeur du poêle.

— Pas du tout, s'empressa de la rassurer Marie. Au début, il ne voulait pas que je redresse son oreiller. Il n'arrêtait pas de dire que toi seule savais t'occuper de lui. Et puis nous avons fini par bavarder. C'est touchant comme il a besoin de toi !

Félicie haussa un sourcil las. « Touchant » n'était pas le mot qu'elle aurait employé pour qualifier son père, mais Marie semblait vraiment émue. Ses longues journées de lit auraient-elles permis au Polyte de reconsidérer son attitude à l'égard de sa fille ? Elle était trop fatiguée et malheureuse pour avoir envie de s'interroger davantage à ce sujet. Marie le comprit bien :

— Bon, je retourne chez moi. Georges ne va sûrement pas tarder et lui non plus ne doit pas être beau à voir !

Elle et son bol s'esquivèrent avant que Félicie ait pu les remercier.

Elle alla refermer la porte derrière la femme du maître mineur. Enfin elle était seule. En se retournant, ses yeux rencontrèrent le Canigou dressé en majesté sur le mur d'en face. Les sanglots qu'elle avait trop longtemps contenus débordèrent. Elle s'écroula sur son lit, la tête enfouie entre ses bras.

Luc. Avait-il entendu la mort arriver, ou dormait-il lui aussi quand elle l'avait emporté, comme une voleuse ? Pourquoi l'avalanche avait-elle choisi ce moment, ces quelques heures où il était là, pour déferler ? Quel Dieu cruel l'avait fait venir d'aussi loin pour rencontrer un trépas aussi affreux ?

Malgré la couverture, elle se sentait glacée de l'intérieur. Aussi glacée qu'il devait l'être, enseveli sous des tonnes de neige. Elle y passerait des jours, des semaines s'il le fallait, mais elle le trouverait et le ramènerait au jour. Ensuite, elle partirait.

Elle se redressa, le visage baigné de larmes. Malgré ce qu'elle avait vécu et souffert, elle n'avait jamais vraiment pensé quitter la mine et sa chère montagne. Le magot qu'elle avait nourri, sou après sou, pendant des années, était plus un talisman censé préserver son avenir qu'un viatique pour un futur départ.

Elle s'était toujours trouvé des raisons de rester, de continuer.

Avec la mort de Luc, elle n'en avait plus aucune. Il était le seul à l'avoir devinée et comprise. Le seul qui avait percé son armure et qu'elle avait laissé faire. Le seul qui lui avait fait espérer que sa vie ne serait pas seulement une longue marche en solitaire.

Avec lui, elle avait appris d'autres différences. Elle s'était ouverte aux autres.

L'idée de retourner à sa solitude et à son enfermement lui était insupportable.

Traînant sa couverture après elle, elle s'approcha de la fenêtre où semblait s'encadrer une autre esquisse en noir et blanc du jeune artiste chinois. Elle posa son front contre la vitre gelée. Dehors, les bâtiments de la cité minière découpaient leurs silhouettes mortes sur la page blanche du paysage enneigé, sous un ciel d'encre où la lune ouvrait son œil blafard qui ne cillait jamais, comme celui qui avait poursuivi Caïn.

... Et, comme il s'asseyait, il vit dans les cieux mornes
L'œil à la même place au fond de l'horizon.

Et si, suivant la loi du talion, la vie de Luc avait été prise pour compenser celle d'Abe ? Et si le Dieu de beauté et d'harmonie qu'elle avait toujours senti autour d'elle dans la montagne, où les rochers se dressaient comme autant d'autels et où les oiseaux et le vent dans les arbres chantaient à l'unisson des cantiques d'action de grâces, s'était mué en un Dieu justicier et vengeur qui la chassait de Sa Création ? Et si, par cette avalanche meurtrière, Il avait fait entendre Sa sentence et condamné Félicie, comme Caïn avant elle, à fuir, c'est-à-dire à faire ce qu'elle avait si longtemps reproché à tort à sa mère ? Double châtiment. La tête lui tournait.

Elle vit passer Georges Marti, la tête basse et les poings dans les poches. Il jeta sa cigarette dans la neige avant de rentrer chez lui retrouver les bras de Marie. Quelques minutes après, une autre silhouette s'approcha, le dos voûté comme si elle portait tous les malheurs du monde. Monsieur Legrand rentrait à son tour, seul, accablé. Il leva la tête et l'aperçut derrière la vitre. Il lui fit signe d'ouvrir la fenêtre.

— J'ai finalement eu monsieur Voisin au téléphone.

Le froid et la peine éraillaient sa voix.

— Il va demander de l'aide à l'armée, puisque la Pinouse est sous administration militaire depuis le début des hostilités. Nous devrions avoir un renfort d'une centaine de soldats pour continuer les recherches et dégager la voie ferrée. Je vais essayer de dormir un peu maintenant... si j'arrive à fermer l'œil. Tu ferais bien de faire de même, demain la journée sera encore rude !

Elle referma la croisée tandis qu'il pénétrait dans le couloir du rez-de-chaussée. La journée de demain serait dure. Les suivantes aussi.

Comme elle se détournait pour aller se coucher, elle vit une petite lumière tourner le coin de la cantine et monter vers la fontaine. Qui pouvait être encore dehors à cette heure ? Elle était pourtant sûre que l'ingénieur était le dernier à rentrer.

Un reste de curiosité la retint près de la fenêtre. Ils étaient deux, un mince et l'autre plus râblé.

Elle n'eut pas conscience de pousser un cri, mais l'instant d'après elle dévalait l'escalier comme une folle.

Elle ne réfléchissait plus. Elle ne sentait pas le froid à travers sa mince chemise. Elle courait dans la neige vers la lumière qui grandissait au bout du sentier.

Elle se jeta au cou de Luc et, dans le même élan, plaqua ses lèvres sur les siennes, glacées mais délicieusement vivantes.

Ces démonstrations sont indécentes. Ce n'est pas une manière de se comporter pour une jeune fille convenable… Ne lui a-t-on jamais dit que la discrétion, la modestie et la retenue étaient les principales vertus féminines ? Ce pays est habité par des barbares.

Et Liu qui ne la repousse pas ! Il a même l'air ravi de se laisser faire. Par la barbe de Lao-tseu, il perd la raison !

Ce doit être la fatigue et le soulagement. Quand on s'est perdu des heures dans la neige en désespérant de retrouver son chemin avant la nuit, la joie d'être enfin de retour doit vous brouiller les idées.

Quand je pense qu'on l'a cru mort sous l'avalanche ! Qu'on l'a cherché toute la journée ! Alors que Liu a passé la nuit bien au chaud à Rapaloum. En l'envoyant, malgré le mauvais temps, apporter un repas chaud au gardien de la gare d'arrivée du câble aérien, le chef d'atelier lui a sauvé la vie sans le vouloir. Voilà ce qui arrive quand on prend les Chinois pour des coolies !

On a tous cru voir un fantôme tout à l'heure quand Liu a ouvert la porte de la cantine. Le grand Arabe, là, Aziz, il a failli tomber dans les pommes ! Liu n'était pas très frais non plus : pensez, il lui a fallu huit heures pour contourner la coulée de neige par les crêtes.

Décidément, ces effusions me mettent mal à l'aise. Autant les laisser et aller prévenir les autres camarades dans notre cabane. Ils peuvent éteindre les bougies et cesser leurs prières : la veillée funèbre n'a plus lieu d'être.

20

A leur droite s'ouvrait la plaie béante de la brèche Durier. Joseph Mayneris, qui servait parfois de guide aux excursionnistes, avait beau affirmer sur tous les tons qu'à présent qu'elle avait été dynamitée pour faciliter le passage, elle était « praticable même aux dames », elle n'en restait pas moins dangereuse, et il valait mieux regarder où on mettait les pieds pour éviter la chute, surtout à cette heure où la visibilité était encore réduite.

Mais ils avaient bien plus redoutable à affronter.

Ils levèrent la tête d'un même mouvement : la cheminée se dressait devant eux. Verticale. Formidable.

Le vent portait jusqu'à eux le tintement des clarines des vaches dans le lointain, peut-être celles qui montaient en estive au Pla Guillem, derrière la crête du Set-Homes. Les bergers avaient dû déplier leurs jas, ces abris transportables qu'ils emportaient partout avec eux, pour passer leur première nuit sur le grand plateau herbeux au milieu de leurs bêtes.

Les étoiles commençaient à pâlir dans le ciel de juin dont l'encre virait doucement du noir au violet puis au bleu lavande.

Lorsqu'ils avaient quitté Valmanya, juste après la vente des *ramellets*, la Grande Ourse traînait son chariot aux essieux étincelants au milieu d'une profusion de constellations si brillantes qu'elles en paraissaient toutes proches. Presque à portée de main.

La fête avait été courte. Les jeunes n'avaient pas eu le cœur de rééditer leur descente du Canigou à la lanterne qui avait enchanté la Saint-Jean précédente. L'avalanche meurtrière de février était encore dans toutes les mémoires.

Il avait fallu près de trois semaines pour retrouver les corps de toutes les victimes. Dès que la nouvelle s'était répandue, ceux de Valmanya et de Los Masos, et même de Baillestavy et de la Bastide, étaient montés en renfort. Cent soixante-quinze ouvriers avaient creusé et pelleté sans relâche, aidés par des soldats à skis arrivés de Mont-Louis à la demande expresse du lieutenant-colonel du Choulot. D'autres militaires s'activaient à dégager la voie de chemin de fer afin de permettre l'acheminement de secours supplémentaires et l'évacuation des corps vers Montbolo. Le préfet Tavera avait annoncé son intention de venir sur place dès que ce serait possible. L'émoi était à son comble dans tout le département et *L'Indépendant* rendait compte jour après jour de l'avancée des recherches.

Félicie et Luc n'avaient pas besoin de lire le journal pour suivre l'atroce décompte : dès le lendemain de leurs retrouvailles, ils étaient eux aussi à pied d'œuvre, côte à côte, dans la neige jusqu'à mi-mollet. Ils auraient bien le temps d'approfondir et de discuter des sentiments qui les avaient submergés en ce triste dimanche où Félicie avait cru Luc perdu à jamais.

Sous l'effet du froid, la neige avait durci et les opérations de déblaiement étaient épuisantes. Le pire était l'enchevêtrement des poutres, des machines, des outils, des meubles que le monstre blanc avait emportés dans son élan. Comment retrouver le petit corps fragile d'un bébé au milieu de tout cela ? Heureusement, si tant est que ce mot ait un sens dans une telle tragédie, les victimes avaient été tuées dans leur sommeil et dans leur lit.

On retrouva les enfants dans les bras de leur mère, l'un d'eux même encore pendu à son sein. Ce spectacle poignant fit venir des larmes aux yeux des plus endurcis et Félicie vit pour la première fois la Casso, venue avec le ravitaillement, pleurer.

Les victimes, enveloppées d'une bâche, étaient déposées sur un plancher de bois confectionné à la hâte en attendant de pouvoir être transportées par train jusque dans la vallée où elles recevraient une sépulture décente. On avait parlé un moment de les inhumer sur place mais, outre qu'il aurait fallu creuser la neige sur plusieurs mètres, le sol était dur comme du béton. De plus, Thérèse, l'épouse du chef d'atelier Joseph Guell, était la fille du maire de Montbolo qui avait aussitôt demandé à pouvoir l'enterrer, avec son mari et leur petite Denise, dans le cimetière du village où les siens reposaient déjà.

Les militaires, aidés par les mineurs des Manerots, mettaient les bouchées doubles pour déblayer la ligne, mais il fallait creuser une tranchée de deux mètres de largeur sur une longueur de douze kilomètres. Un travail de forçats.

Surtout que la montagne n'en avait pas encore fini avec sa colère : six jours après la première et presque au même endroit, une seconde avalanche s'était produite. Par chance, c'était dans la soirée et les recherches avaient été interrompues, sinon il aurait pu y avoir d'autres victimes.

Cette deuxième coulée avait été provoquée par le radoucissement de la température. Le lendemain matin, il s'était même mis à pleuvoir, et ce dégel avait permis d'œuvrer plus rapidement. On retrouva ainsi, très en contrebas, le toit du bâtiment sous lequel deux corps se trouvaient prisonniers. Un troisième fut repéré encore plus bas, un peu en amont du confluent du ruisseau de

Roca Gelera et de la Rabasse. Toute l'activité du versant se concentrait sur le lieu de la catastrophe.

Tous les matins en se réveillant, Félicie espérait entendre à nouveau les bruits qui la berçaient depuis son enfance : les exclamations des mineurs se saluant au changement de poste, l'explosion sourde des mines dans les galeries, le grincement saccadé des wagonnets sur les rails, le grondement de tonnerre du minerai dévalant le plancher du plan incliné jusqu'à la trémie et le sifflement lancinant du câble aérien qui faisait glisser les bennes pleines au-dessus du vide jusqu'à Rapaloum en une noria incessante. Mais seul un silence accablé régnait sur les installations minières.

Même le père ne réclamait plus. Depuis que Marie Marti lui avait raconté ce qu'elle savait par son époux de la catastrophe, il se faisait tout petit et tout tranquille au fond de son lit, regrettant seulement que sa « maudite patte folle » l'empêche de participer aux recherches avec les autres. Après lui avoir préparé son bol de café et ses tartines, Félicie pouvait, sans entendre de récrimination, rejoindre Luc à la cantine où monsieur Legrand formait les équipes et faire la queue pour récupérer un pic ou une pelle afin de poursuivre les sondages. Tous l'avaient juré : ils n'en laisseraient aucun dessous. Pas question d'attendre le printemps et la fonte des neiges. Même morts, les camarades comptaient sur eux.

Le 20 février, le déblaiement de la voie ferrée était terminé et les corps retrouvés jusque-là quittaient les planches sur lesquelles ils avaient été pieusement allongés. Le lendemain, on avait laissé les pics et les pelles à la Pinouse pour descendre, à pied le long de la voie ou par le train qui avait fait deux voyages exceptionnels, jusqu'à l'église de Montbolo où les funérailles avaient été célébrées devant une foule considérable. Les ouvriers de la mine, le béret ou le chapeau à la main, se tenaient debout juste derrière les familles en deuil et les plus hautes autorités qui avaient fait le déplacement. Félicie n'avait pas lâché la main de Luc durant tout l'office. remerciant Dieu de l'avoir préservé autant qu'elle priait pour le repos de l'âme de ceux qui n'avaient pas eu cette chance.

Au cimetière, on laissa une place vide auprès de la Catrinou Bernat et de sa nièce : son Etienne était toujours porté manquant.

L'après-midi même, les recherches reprenaient, mais ce n'est que le mercredi 28 février à trois heures de l'après-midi qu'Etienne Bernat, la dernière des douze victimes de l'avalanche de Roca Gelera, fut enfin extirpé de son cercueil glacé. La neige avait fini de rendre les vies qu'elle avait prises.

Et le temps, comme suspendu depuis ce funeste dimanche du 11 février, avait enfin repris son cours normal. Le dégagement de la voie ferrée avait même permis de redémarrer le câble aérien et le transport du minerai de fer. Les bruits familiers avaient à nouveau empli l'espace et la vie repris ses couleurs de tous les jours. Ou presque. Le travers-banc de Roca Gelera était pour l'instant abandonné, personne ne souhaitant y retourner travailler. Le sommeil des habitants de la cité minière était aussi devenu plus léger et même Ahmed, pourtant réputé pour dormir aussi profondément qu'une souche, se réveilla en sueur plusieurs nuits durant, persuadé d'avoir entendu un grondement inhabituel.

Enfin le printemps pointa sa robe verte sous le manteau blanc de l'hiver. On vit renaître les anémones pelucheuses dans les pâturages et les gracieuses ancolies mauves sous les pins. Bien qu'encore présente dans les esprits, la tragédie de février commença à perdre de sa douloureuse acuité pour se parer des tons sépia du passé. Et au fur et à mesure qu'elle s'estompait, en même temps que la neige sur le massif, une autre tragédie revenait au premier plan : celle du front où les hommes ne connaissaient toujours aucun répit. Sous le choc de l'avalanche, on avait un peu oublié leurs souffrances.

Ainsi, ceux du 53e avaient essuyé des attaques de gaz toxiques à la crête des Eparges. Guéris, ils étaient repartis au combat. Les lettres des « poilus » rassuraient les familles quelques minutes avant de les replonger dans les affres de l'angoisse : le fils, le frère, le fiancé, l'époux, le père était encore en vie au moment où il avait tracé ces quelques lignes au crayon – pas facile d'utiliser un encrier dans les tranchées ! – sur un bout de papier pelure ou au dos d'une carte postale, mais qu'en était-il depuis ? Et certaines mères en venaient à envier en secret celle de Germinal Boher : certes, son fils avait perdu une jambe, mais au moins était-il revenu au pays, où il ne risquait plus de se faire hacher menu par la mitraille ou déchiqueter par un obus.

Félicie, elle, était bien loin de toutes ces considérations : libérée du joug tyrannique du père, réconciliée avec le souvenir de sa mère, respectée et non plus seulement crainte de tous, elle pouvait pour la première fois de sa jeune existence baisser sa garde et écouter son cœur. Elle avait cessé de chercher dans le monde extérieur des réponses qu'elle savait désormais ne pouvoir trouver qu'en elle-même.

Elle voyait moins souvent mademoiselle Marguerite et Balthazar, mais ceux-ci ne lui en voulaient pas, bien au contraire. L'institutrice se déclara tout à fait rassurée et demanda à Félicie de bien vouloir l'appeler par son prénom : « Désormais, disait-elle, il n'y a plus une élève face à une enseignante, mais deux femmes qui échangent leurs pensées à égalité. » Bien que flattée, Félicie continua néanmoins à l'appeler « mademoiselle ». Question d'habitude et de respect. Quant à « l'ermite de Sainte-

Anne », dont les vieux os ressentaient de plus en plus douloureusement le poids des ans, s'il tut son soulagement de voir sa sauvageonne renoncer à sa vocation précoce d'ermite et réintégrer le monde des hommes sans avoir rien perdu de son intégrité ni de sa personnalité, il la félicita d'avoir su atteindre si vite une sagesse que lui-même avait mis des années à acquérir.

Sagesse n'était peut-être pas le mot qu'elle aurait choisi pour définir son état d'esprit, mais ce n'était pas le plus important. Elle se sentait bien et n'avait pas envie de se poser plus de questions. Quelle était la devise latine que mademoiselle Marguerite avait énoncée un jour ? *Carpe diem*. « Profite du moment présent », avait-elle traduit. Félicie avait bien l'intention de profiter de tous les moments.

Elle passait la majeure partie de son temps libre dans la montagne avec Luc. « Moments de *félicité* sans pareils, avait-elle expliqué en plaisantant à Balthazar, puisqu'ils réunissent les deux êtres que j'aime le plus au monde ! » Le vieil homme en était resté sans voix. Non pas parce qu'elle parlait du Canigou comme d'une personne, elle l'avait toujours fait, mais c'était la toute première fois qu'elle n'ironisait pas avec amertume sur la signification de son prénom. La gamine avançait vite.

Elle se méfiait néanmoins encore du regard des autres. Aussi, les premiers temps, Luc et elle quittaient-ils la Pinouse chacun de leur côté pour se rejoindre à la cabane de l'Estanyol ou sur le balcon gardé par le vieux Robin et sa chère Marianne. Ensuite, ils pouvaient arpenter le versant tout à leur aise. Il lui parlait de son pays et de son histoire millénaire, elle lui apprenait les sources qui jaillissaient d'un peu partout après l'orage et les plantes dont il fallait se méfier, comme l'affreux vératre qui ressemblait tant à la grande gentiane jaune mais pouvait empoisonner l'imprudent qui ne remarquait pas ses feuilles alternées au lieu d'être face à face sur la tige et le faire mourir dans d'atroces souffrances. Ensuite, ils se séparaient à nouveau pour rentrer par deux chemins différents à la cité minière.

Ils avaient oublié que dans la montagne, malgré les apparences, on n'était jamais tout à fait seul. Entre les charbonniers, les bûcherons, les scieurs de long, les *traginers*, les bergers, les chasseurs, les cueilleurs de champignons, les femmes qui confectionnaient des fagots et même les conducteurs de locomotive, il aurait fallu un miracle pour que personne ne les voie ensemble !

Le jour où monsieur Legrand, penché sur son épaule pour vérifier les registres, lui demanda, non sans malice, comment on traduisait *coscoll* en mandarin, Félicie comprit que toutes les précautions qu'ils avaient prises jusqu'ici étaient aussi fastidieuses qu'inutiles. Ils y renoncèrent donc, non sans crainte. Mais à leur grande surprise, personne n'y trouva à redire. Il y eut bien quelques clins d'œil complices, quelques plaisanteries égrillardes pas toujours du meilleur goût mais aucune critique, aucune protestation. Depuis le sauvetage de Monnet qui se remettait tout doucement de sa trépanation, les habitants de la Pinouse avaient pris l'habitude de les associer. A leurs yeux, ils formaient une équipe. Une équipe à part. Comme l'avait si bien résumé la Casso, que la tenue de sa cantine rendait fine observatrice de la nature humaine : les différences qui les distinguaient des autres devaient les rapprocher, c'était fatal.

Ce rapprochement s'exprimait sans mot et avec fort peu de gestes. Ils savouraient simplement leur accord profond et le plaisir d'être ensemble. Et si parfois les doigts de Luc s'attardaient à caresser le visage de Félicie dont les lèvres cherchaient les siennes, ils ne se touchaient pas davantage. Peut-être n'était-ce pas l'usage en Chine ? Ou plus sûrement Luc sentait-il qu'elle n'était pas encore prête à aller plus loin. Quoi qu'il en fût, elle lui en savait gré. Elle avait surmonté la répulsion qu'avait suscitée en elle l'agression d'Abe, mais il lui fallait encore du temps pour apprivoiser sa féminité.

Et puis un jour, alors qu'ils s'étaient cachés derrière un rocher, vent de face pour ne pas être repérés, afin de guetter un grand tétras[1] dont Félicie avait repéré les traces, il lui avait soufflé à l'oreille :

« Je veux que nous restions ensemble.

— Bien sûr, avait-elle rétorqué sur le même ton, si nous nous séparons, il va nous voir et hop ! il s'envolera plus loin !

— Je veux dire : le restant de notre vie. »

Elle en avait presque oublié le grand tétras qui venait de se percher sur une vieille souche à une dizaine de mètres d'eux seulement, son œil bordé de rouge aux aguets. Se tournant d'un bloc vers Luc, elle avait articulé silencieusement, autant pour ne pas effrayer l'oiseau que parce qu'il y avait des mots qu'on ne prononçait pas à la légère :

« Tu veux parler de mariage ? »

Il avait souri, toujours aussi calme et impassible.

« Tu as seize ans à présent, il faudra bien en parler. »

Dans sa hâte de l'interrompre, elle n'avait pas pris garde que sa voix perçait le voile du murmure.

« Pas ici, pas maintenant. »

Mis en alerte, le bel oiseau noir au ventre vert et or avait pris la fuite de son vol lourd et majestueux au ras du pâturage. Tant pis, pour l'heure il y avait plus important.

Luc n'était pas décidé à la laisser s'en tirer aussi facilement :

1. Coq sauvage vivant en altitude.

« Alors dis-moi où et quand. Je ne connais pas bien encore les usages de France sur ce sujet. »

Elle avait haussé les épaules. Comme si elle les suivait, elle, les usages ! Elle s'était relevée de derrière le rocher – de toute façon le grand tétras était déjà loin – et avait levé les yeux vers le Puig Sec derrière lequel se profilaient la crête du Barbet et au-delà encore le pic du Canigou. Elle avait montré du doigt la pyramide sommitale toute blanche qui émergeait à peine :

« Là-haut, pour la Saint-Jean. »

Voilà pourquoi, le dernier bouquet porte-bonheur vendu, ils avaient pris le chemin de Los Masos et de là gravi le sentier de Patriques qui montait en lacets serrés et escarpés au milieu des hêtres puis des pins jusqu'à la crête qui séparait la vallée de la Lentilla de celle du Llech. La lune, bien pleine et brillante comme il se devait en cette nuit doublement sacrée, éclairait l'étendue sauvage et aride du Prat Cabrera comme un fanal. Félicie avait souri en se demandant comment elle avait pu voir l'œil de Caïn en cet astre aux rondeurs amicales qui guidait leurs pas. Main dans la main, ils avaient suivi tout du long la crête du Barbet où, selon la légende, l'arche de Noé se serait échouée après le Déluge. Félicie avait montré à Luc au passage les marques semi-circulaires dans la roche, empreinte des anneaux de fer où les survivants auraient attaché les amarres… tout en précisant qu'il s'agissait sans doute de vestiges antiques des premières exploitations minières du massif !

A un moment, tout en marchant, elle avait voulu déclamer quelques vers : « Une blême blancheur baigne les Pyrénées… »

Mais elle s'était arrêtée très vite. Elle n'avait plus besoin de monsieur Hugo pour ressentir cette exaltation qui la portait vers les sommets.

Loin sous leurs pieds s'évasait la Porteille de Valmanya, où les herboristes venaient depuis Vernet et Amélie-les-Bains cueillir le silène rose et la saxifrage blottie au cœur des fissures. Frissonnants, ils avaient enfilé les vestes qu'ils avaient gardées jusqu'ici attachées autour de leur taille. A cette altitude, le paysage n'était plus qu'un désert d'éboulis et de barres rocheuses balayé par le vent. Ils avaient buté sur les dernières marches de l'escalier de géant effondré qui constituait la brèche portant le nom de Charles Durier, un ancien président du Club alpin français. Elle permettait de grimper depuis le glacier jusqu'au pied de la cheminée finale qu'ils jaugeaient à présent, la tête renversée en arrière.

C'était un puits étroit et profond dans lequel il fallait se hisser en s'agrippant des mains et des pieds à quelques entailles creusées dans la roche. Félicie, que Balthazar avait tenu jadis à mener jusqu'au sommet « parce qu'il fallait voir cela au moins une fois dans sa vie », en gardait un souvenir terrifiant. Mais elle n'avait que dix ans à l'époque. Aujourd'hui, avec Luc à ses côtés, elle n'avait plus peur de rien. Elle attaqua l'escalade en tête, les yeux fixés sur le sommet pour ne pas voir le vide qui se creusait sous elle. L'aube qui blanchissait l'horizon dans son dos lui permettait d'assurer ses prises.

Ils débouchèrent au pied de la croix de fer forgé surmontant le pic. La tramontane les adouba d'une gifle sur la nuque lorsqu'ils s'avancèrent au-delà de la cabane en pierres sèches qui lui servait de socle. Luc, surpris par la violence de la bourrasque, vacilla. Félicie le prit par la main et l'entraîna vers une sorte de table circulaire dressée un peu plus loin sur l'étroite arête qui formait le sommet.

— Vite, le pressa-t-elle, ça va être l'heure !

Elle terminait à peine sa phrase qu'un mince trait rose apparut très loin à l'est, entre la mer et le ciel du même bleu. Puis le trait se transforma en demi-lune, projetant un sillage de poudre dorée sur l'eau. Serrés l'un contre l'autre, ils regardèrent en silence se lever le soleil, fruit des amours nocturnes de la Méditerranée et du firmament. C'était à présent une grosse perle aux reflets changeants qui éclairait de sa lumière diaprée la plaine et les pics des Pyrénées émergeant de leurs vallées ombreuses.

— D'ici, le Canigou peut voir tout son royaume, chuchota Félicie, comme si elle craignait en parlant plus haut d'interrompre le faste de cette cérémonie quotidienne.

Elle posa sa main bien à plat sur la table de pierre.

— Quand je suis montée avec Balthazar, ils venaient juste de l'installer. Regarde, tout y est dessiné et nommé.

Luc découvrit alors que ce qu'il avait pris pour un autel païen voué au soleil levant, sur lequel peut-être venait-on, dans les temps anciens, sacrifier de jeunes vierges comme le lui racontait le père Hyacinthe à la Mission, était en fait une table d'orientation très détaillée. Il se pencha pour déchiffrer l'altitude indiquée au centre : deux mille sept cent quatre-vingt-cinq mètres.

— Sais-tu que deux fois par an, à la mi-février et à la fin octobre, au coucher du soleil, le Canigou est visible de Marseille, à deux cent cinquante kilomètres d'ici à vol d'oiseau, de l'autre côté de la mer ? Mademoiselle Marguerite m'a même montré la photo qui en a été prise et diffusée en carte postale. N'est-ce pas étonnant ?

Luc pivota sur lui-même pour admirer le panorama immense qui cernait le sommet comme une île. La chaîne blanche des pics remontait derrière eux jusqu'à la Cerdagne et même l'Andorre, disait la table d'orientation. Et l'à-pic s'ouvrait juste sous leurs pieds en un cirque arrondi encore plongé dans l'ombre où seule se distinguait la tache pâle d'un névé au milieu des moraines en équilibre. La plaine se déroulait comme un tapis ocre et vert jusqu'à la frange blonde du rivage que les vagues venaient embrasser en une étreinte perpétuellement renouvelée. Il en avait le souffle coupé.

Imperturbable, Félicie poursuivait son commentaire avec la fierté satisfaite d'un propriétaire faisant visiter ses domaines :

— Il paraît qu'un prêtre[1] a consacré un long poème en catalan au Canigou. Il y raconte l'histoire du comte Guifred, qui se serait retiré dans ces montagnes pour expier le meurtre de son neveu. On dit même que c'est après l'avoir lu que monseigneur de Carsalade du Pont, l'évêque de Perpignan, a décidé de faire restaurer l'abbaye de Saint-Martin qui était en ruine, juste là, derrière nous, en descendant vers Casteil et la vallée du Cady.

— C'est magnifique, soupira Luc. Mais je suppose que tu ne m'as pas amené jusqu'ici seulement pour contempler le paysage.

Abandonnant les merveilles qui les entouraient, elle lui fit face :

— N'as-tu pas dit que tu voulais me demander en mariage ?

— Ici ? ne put-il s'empêcher de s'étonner tout en sachant qu'avec Félicie il ne fallait s'étonner de rien et que de toute façon elle aurait réponse à tout. Le père Hyacinthe m'avait dit qu'en France il fallait faire sa demande aux parents, au père plus exactement.

Elle hocha la tête patiemment, comme si elle s'adressait à un enfant qui mettait du temps à comprendre :

— C'est vrai en général mais, de par sa conduite, mon père a perdu depuis longtemps tout droit sur ma main. Depuis treize ans, ce sont eux qui m'ont servi de parents.

1. Jacint Verdaguer.

D'un geste large elle balayait la couronne des pics qui s'enroulait autour d'eux.

— La montagne m'a consolée, protégée sous ses surplombs, dans ses grottes. Elle m'a gardée au chaud dans son ventre comme la mère que je n'avais plus. Quant au Canigou, il a toujours été là, grand, fort, rassurant comme devrait l'être un père. Il est juste que ce soit à lui que tu demandes ma main.

Il hésita, scruta son visage pour y déceler la moindre lueur d'ironie, mais Félicie ne plaisantait pas. Grave, recueillie presque, elle attendait. Il ne restait plus qu'à s'exécuter.

Luc se planta au bord de l'abîme, les bras grands ouverts tel un nouveau Christ en croix, et hurla en direction du disque solaire qui poursuivait sa glorieuse ascension dans le ciel de juin.

— Seigneur Canigou, roi de ces contrées, m'accordez-vous la main de votre fille, Félicie ?

La réponse lui parvint dans le sifflement du vent entre les rochers.

Je te la donne.

Epilogue

Ce fut le mariage le plus étonnant, le plus étrange qu'on ait vu de mémoire d'homme dans la vallée de la Lentilla et même peut-être dans tout le massif du Canigou. Pensez, la « fille », la sauvageonne, la sorcière épousait un ouvrier chinois, une « face de citron ». C'était un événement à ne pas manquer !

Aussi étaient-ils nombreux, amis, camarades ou simples curieux, à se presser dans l'église Saint-Vincent sur le haut de Valmanya, pour la plus grande joie du père Louis Paret qui n'avait jamais officié devant autant de fidèles et ne regrettait pas d'avoir fait tout le chemin depuis Rigarda pour cette Saint-Jean 1918. Il en avait oublié les interrogations tendancieuses de l'hérétique en herbe qui lui avait tenu tête quelques années auparavant en plein catéchisme et la fureur proche de la panique qui l'avait saisi alors. Il avait sorti son plus beau surplis, brodé de fils d'or, et s'affairait avec entrain autour des prie-Dieu recouverts de velours rouge élimé qui attendaient les deux promis.

La nef romane bruissait d'excitation.

Au premier rang de l'assistance, on avait du mal à reconnaître Balthazar : l'ermite de Sainte-Anne s'était récuré et même rasé, et il arborait un chapeau noir neuf dont Félicie, admirative, lui assurait qu'il lui donnait l'air d'un notable. Il était d'ailleurs assis juste à côté de Jean Pacull, le maire du village, pas vraiment ravi de ce voisinage mais qui faisait contre mauvaise fortune bon cœur et les avait même aidés à s'installer, sa canne et lui, sur le banc. Il s'était également enquis poliment de l'état de santé de son autre voisin, un Polyte tout requinqué par sa cure forcée d'eau fraîche qui était arrivé à l'église en boitant à peine, plus ému qu'il ne voulait l'avouer de marier sa fille.

Derrière eux, serrés les uns contre les autres sans oser bouger, « Charles » et les autres Chinois envoyés par le père Hyacinthe posaient une grosse tache bleue au milieu de l'assemblée multicolore. En ce grand jour, nul n'aurait songé à s'offusquer de leur présence.

La famille Legrand occupait presque tout un banc, de l'autre côté de l'allée centrale. L'ingénieur avait réussi à convaincre son épouse de supporter le voyage pas toujours confortable, entre train et char à bancs, depuis Perpignan en lui montrant quelques-uns des dessins que Luc lui avait confiés pour avoir son avis. Madame Legrand, qui se piquait d'aimer l'art, avait assuré que c'était là un superbe échantillon de l'école orientaliste, et qu'elle voulait à tout prix rencontrer un artiste qui faisait preuve d'un tel talent. Elle vantait déjà « sa » découverte auprès de ses amis qui brûlaient d'impatience d'admirer d'autres esquisses.

« Mon ami, avait-elle promis à son mari qui n'en demandait pas tant, je vais faire la fortune de ce garçon ! »

Cet engagement, quoiqu'un peu prématuré, avait ravi monsieur Legrand qui se creusait la tête pour assurer l'avenir de ses protégés.

La Chine était entrée en guerre au côté des Alliés en août 1917 et avait envoyé vingt-sept mille hommes creuser des tranchées sur le front français. L'ingénieur avait aussitôt fait régulariser la situation des ouvriers chinois qu'il avait fait venir de son propre chef, et par anticipation pourrait-on dire. Luc et ses camarades étaient donc à présent officiellement considérés comme combattants et à ce titre payés davantage. Cependant, ils ne pouvaient quitter la Pinouse jusqu'à la fin des hostilités, sous peine d'être accusés de désertion. Mais la guerre ne durerait pas toujours.

Les nouvelles du front étaient meilleures : malgré la défection des Russes occupés à faire leur révolution, l'arrivée régulière de nouvelles troupes américaines faisait inexorablement pencher la balance en faveur des Alliés. Aussi, malgré la mort de Vincent Beaux, tué par l'ennemi dans un bois de la Meuse, qui avait plongé à nouveau Valmanya dans l'affliction, monsieur Legrand se voulait-il optimiste et encourageait-il Luc à profiter de son temps libre pour travailler son coup de pinceau. Il avait toujours en tête de placer Félicie et ses extraordinaires capacités de calcul chez un ami architecte. A moins que son épouse ne tienne sa promesse en rendant Luc célèbre, auquel cas Félicie serait suffisamment occupée à gérer la fortune de son mari. En attendant, le jeune couple occuperait le petit appartement au-dessus du sien ; le Polyte avait assuré qu'il était prêt à reprendre son travail et avait demandé à retourner au dortoir.

Monsieur Legrand rajusta en souriant sa cravate en soie grenat et jeta un coup d'œil vers la grande capeline à voilette qu'arborait sa femme occupée à gourmander à voix basse leurs deux enfants, Martha et le petit Paul, qui se chamaillaient comme à leur habitude. Ce mariage qui le comblait d'aise lui procurait en outre le plaisir rare de voir sa famille réunie à Valmanya. Quelle belle journée !

L'ingénieur se leva pour permettre à mademoiselle Marguerite, toute pimpante dans sa robe jaune clair, de s'asseoir au bout du banc. L'institutrice était allée aider son ancienne élève à finir de se préparer et, un mouchoir de batiste roulé au creux de sa main, elle essuyait déjà une larme.

Derrière eux s'entassaient les gens de la mine dans leurs beaux habits du dimanche, les hommes en chemise blanche, les femmes avec leur coiffe empesée et les enfants la raie sur le côté. Il y avait là les Casso avec leurs deux rejetons, Désiré et Abdon, Georges et Marie Marti, encore un peu pâle mais ravissante sous son chignon lâche qui mettait enfin en valeur son opulente chevelure, les familles Martre et Romeu, et les Valverde sans Zoé, revenue de Perpignan dans une « situation intéressante », comme on disait pudiquement en évitant de demander le nom de l'heureux futur père – qui n'avait pas l'air pressé de se montrer ! Et monsieur Jules et sa moustache conquérante monté tout exprès de Baillestavy, qui sifflotait son inévitable « Hortolana del Vernet » pour tromper son attente. Et Aziz et son copain Ahmed, qui entraient pour la première fois dans une église. Et Stéfan le Polonais, qui priait à voix basse en faisant glisser entre ses doigts les grains de son chapelet. Sans oublier le Nelle et Alzina, chacun flanqué de son acariâtre moitié, installés à l'opposé l'un de l'autre dans l'église ; Fabre et son collègue Salgas de Valmanya, qui se racontaient des histoires de menuisier ; Armangaud le forgeron et ses sourcils méphistophéliques ; et tous les Marfin, les Payré, les Mary, les Arquer, les Beaux, les Gource, les Oliver et les Garrigue des environs, les artificiers, les boiseurs et les mineurs de fond.

Ensuite venaient ceux du village, les Mayneris toujours pétrifiés dans leur douleur qui parlaient de quitter Valmanya, le cafetier Cicéron, Marceau Peytavi qui ignorait toujours qu'à chaque automne il partageait ses pommes avec Félicie...

Même la Séraphine Oms s'était faufilée derrière un pilier. Félicie avait bien cru la perdre l'hiver précédent, quand un vilain refroidissement l'avait clouée au lit, brûlante de fièvre. A son âge, en général, cela ne pardonnait pas. Mais quelques tasses de tisane de fleurs de sureau noir pour la faire transpirer sous son édredon et de mauve pour dégager ses voies respiratoires avaient suffi à la remettre sur pied. Son fils disait qu'elle était du bois dont on faisait les centenaires et, ma foi, Félicie n'était pas loin de lui donner raison.

On avait placé deux chaises sur le côté de l'autel pour la « gueule cassée » Germinal Boher, qui faisait désormais preuve d'une dextérité étonnante avec ses béquilles, et Joachim Moliner, un bandeau sur les yeux, qu'on dut aider à s'installer. Le « coq » de la Pinouse avait été gazé en Champagne et les décorations gagnées au champ d'honneur qu'il avait accrochées sur sa veste ne le consolaient pas d'avoir perdu la vue. Cependant, contrairement à Germinal, son visage n'avait pas été touché et les demoiselles ne manquaient pas pour jouer les infirmières et lui prêter leur bras. Son naturel de séducteur reprenant le dessus, il recommençait à sourire.

Luc, très élégant dans une veste de satin noir à col montant que mademoiselle Marguerite avait cousue sur ses indications, sortit de la sacristie et s'approcha du prie-Dieu.

Le petit orgue se mit aussitôt en branle sous les doigts enthousiastes de Léontine Verdaguer. La sage-femme, qui se dévouait les rares fois où le père Paret faisait l'honneur de sa visite à Valmanya, avait un répertoire de cantiques des plus limités, mais fort heureusement la *Marche nuptiale* y figurait, même si elle l'interprétait avec plus de conviction que de justesse.

Tout le monde se retourna tandis que monsieur Legrand se précipitait.

Félicie avait pris prétexte de la démarche encore difficile de son père pour demander à l'ingénieur de la conduire à l'autel. Très ému, il lui tendit son bras et elle fit son entrée dans la nef.

Un murmure d'étonnement parcourut les bancs.

Où était le chat écorché aux cheveux emmêlés, toujours attifé de vieux habits d'homme qui lui donnaient l'allure d'un épouvantail dépenaillé ?

La robe blanche, toute simple, cintrée à la taille et évasée dans le bas, soulignait sa minceur tout en révélant des formes enfouies jusqu'ici sous plusieurs épaisseurs de vêtements superposés. Sa chevelure lavée, brossée, coiffée sous son voile dégageait son visage triangulaire où ses yeux verts pailletés d'or ouvraient comme des clairières ensoleillées. La douceur nouvelle qui se lisait dans son sourire faisait même oublier sa bouche un peu trop grande. C'était une autre Félicie. Belle et heureuse.

Elle remonta l'allée au bras de monsieur Legrand, consciente des regards admiratifs qui la suivaient. Des chuchotements étouffés s'élevaient dans son sillage. Et elle découvrit qu'elle aimait cela. L'ingénieur lui tapota paternellement la main et retourna s'asseoir entre son épouse et mademoiselle Marguerite qui se tamponnait les yeux de plus belle. Félicie rejoignit Luc devant les prie-Dieu tandis que le prêtre faisait signe à l'assistance de se lever.

— C'est fou ce que tout le monde m'aime à présent ! souffla-t-elle à son fiancé, en rajustant son voile sur ses épaules.

— « Etre aimé, être détesté de tous n'ouvre sur rien », répondit-il du coin des lèvres en posant sa main sur son front pour se signer. « Le bien est d'être aimé des bons et exécré des mauvais », disait…

— … Confucius, bien sûr ! compléta-t-elle en dissimulant le fou rire qui lui montait aux lèvres derrière son bouquet de mariée.

Elle avait tenu à le confectionner elle-même avec du noyer, de l'orpin, du millepertuis, de la camomille et des immortelles. Un énorme *ramellet* de la Saint-Jean pour connaître le bonheur toute une vie durant.

Les mines de la Pinouse fermèrent définitivement leurs portes dans les années trente, victimes du retour dans l'industrie française du minerai de fer lorrain, de moins bonne qualité mais plus rentable. Durant la Seconde Guerre mondiale, les bâtiments abandonnés servirent de refuge au maquis Henri-Barbusse. Dans les tout premiers jours d'août 1944, lors d'une grande opération concertée entre l'armée allemande et la milice pour en finir avec les maquisards, Julien Panchot, leur chef, qui couvrait leur fuite, fut capturé et fusillé contre le mur de la cantine où les impacts de balles sont encore visibles. Valmanya, qui ravitaillait la Résistance, fut brûlé et détruit. Quatre de ses habitants, qui n'avaient pas pris la fuite, furent exécutés. Le village martyr, qui dut être entièrement reconstruit, fut décoré de la croix de guerre avec étoile de vermeil en 1948.

Ce roman me tenait particulièrement à cœur, puisque j'ouvre mes fenêtres tous les matins sur le Canigou et la vallée de la Lentilla qui monte jusqu'à Valmanya.

Je remercie tous ceux qui m'ont aidée à en donner l'image la plus exacte possible, et en particulier mes « conseillers techniques », Kader Belgherbi, instituteur à Vinça, qui fut un des derniers élèves de l'école de Valmanya, aujourd'hui fermée, ainsi que Jacques Taurinya, maire de Baillestavy, et son épouse Christiane, pour leur relecture attentive et avisée.

Tous mes remerciements également à Jean-Marc Montserrat, maire de Valmanya, Catherine Fontaine du mas des Cabanats pour qui la flore et la faune du Canigou n'ont aucun secret, Robert Alart dont le travail de fourmi aux archives m'a été d'un grand secours, Dominique Fernandez, le créateur du musée de la Mine à Escaro, Dominique Buisson, enthousiaste animatrice du SIPARC, Frédéric Campredon, le technicien des Eaux et Forêts chargé du secteur, Jacques Deloncle, le directeur de la Casa Pairal, le musée des Arts et Traditions populaires à Perpignan, Pierrot Taurinya, le spécialiste de la *matança* en VO, André Dédiès, qui m'a initiée aux subtilités du « truc », et tous les descendants de mineurs qui m'ont raconté leurs souvenirs, notamment Jeanne Pagès, née à la Pinouse le 1er janvier 1920, Marius Beaux, Jean Garrigue, Roger Gource, Reine Mary et son époux Henri Roura, qui fut instituteur à Batère, la « mine-sœur » de la Pinouse, côté Vallespir, sans oublier Colette Martin et Renée Gendre, qui a eu la bonne idée de recueillir à temps et de transcrire les témoignages de ceux qui nous ont quittés depuis.

Merci à Joseph Ribas et Michel Perpinya, qui ont écrit de si belles pages sur le Canigou.

Merci à ma famille et à mes amis, qui m'ont soutenue dans mon entreprise, en particulier ma mère, qui s'est improvisée correctrice, et mon fils, qui a poussé la piété filiale jusqu'à faire la balade du col de Palomera à Sainte-Anne pour s'assurer de la vue qu'on avait de là-haut !

Merci également à Jordi Barre, Cali et Gérard Jacquet, qui m'ont tenu musicalement compagnie pendant mes longues heures d'écriture.

Merci enfin au Canigou, « Fuji-Yama » des Catalans, dont Rudyard Kipling, qui se déclarait « le plus loyal sujet de son royaume », disait qu'il était « un magicien parmi les sommets » et dont les visages changeants m'ont inspirée pour ce roman plus encore que pour les autres.

Ce livre a pu être mené à son terme grâce à l'aide du Centre national du livre.

Romans Trésors de France

Jean Anglade
Un lit d'aubépine
Le Saintier
Les Ventres jaunes

Sylvie Anne
Le Secret des chênes

Marie-Paul Armand
L'Enfance perdue
Le Pain rouge

Patrick Breuzé
Le Silence des glaces
La Grande Avalanche

Nathalie de Broc
La Dame des Forges
La Tresse de Jeanne

Annie Bruel
Le Mas des oliviers

Michel Caffier
Le Hameau des mirabelliers

Jean-Pierre Chabrol
La Banquise

Didier Cornaille
Les Labours d'hiver
Les Terres abandonnées

Georges Coulonges
Les blés deviennent paille
L'Eté du grand bonheur

Anne Courtillé
Les Messieurs de Clermont
Les Dames de Clermont

Annie Degroote
Les Silences du maître drapier
Les Filles du Houtland

Alain Dubos
La Palombe noire
Le Secret du docteur Lescat

Marie-Bernadette Dupuy
L'Orpheline du bois des Loups
La Demoiselle des Bories
Le Chant de l'Océan

Elise Fischer
Les cigognes savaient
Les Alliances de cristal

Laurence Fritsch
La Faïencière de Saint-Jean

Gérard Georges
Les Amants du chanvre

Denis Humbert
Un si joli village
La Malvialle

Jean-Paul Malaval
Les Compagnons de Maletaverne
Une reine de trop

Dominique Marny
A l'ombre des amandiers

Louis Muron
Le Chant des canuts

Michel Peyramaure
Un château rose en Corrèze
Les Grandes Falaises

Jean Siccardi
La Symphonie des loups

Jean-Michel Thibaux
La Bastide blanche
L'Or des collines

Brigitte Varel
Les Yeux de Manon

Louis-Olivier Vitté
La Rivière engloutie

MIXTE
Issu de sources responsables
FSC® C003309
FSC
www.fsc.org

Composé par Nord Compo Multimédia
7, rue de Fives, 59650 Villeneuve-d'Ascq

Cet ouvrage a été imprimé en France par

CPI
BUSSIÈRE

à Saint-Amand-Montrond (Cher)
en août 2013

N° d'impression : 2003906
Dépôt légal : août 2013